# 呪われ竜騎士様との約束
## ～冤罪で国を追われた孤独な魔術師は隣国で溺愛される～



Haku Sakura
佐倉 百

Illustration:SNC
SNC

キャラクター原案
氷月
Hyouduki

# CONTENTS

# 呪われ竜騎士様との約束

～冤罪で国を追われた
孤独な魔術師は隣国で溺愛される～

# プロローグ

「時間がない。今すぐ選んでほしい。俺と一緒に逃げるか、一人でこの国に留《とど》まって逃亡生活をするのか」

夜の森の中で、暗闇と同じ髪色をした彼は言った。金色の瞳には怒りが見てとれる。エレオノーラは自分に向けられたものではないと知りつつも、気迫に圧倒されて思わず後ろへさがった。

非日常的な出来事が続いたせいか、この光景も悪い夢の一部だと錯覚《さっかく》してしまいそうだった。だが手首の痛みが、これは現実だとうるさいほど訴えてくる。

「逃亡……」

「非常に腹立たしいが、あいつらの追跡魔術は優秀だぞ。すぐに捕まって牢獄へ入れられるだろうな。なんの後ろ盾もない魔術師がどのような扱いを受けるか、知らないはずはないだろう？」

優秀な魔術師を一人でも多く輩出するため、この国では魔力が高い者は積極的に婚姻するよう推奨されている。それは犯罪者であっても同じだ。獄中から出られないまま、強制的に誰かと子孫を残すようお膳立てさせられる。

自由も希望もない生活をするぐらいなら、彼について行ったほうがいいのではないだろうか。まだ名前しか聞いていないけれど、殺されそうになっていたところを助けてくれた恩人だ。

どうすると再度尋ねられ、エレオノーラはようやく決断した。

「……一緒に行きます」

答えた途端に、彼は冷たく近寄りがたい無表情から、柔《やわ》らかい笑顔になった。先ほどまで、複数の魔術師を相手に戦っていた姿とは別人だ。怖い印象がすっかり消えて、整った顔立ちの好青年に見える。

彼はエレオノーラの背中を優しく押し、待機している竜のところへ導いた。

「帰国したら、さっそく行政に問い合わせよう。まだ死亡と断定されていないから、戸籍は残っているはずだ」

「そ、そうだね。後は就職先が見つかればいいけど」

「就職？　就きたい職業があるのか？」

「まだないけど、働かないと生活できないし」

「俺のところへ来ればいい」

断言した彼は、エレオノーラを竜の背中に引き上げた。二人で騎乗するためとはいえ、横から抱きしめられるような体勢で乗せられて落ち着かない。

「生活面で苦労はさせない。さすがに王族のような贅沢《ぜいたく》は厳しいが、それなりに収入はあるから心配するな。一人ぐらい余裕で養える」

「ま、待って。性急すぎて、理解が追いつかないからっ」

彼は心から不思議そうに、何を言っているんだと首を傾げた。

「エレンは俺の呪いを解いて、助けてくれた。あのとき通りかかってくれなかったら、あのまま衰《すい》弱《じゃく》して死んでいたんだぞ。その命の恩人が困っているのに、見捨てるようなことはしない」

「主任たちから逃がしてくれるだけで十分だよ」

そう言うと、彼は鼻で笑って不敵な表情を浮かべた。

「その程度のことで恩を返したと思うな。俺はずっとエレンを探していたんだ。たった数分で終わるわけがない」

竜が翼を広げた。森の中を助走して、飛ぶための準備に入る。

――なんでこうなっちゃったんだろう。それにこの人が私をずっと探していたって、どういうこと？

初めての飛行体験に悲鳴を上げると、エレオノーラを抱きしめる力が強くなった。知らない人のはずなのに、なぜか近くにいることが懐かしい。

混乱と先が見えない展開で泣きそうになりながら、エレオノーラは彼の上着を握って十日前のことを思い出していた。

# 1　孤独な雑用魔術師と呪われた竜騎士

職場では敵の竜騎士を落としたというニュースで持ちきりだった。なんでも新しく開発した魔法薬が活躍したとかで、エレオノーラがいる調薬部門が注目されているらしい。

「またルーカスの一人勝ちかよ」

「まあまあ、あいつのお陰で予算が増えてるんだから文句言わない」

愚痴《ぐち》をこぼしつつも、先輩たちは嬉しそうだ。

ここ数年で質の高い魔法薬を納品し続けていると評判になり、回される予算が増えた。実験に使えるお金にも余裕ができて、ますます結果を出せる好循環が起きている。特にルーカスという先輩が作る魔法薬は殺傷力に優れているため、納品先の軍から好評だった。

呪文と魔力で発動させる魔術と違い、魔術の力を封じた魔法薬は、対象物に付着させるだけで魔術とほぼ同等の効果を得られる。だが魔法薬の調合は素材を調達できる財力と、精密に計量して適切に加工する技量が揃っていないと、高品質なものが作れないのが欠点だった。

エレオノーラは運んできた箱から、濡れた試験管を取り出した。水気を切って、そっと専用の箱に入れる。風で乾燥させるために窓辺に移動させると、雑談していた先輩たちが振り返ってエレオノーラを呼んだ。

「おい、俺が頼んでいた資料は？」

「貸出中でした。第二研究室の主任が借りていったみたいです」

「なんだよ、使えねえな」

エレオノーラのせいと言わんばかりに、先輩はため息をついた。

「私の実験で使う素材は出してくれた？」

「それなら専用の箱に入れて、実験室に」

「追加の素材も探してきて。これ、リストね」

今度は別の先輩が、紙切れをひらひらと見せてきた。かなりの癖字だが、なんとか判別できる。

——これ全部、別々の保管庫にあるやつだよね。

管理人に許可をもらって、鍵を開けてもらわないと持ち出せない素材もある。取りに行くのが面倒なものは、よくエレオノーラに頼んでくるので、保管場所を覚えてしまった。

「じゃあ今日もクビにされない程度に働くか」

「しばらくは大丈夫でしょ。だってルーカスがいるし。ねえ、このテーブル、片付けておきなさいよ」

先輩たちはエレオノーラの返事を待たずに、それぞれの仕事を始めた。彼らの中ではエレオノーラが引き受けることは確定している。出来の悪い後輩が活躍する機会を作ってやっているそうだが、本当は面倒なだけだろう。

エレオノーラは飲みかけの紅茶が入ったカップを洗い物用のカゴへ入れた。先輩はもとより、同僚が洗っているところは一度も見たことがない。押し付けられた雑用を拒否したところで、やはり役立たずな奴だと馬鹿にされるだけだ。洗い物を引き受ける結果は変わらない。

広げたまま放置された新聞を畳《たた》んでいると、一面に大きく書かれた見出しが目に入った。

魔術開発部の新兵器でついに敵国の竜騎士一騎を撃墜——先輩たちが話していたのは、これだろう。下に続く記事には、撃墜した竜騎士の行方を捜索中と書いてある。

「竜騎士か……」

「エレオノーラちゃん、新聞が読みたいの？」

ふと漏《も》れた呟《つぶや》きに、やたら弾んだ声が返ってきた。

綺麗《きれい》なオレンジ色の髪に緑色の瞳が印象的な同僚だ。上流階級の生まれだが『平民にも分け隔てない自分』を目指しているらしく、身分なんて関係ないという意味の発言が目立つ。そのためか、やたらとエレオノーラの世話を焼きたがるところがあった。

「もしかして、読めない言葉があるとか？」

「ヨハンナ、違うよ」

「隠さなくてもいいよ！　知らないのは恥ずかしいことじゃないんだから。孤児院育ちとか関係ないからね！」

ヨハンナの面倒なところは、エレオノーラの発言を切り取って吹聴したり、彼女なりの解釈をするところだ。先ほどの言葉も意味が分からなくて言ったわけではないのに、彼女というフィルタを通過すると、無知ゆえの発言に変化するらしい。しかも孤児院出身だと強調してくるので、今ではエレオノーラの出自を知らない者はいなかった。

「ヨハンナ。今、出勤してきたの？」

弁解をしていたこともあったが、余計にこじれて酷《ひど》くなるだけだ。今はもう諦めて話題をそらすことにしている。

ヨハンナはあからさまに悲しげな顔を作った。

「だってぇ、昨日の夜はどうしても外せない夜会があったのよ。家同士の付き合いがあるから、断れなくって」

「もうすぐ昼だよ。明日は主任に実験の報告書を提出しなきゃいけないんだよね？　間に合うの？」

「もぅ、そんな怖い顔しないでよ。間に合うように、ちゃんとやってます！」

子供のように頬を膨らませて、ヨハンナは不機嫌だと主張してきた。だが仲良くしている先輩が部屋に入ってくると、すぐに笑顔になって近寄っていく。いつものこととはいえ、変わり身の早さにエレオノーラは圧倒されてしまう。

――私にいじめられたって言われるよりはいいか。

エレオノーラは畳んだ新聞をテーブルの端に置き、先輩に頼まれた素材を探しに保管庫へ向かった。


エレオノーラの一番古い記憶は、孤児院へ向かう荷車から見た風景だった。戦争があった国境付近をうろついていたところを、院長に発見されて回収されたらしい。

どこで生まれたのか、なぜ一人でいたのか、全く覚えていない。頭の中に真っ黒な靄《もや》がかかっていて、思い出そうとしても心に大きな穴が開いている感覚しかなかった。どんなに頑張ってみても、その先にあるはずの記憶は出てきてくれない。自分の過去を知りたい願望はあったが、効果的な方法を見つけられずに半ば諦めていた。

院長は金に汚い男だった。エレオノーラを拾ったのは慈善事業ではなく、愛人を探している貴族や娼館《しょうかん》に売りつけるためだ。孤児院へ連行されるときに、お前は高値で売れそうだと言われたし、絶対に顔や体に傷をつけるなと命令されたから間違いない。

劣悪な衛生環境を工夫してしのぎ、自分より年下の子供の面倒を見る生活が続いたある日、王都から魔術師が派遣されてきた。なんでも一定以上の魔力を持つ子供を探し、国に貢献する人材として育てるのだという。

エレオノーラを検査した魔術師は、すぐに院長へ引き渡すよう告げた。想定よりも魔力が多く、教育を始める最適期間を越えようとしていたためだ。

話を聞いた院長はすぐにエレオノーラを売った。後から聞いた話によると、魔力が多い子供を提供した家には報奨金が出るらしい。金が大好きな院長が断る理由など皆無だ。

王都へ連れてこられたエレオノーラは、全寮制の魔術学院へ入れられた。不衛生な孤児院を抜け出せたことと、まともな教育を受けられたことだけは感謝している。

学院は国立の魔術師を養成する教育機関だ。魔力を持っている国民なら身分に関係なく入学資格が与えられるが、生徒に求める水準が高い。国費を投じて育てた魔術師が粗野であっては困ると、魔術だけでなく礼儀作法や教養を学ぶ授業まであった。

競争相手しかいない学院生活は、決して楽しいものではなかった。さらにエレオノーラは初級の魔術しか習得できず、就職活動では不利だった。

エレオノーラが名門と名高い王立魔術研究所に就職できたのは、かなり運が良かったのだろう——そんな考えは出勤初日の先輩たちの態度で消え去った。本当は辞退者が相次いで、エレオノーラに順番が回ってきただけだった。

ここで働いている魔術師たちは、貴族や富裕層が多い。それゆえにプライドが高く、家同士の力関係もある。事情を知っていた貴族の同級生たちは、そういったしがらみを嫌って辞退したのだろう。

エレオノーラは飼育小屋へ行って、実験用スライムに食堂でもらった残飯を与えた。何を考えているのか分からない緑色の物体は、半透明の体を震わせて餌箱《えさばこ》ににじり寄った。餌の上に覆い被さって体内の消化器官へ送りこみ、一晩かけてゆっくりと消化していく。

スライムは、この研究所で最もエレオノーラに友好的な生き物だ。面倒な雑用を押し付けてこないし、嫌味を言う口もない。動きが鈍く、餌さえ与えておけば、襲ってくることもなかった。だが意思の疎通ができないので、癒《い》やされることは全くない。

飼育小屋の鍵をしっかりとかけ、薄暗い廊下を通って研究室に戻った。外はとっくに陽が落ち、定められた勤務時間は過ぎている。

エレオノーラが配属されているのは、調薬部門の中にある魔法薬の開発と調合をしている研究室だ。王国内で流通している魔法薬のうち、王国軍が治療や攻撃に使うものを担当している。エレオノーラはまだ研究開発をさせてもらえず、先輩たちの代わりに魔法薬の調合をすることが多かった。

室内に残っていたのは、ヨハンナと男性の先輩ばかりだった。

「ねぇ、お願い、手伝って！」

目ざとくエレオノーラを見つけたヨハンナは、瞳を潤《うる》ませて祈るような格好《かっこう》ですがりついてきた。

「実験のデータをまとめた報告書、明日までに提出しないといけないの。でもね、今日は友達と食事に行く約束してたから……」

「友人に事情を話して、別の日にしてもらったらどう？」

「そんなことできないよ！　だって、ずっと前から楽しみにしてたんだもんっ」

頬《ほほ》を膨《ふく》らませて抗議するヨハンナは、すぐに悲しそうに表情を変える。

「こういうの得意でしょ？　いつもみたいに、ちょっと書いてくれるだけでいいから！」

「手伝ってやれよ。同期なんだから」

ヨハンナの近くにいた先輩が口を挟んできた。普段からヨハンナばかり贔屓《ひいき》する男だ。

「どうせお前は今夜の予定なんてないだろ。一人で寂《さび》しく過ごすより、仕事してたほうが有意義なんじゃないか？」

「でも私が報告書を書いたら、困るのはヨハンナですよ？　実験も全て手伝ったんです。ヨハンナが途中で帰ったから、私が最後までやることになって……主任に質問されたら答えられる？」

「報告するときに一緒にいてよ。私が分からないところはエレオノーラちゃんが代わりに答えるの」

「最初から最後まで私にやらせて、ヨハンナの研究って言える？」

「ひどい！　私、ちゃんとやったよ。横取りするの⁉」

「うわ……お前、最低だな。手柄だけ取るつもりかよ」

「横取りなんてしません！」

ヨハンナにやる気を出してもらいたくて言ったことが、どんどん歪《ゆが》んでいってしまう。

他人の研究を盗むつもりなんてない。主任がヨハンナに主題を与えてやらせていることだから、彼女がやらないと意味がないのだ。

「先輩、待ってください！」

エレオノーラに詰め寄ろうとした先輩を、ヨハンナが腕を摑《つか》んで止めた。ヨハンナはそのまま先輩の腕にすがり、弱々しく微笑《ほほえ》む。

「わ、私、信じてるから。本当は横取りするつもりなんてないって。ちょっと意地悪なこと言っちゃっただけだよね？　ごめんね、自分でやるから……っ」

ヨハンナの目から涙がこぼれた。途端に周囲の男たちはエレオノーラに敵意をあらわにした。

「あーあ、泣かせるなよ。たかが手伝いなのに、どうして快く引き受けてやらないんだ？」

「どうしてって、主任に指名されたのはヨハンナだったから……手伝いはしますけど、データの取りまとめとか報告書は――」

「うるさいな。ヨハンナは予定があるって言ってただろ」

別の先輩が机の上に置いてあったレポート用紙を雑に押し付けてきた。

「責任もってやっておけ。どうせ雑用しかできないんだから、少しは誰かの役に立つことをしろよ」

「明日までにできてなかったら、主任へ報告して評価を下げてもらうからな」

「ごめんね、もう行かなきゃ！　書き終わったら、私の机に置いておいてね！」

彼らはヨハンナを連れて研究室を出ていった。

「えっと……どう答えても、私がやるのは変わらなかったってこと？」

楽しげに笑う声が廊下から聞こえてくる。

エレオノーラは真っ白なレポート用紙を見下ろした。これを書き終えられるのは何時ごろだろうか。徹夜になるかもしれない。

——最後に家で寝たのは、何日前だったかな？

一週間を越えたあたりで数えるのをやめた。

先ほどのように、就業時間を過ぎてから仕事を回されるのは珍しくない。一晩かかる実験を任されることもある。だからエレオノーラはいつでも職場に泊まれるように、着替えや日用品を詰めたカバンを鍵付きのロッカーに入れていた。

家にいるよりも職場にいる時間のほうが長い。もうすっかり慣れてしまった。だがたまにはソファではなく、普通のベッドで心ゆくまで眠りたかった。

翌日、出勤してきた主任はヨハンナを自身の研究室へ呼んだ。そこでどんな会話があったのかは分からないが、戻ってきたヨハンナの表情は暗かった。

「もう少し頑張れって言われちゃいました。でも評価は悪くなかったんですよ！」

「凄いじゃないか。さすがヨハンナだ」

「ちょっとくらい説明が下手でもいいのよ。結果で理解してもらいなさい」

先輩たちに囲まれて慰めてもらったヨハンナは、すぐに機嫌を直していた。

「エレオノーラちゃん、手伝ってくれてありがとう！　主任がね、また新しい実験を任せるって言ってくれたの！」

「そっか。良かったね」

疲れて寝不足だったエレオノーラは、簡単な言葉しか返せなかった。早く眠りたいと思っていたせいか、周囲には素っ気ない態度に映ったらしい。呆れた先輩に襟首《えりくび》を掴まれた。

「なんだよ、その態度は。ヨハンナに嫉妬してるのか？」

「待って先輩。エレオノーラちゃん、きっと辛いと思うんです。だって同期なのに私ばっかり主任に信頼されてるから……もちろん協力してくれるよね？」

今度は自分で報告書を書いてくれるなら――そう答えたかったが、先輩の怒りを誘いそうだ。

返答に困っているエレオノーラに、今度は別の先輩が言った。

「素直に喜んであげなさいよ。同期でしょ？　それにね、その乱れた髪はなんなの？　研究所の職員に相応しい知的な外見をしてくれないと、こっちまで恥をかくじゃない」

「……すいません。洗面所で直してきます」

部屋を出る直前に、にやにやと笑うヨハンナが見えたような気がした。きっと疲れている頭がそう錯覚させたのだろう。

髪がほつれていたのは、研究室のソファで寝ていたせいだ。先輩の口ぶりほど酷くないが、急いで結い直して洗面所を出た。すぐに戻らないと、また叱責されてしまう。

小走りで研究室の前まで来たとき、主任に呼び止められた。

「エレオノーラ・キルシュ。お前を助手にしたいと希望する者がいる」

「私を？」

「ルーカスだ。出張している人員が帰ってきてから皆へ公表する。勝手に喋《しゃべ》らないように」

たとえ嫌だと言っても、エレオノーラがルーカスの助手になることは変わらないのだろう。主任の決定は滅多なことでは覆《くつがえ》らない。

主任は公表日は休むなと言い残し、自身の研究室へ戻っていった。

「ねえねえ、主任と何を話していたの？」

今度はヨハンナが好奇心を隠そうともせずに近寄ってきた。

「特に変わったことは……仕事は休むなよって言われたことぐらい？」

「ふーん……そう」

主任に口止めされた以上、余計なことは言えない。当たり障りのない返答をすると、ヨハンナは興味を失って離れていった。

早く眠りたいという願いが通じたのか、この日は誰にも仕事を回されずに、定時で研究所を出ることができた。

――ルーカスさんが不在だからかな？

有能と評判の先輩は今、開発した魔法薬の実証実験のために、どこかへ出張している。よくエレオノーラに調薬の下準備をさせることがあり、残業が長引く原因にもなっていた。ただ他の人たちと違うのは、彼自身も研究室に残って仕事に没頭していることだ。

久しぶりに夕方の街を歩き、商店街まで来た。いつ家に帰れるのか分からない生活だったので、備蓄している食材なんてない。自炊をする気力もなく、惣菜《そうざい》を買って帰ることにした。

――どうしよう。全部おいしそうに見える。

店に並んでいる惣菜を端から端まで買って帰りたい衝動に駆られたが、絶対に食べきれない自信がある。熟考して三品に絞り、お金を払って商品を受け取った。

――残ったら明日の朝ごはんにすればいいよね。

店を出る直前、店員が安心したようにため息をつくのが見えた。仕事だから仕方なくエレオノーラの相手をしていた、そんな態度だ。

理由は分かっている。エレオノーラの赤い瞳が原因だ。

この国では赤い瞳は不吉だと信じられており、差別を受けやすい。エレオノーラは魔術師の身分証を見せれば買い物できるぶん、まだ恵まれているのだろう。

すれ違う人々から赤い瞳を隠したくなって、あまり通らない裏路地に入った。ここは通行人が少なく、かつ家までの近道になる。光源がないので夜は使わないようにしているが、今はまだ夕方だ。歩ける程度に日の光が入ってきていた。

裏路地の終わりが見えてきたとき、道の上に落ちている黒いものに気がついた。ところどころが赤く、かすかに動いている。赤いものは周囲にも散っていた。

「……羽トカゲ?」

よく見ると黒いものにはコウモリのような羽がついている。草むらでよく見かける、小型の魔獣だ。人間を襲うことは滅多になく、小さな竜に見えなくもないので、よく子供たちが捕まえて遊んでいた。

珍しい色だと思った。羽トカゲの色は薄茶や緑色ばかりで、黒い種類がいるなんて聞いたことがない。突然変異だろうか。表面の赤いものは、黒い羽トカゲから流れた血だった。

弱々しく呼吸している羽トカゲを見捨てられず、エレオノーラは両手でそっと掬いあげた。

羽トカゲの怪我《けが》に致命傷になりそうなものはなかった。深い傷もあったが、幸いなことに手持ちの薬とハンカチを裂《さ》いた包帯だけで治療には事足りた。気になるのは衰弱が激しいことだ。

羽トカゲに触れると、不快な魔力を感じる。じっと観察すると、呪いをかけられている特徴が見えた。

「研究所だったら解呪の薬があるんだけど……」

エレオノーラの権限では自分用に薬を作ることはおろか、備蓄してある材料を使うこともできない。雑用しかできないという先輩の言葉が、今になって心に効いてきた。

「別の方法で試してみるから、待ってて」

羽トカゲの鼻を優しく撫でてから、家に置いていた教科書を探して開いた。

「解呪は種類の特定から、だったよね」

ふと授業中に教師が雑談として言っていたことを思い出した。変則的になるが、その方法なら羽トカゲにかかっている呪いが判明するはずだ。

もう二度と使わないだろうと思っていた呪文を唱えて、羽トカゲの反応を待つ。

——あなたを助けたいの。

羽トカゲが目を開いた。金色の目でじっとエレオノーラを見つめ、また閉じる。感じていた抵抗が薄れて、羽トカゲが術を受け入れたのだと分かった。

これで羽トカゲはエレオノーラの使い魔になった。

エレオノーラは持っている魔力量の割に、扱える魔術の種類が少ない。使い魔契約は、かなり弱い魔獣でなければ成功したことがなかった。

「でも良かった。これで先に進めそう」

使い魔契約は主人と魔獣の間に特別な絆《きずな》を作る。使い魔の呪いについて、目で見るよりも正確に観察できるはずだ。

かけられていた呪いは二つあった。一つは正体が分からないが、もう一つはゆっくりと命を奪うものらしい。ただし、あまり強くない。これならエレオノーラでも解呪できる。

「今からあなたの呪いを移すからね」

エレオノーラと羽トカゲの間に、目に見えない紐《ひも》が繋《つな》がっている感覚がする。そこを通って、羽トカゲの体から呪いを引っ張った。呪いは簡単にエレオノーラに移った。教科書に記載されている手順通りに解呪すると、効力を失って霧散していく。

羽トカゲが早く元気になるように回復魔術もかけておいたから、もう大丈夫だろう。

「どう？　少しは楽になった？」

羽トカゲは驚いたように金色の瞳で周囲を見回していた。最後にエレオノーラを見上げ、ゆっくり後退る。

——もし私に魔術の才能があったら、使い魔の声が聞こえるんだけどなぁ。

相手の感情を読み取ろうとしても、濁《にご》ったものに阻《はば》まれている。使い魔が心を閉ざしているのか、もう一つの呪いが関係しているのか判別できない。エレオノーラの力不足だ。

「ごめんね。もう一つの呪いは、よく分からないの。でも、たぶん死に直結するようなものじゃないと思う」

羽トカゲの目から警戒している色が消えた。エレオノーラが言っていることを理解してくれたのか、その場に大人しく座っている。

「お腹空いてる？　そういえば羽トカゲって何を食べるんだろう……」

家にトカゲの餌になるものがあるだろうかと考えていると、羽トカゲは惣菜が入っている袋に鼻を近づけた。

「これが気になる？」

袋から惣菜が入った包みを出し、見えるように広げた。羽トカゲは香辛料をまぶして焼いた肉が気になるらしい。匂いを嗅《か》いでから、ちらりとエレオノーラを見上げてくる。

「いいよ、トカゲさんにあげる。どうせ一人じゃ食べきれないから」

余ったら翌日に食べようと思っていたが、朝になれば労働者向けの屋台が出てくる。夜のうちに消費してしまっても困らない。

サイコロ状の肉にかぶりついた羽トカゲだったが、大きすぎたのか嚙《か》みちぎれずに苦戦していた。見かねて包丁で肉を小さく切ってやると、羽トカゲはクルルと不思議な音で鳴いた。礼を言っているつもりだろうか。

よほど空腹だったのか次々と肉を食べる羽トカゲを見ていると、エレオノーラは幸せな気分になってきた。一人きりで食事をとるよりも、ずっといい。予想外の出会いだったが、考えないようにしていた寂しさが薄れていく。

「あ……ダメだ。眠くなってきた……」

半分ほど夕食を食べたところで、徹夜のツケが回ってきた。本格的に寝落ちてしまう前に、さっとテーブルの上を片付けて制服の上着を脱いだ。

「限界だから先に寝るね。トカゲさんのことは、明日また考えるから」

寝る前の支度を済ませたエレオノーラは、久しぶりのベッドに倒れこんだ。毛布を体にかけることすら面倒だ。まだ気温は高いから風邪をひくことはないだろうと開き直り、柔らかい寝具に身を任せた。


翌日、エレオノーラはすっきりとした朝を迎えた。体の疲れは少し残っているものの、熟睡した感じがする。寝ている間の夢も、仕事に追われる類《たぐい》の悪夢ではなかった。

——なんだろう。すごく懐かしい光景だったような。

子供の頃を追体験していたような気がする。残念ながらエレオノーラは孤児院に入る前のことを思い出せないので、それが本当に自分の経験なのかは分からない。

体を起こしたときに、自分の体に毛布がかかっていることに気が付いた。恐らく寝ている最中に寒くなって、潜りこんだのだろう。

羽トカゲを探すと、テーブルからじっとエレオノーラを見ていた。

「おはよう。トカゲさんは眠れた？」

話しかけても、やはり声は聞こえてこない。ただいくつかの感情が渦巻いているのを、うっすらと感じ取れるだけだ。

「今日ね、これから仕事なんだ。だから家で好きにしててね。怪我が治ったら、契約は解除するから」

シャワーを浴びてから制服を着ている間、羽トカゲはずっとエレオノーラに背中を向けていた。だがカバンを持って家を出ようとすると、ローブについているフードの中へ入ってきた。

「研究所までついてくるの？　大丈夫だと思うけど、他の人には見つからないようにしてね」

弱い羽トカゲが見つかったところで、エレオノーラが馬鹿にされて終わりだろう。強い魔獣と契約できないことは、ヨハンナが言いふらしたので全員が知っている。

不安な気持ちのまま職場へ向かったが、幸いなことに誰にも羽トカゲは見つからなかった。朝から薬草の調合で忙しかったのもある。どこかの地方に駐屯している軍から回復薬の注文があったらしい。エレオノーラは材料の下準備と出来上がった薬の運搬で、あまり研究室にいなかった。

ヨハンナや先輩たちは久しぶりの激務で疲れたのか、注文された量を作り終えると、さっさと帰り支度を始めた。主任は片付けが終わったら帰るよう言い渡し、自身の研究室へと引き上げていく。もちろん使った道具を洗っておくのはエレオノーラの仕事だ。

余った材料を保管庫へ戻しに行ったとき、羽トカゲが足元に寄ってきた。

「いつの間にフードから出てたの？」

羽トカゲは相変わらず答えない。手を差し出すと、器用にエレオノーラの腕を伝って肩に乗った。

「同期のヨハンナって子は、トカゲとかヘビが苦手なの。だから見つからないように気を付けてね。きっと炎で攻撃してくるから。私の近くにいないと、先輩たちは実験生物だと思うかもね。生きたままお腹を切られるのは嫌でしょ？」

何を考えているのか分からない羽トカゲだが、相槌《あいづち》を打つように可愛い鳴き声を返してくれる。話しかけて反応してくれる相手がいると、面倒な片付け作業をしていても苦にならなかった。

戸締まりをして研究所を出たのは、午後のお茶の時間を過ぎたあたりだった。

残業がない日が続くなんて、幸せすぎて怖い。

「トカゲさんが幸運を運んできてくれたの？」

フードから顔をのぞかせた羽トカゲは、まるで人間のように首を傾げた。

帰宅時間が早まったので、エレオノーラは魔術師が利用できる図書館で本を借りた。爬虫類系魔獣の生態を扱った図鑑には、羽トカゲが主食にしているものの一覧がある。

全て読み終えたエレオノーラは、図鑑をのぞきこんでいる羽トカゲに話しかけた。

「トカゲさん、人間の食べ物を与えてごめんね」

言われたことが理解できないのか、羽トカゲはエレオノーラを見つめている。

「トカゲさんの主食って、バッタとかコオロギだったんだね。あとは幼虫？」

羽トカゲの生態を無視した餌を与え続けていたら、羽トカゲが死んでしまうかもしれない。せっかく助けたのに、すぐにお別れするなんて嫌だ。

エレオノーラは窓の外を見た。太陽はもう沈みかけている。小さな照明の魔術ならエレオノーラでも使えるから、虫を探すのは困らないだろう。

「待ってて。トカゲさんの餌を探してくるから」

羽トカゲの動きが完全に止まった。

「それとも一緒に行く？　怪我しているから、自分で虫を捕まえるのは難しいかな。私が捕まえて、トカゲさんに食べさせてあげるね」

羽トカゲは勢いよく頭を振った。そんなに嬉しいのだろうか。やはり人間の食べ物では満足していなかったのだ。

イスから立ち上がろうとしたエレオノーラは、羽トカゲに袖《そで》を引っ張られた。まるで行くなと言わんばかりに、四つの足で懸命に踏ん張っている。

羽トカゲから嫌だと拒否をする感情が流れてきた。それも強烈に。

「……虫は嫌い？」

人間のように頷いている。

「そっか。じゃあ……とりあえずご飯を作るね」

気のせいか、羽トカゲは安心したように見えた。咥えていたエレオノーラの袖を離し、ぐったりと机に伏せる。

色だけではなく食の好みも変わっているなと思いつつ、店で買ってきた生肉を切り分けた。試しに、焼いた肉と生肉を皿に乗せ、羽トカゲにどちらが好みか尋ねてみる。

羽トカゲは迷うことなく焼いた肉の前に座った。

「香辛料はどうする？」

そちらも用意してみると、香辛料が入った瓶の前に移動した。

――大丈夫なのかな？　作るのは楽でいいけど。

他にも色々と試したところ、羽トカゲは調理済みのものを好むことが分かった。人間と全く変わらない。しかも羽トカゲのものを取り分けて目の前に置いても、エレオノーラが席についてからでないと食べようとしなかった。

先に食べていてもいいよと声をかけても、興味がなさそうに伏せている。食事の後は口の周りについてしまったソースを気にしていたりと、身だしなみにも気を遣っているようだった。濡らした布巾で拭ってやると、落ち着かないのか尻尾《しっぽ》の先を揺らしているのが可愛い。

――珍しい色だし、もしかしたら羽トカゲとは違う爬虫類系の魔獣なのかも。形で判断したのは失敗だね。

羽トカゲから流れてくるのは、恥ずかしいや照れくさいといった感情だ。面白くなってきたエレオノーラは、しばらく羽トカゲを追いかけて遊ぶことにした。


羽トカゲを拾ってから、エレオノーラの生活が少しずつ変化してきた。

まず残業が少なくなったことで、自宅に帰る時間が早くなった。ベッドで眠れる恩恵か、常に感じていた体の倦怠感が段々と消えていった。

聞き上手な話し相手ができたことも、嬉しい変化だ。羽トカゲはいつもエレオノーラについてくる。周囲に誰もいないときに一方的に話しかけているだけだが、一人の寂しさが紛《まぎ》れた。

羽トカゲがじっとこちらを見て、話を聞いているそぶりを見せるところが特に可愛い。尻尾の先が揺れている時は、考え事をしているように見える。羽トカゲがエレオノーラの言葉を理解しているかは関係なかった。曲解して周囲に広めたりしないだけで十分だ。

「最近、帰るのが早いね」

給湯室で汚れたカップを洗っていると、ヨハンナが話しかけてきた。彼女は小さなカバンを待っている。帰るついでに寄ったのだろう。

「出張で人が減ってるからじゃないかな」

エレオノーラに回される雑用が、明らかに減っていた。一人一人から任される量は少なくても、人数が多ければエレオノーラの負担が増える。

「勤務予定表に、明日は休みって書いてあったけど。何するの？」

「家の掃除。ずっと仕事でできなかったから」

「掃除？　えっ……自分でやるの？」

「うん。洗濯も料理も自分でやるよ。だから、もう帰るね。明日も忙しいの」

エレオノーラに与えられる休日は極端に少ない。その貴重な休日で溜まった家事を片付けて、羽トカゲとくつろぐ時間を作りたかった。

ヨハンナが来たのは、主任に任されている研究の手伝いを頼むためだろうか。だがエレオノーラが休日にメイドのようなことをしていると聞いて、用事を忘れてしまったようだ。理解できないといった顔で困惑している。

「そんなの、使用人にやらせればいいのに？」

「メイドを雇《やと》えるほどの給金をもらってないの。それにね、自分の家のことは自分で管理したいから」

フードの中で羽トカゲが動く感触がした。いま見つかったら、エレオノーラごと炎で焼かれるかもしれない。急いで洗ったカップを水切りカゴに入れた。

「じゃあ、もう行くね」

「あっ……」

引き止めようとしてきたヨハンナには悪いが、せっかく助けた羽トカゲを丸焼きにされたくない。守れるのは自分だけだと思うと、今までのように流されるまま引き受けていてはいけないと思うようになった。

給湯室から研究室へ戻ると、先輩たちはすでに帰った後だった。誰もいないなら、エレオノーラも帰りやすい。照明を消して扉を施錠し、研究所の守衛に鍵を預けた。

研究所の敷地を出る直前、誰かに見られている気がして振り返った。だが背後にあるのは研究所の建物だけだ。

「……気のせいだよね？」

無表情でこちらを見下ろすヨハンナは、きっと幻だ。その証拠に、すぐに見えなくなった。夢に出てきそうな光景を幻視してしまうなんて、溜まった疲れがとれていないのだろう。

早く帰ろうねと羽トカゲに話しかけると、フードの中でクルルと鳴く声がした。

久しぶりの休日は朝から晴れていて、出かけるには絶好の日和だった。家と職場の往復だけでは羽トカゲも飽きるだろうと、上着の内ポケットに入れて外へ出た。

羽トカゲは興味深そうに、少しだけ頭を出して街並みを見ている。使役の術を磨くために、弱い魔獣を連れている人は珍しくない。エレオノーラが堂々としていれば、羽トカゲを連れていても騒ぎにならないはずだった。

日用品を買って、昼ごはんは何にしようかと羽トカゲに相談していると、よく知った声に呼び止められた。

「エレオノーラ？　こんなところで何をしている」

「……ルーカスさん」

出張へ行っていた先輩だ。研究所の制服を着て、中身が詰まったカバンを提げている。冷酷そうな外見に見合った物言いをするので、彼を苦手と感じる人は多い。

ルーカスは人混みの中をまっすぐ歩いてきて、エレオノーラの服装を見た。羽トカゲは空気を読んで上着の中に隠れている。お願いだから見つからないでと心の中で祈った。

「休みなのか」

「はい。あの、出張から戻ってくるのは、もっと先じゃなかったんですか？」

不機嫌そうなルーカスの目元が険しくなった。聞きかたが気に入らなかったのだろうかと不安になっていると、ルーカスはぶっきらぼうに早まったと答えた。

「魔法薬を使い切って、取りに戻ってきた。いつ帰還するかは不明だと出立前に話したはずだが？」

「そうですよね……」

「主任から聞いたか？」

「助手のこと、ですか？　詳しいことはまだ」

「そのうち分かる」

会話が終わってしまった。エレオノーラとの会話は面白くないのか、ルーカスはいつも断ち切るような言い方をする。

「わかりました。じゃあ、私はもう行きますね。買い物の途中だったんです」

特に引き止められなかったので、少し急いでルーカスから離れた。羽トカゲから不穏な感情を感じ取ったのもあるが、休みの日に仕事の話を持ちかけられて、そのまま職場で調薬を手伝ったことがあったからだ。

ルーカスはよく作業の手伝いにエレオノーラを指名してくる。残業で家に帰れなくなる理由の大半は、彼が関係していた。

学生時代から魔術の天才と称されている彼は、作業員に求める水準が高い。最初は数人いた作業員は、一人また一人と脱落していって、今では上手に逃げられなかったエレオノーラだけになった。

エレオノーラは顔を覗かせた羽トカゲを服の上から撫でた。

「いくつも魔法薬を開発してて、優秀な人なんだけどね。私はちょっと苦手だなぁ」

他人に厳しいが、己にはもっと厳しい。尊敬できる部分もあるけれど、疲れているときに『まだ限界には見えない』といって、引っ張り出そうとしてくるのはきつい。

「あの人の助手、私にできるのかな……でも仕事しないと生活できないし……」

朝はあんなに浮かれていた心が、ルーカスに会ったことで沈んでいく。

歩く速度が落ちたエレオノーラに向かって、羽トカゲが短く鳴いた。金色の瞳がまっすぐに見上げてくる。元気づけるような仕草に、ふわりと心の中が温かくなった。

「今から悩んでいても仕方ないよね。ありがとう」

羽トカゲにどこまで言葉が通じているのか不明だが、この瞬間だけは繋がっている気がした。

＊　＊　＊

しくじったと思った瞬間には、すでに体が落下し始めていた。相棒の背中が離れ、どんどん遠ざかっていく。

――来い。

言葉を発するよりも早く、ディートリヒの意思を感じ取った相棒の竜が、急降下の体勢をとった。黒い巨体に添わせるように翼を畳んで、どんどん近付いてくる。ディートリヒが手綱を摑むと、落下が緩《ゆる》やかになるように姿勢が変わった。

再び竜の背中に乗ったディートリヒは、下から狙ってくる魔術師の姿を見つけた。

「隊長！」

同行していた隊員たちが、自身の竜を駆って近付いてくる。

「お前たちは先に帰還しろ！」

ディートリヒは部下に命じ、さらに高度を下げてゆく。

胸のあたりが焼けるように熱い。敵が放った魔術が、体の中で暴れている。

竜が苦しげに唸《うな》った。何の魔術を使われたのかは不明だが、相棒との繋がりを曖昧《あいまい》にする効果もあるらしい。淀んだ力がお互いの間に割りこんでくる。

「隠れられる場所へ……」

低い高度を維持したまま、竜は旋回した。遠くに見える森へ迷わず飛ぶ。敵が放った炎の矢はディートリヒが落とし、明るい木立の中へと隠れた。

魔術師たちが追い付くまで、まだ時間がある。ディートリヒは竜から降りた。

「お前も砦《とりで》に帰れ」

竜が抗議の鳴き声を上げる。姿勢を低くしてディートリヒに乗れと促してきた。

「駄目だ。どんな魔術か知らんが、俺を乗せると高く飛べない。周囲にどんな影響が出るか分からん。俺にかけられた魔術を特定して解除するまで、お前は砦で隠れてろ」

今度は切ない声で鳴く竜の額を軽く叩き、もう一度、行けと命令した。竜は鼻先をディートリヒの胸に擦《こす》りつけてから、木の枝を避けて飛翔した。

一気に上昇した竜が砦へ向かって飛ぶのを確認したディートリヒは、森の中を進んだ。魔術師たちがすぐ近くまで来ている気配がする。逃げるディートリヒのそばで、木の皮が弾け飛んだ。敵が狙いにくいように木々を盾にしているが、追いつかれるのも時間の問題だろう。

体の異変は激しくなっていた。全身が締めつけられるように痛み、視界がぼやけてくる。

「あいつら、俺に何をしたんだ」

ただの攻撃用魔術ではないらしい。呪いの一種だと思われるが、正体が摑めない。

不快な風が体にまとわりつき、傷をつけてきた。ご丁寧に体を衰弱させる効果まで付与されている。陰湿で、開発した魔術師の顔が思い浮かぶようだ。きっとディートリヒの体内で暴れる呪いを作った人物と同じだろう。

走りながら周囲に注意していると、地面に淡い光を見つけた。使えるだろうかと思って近付く。触れてみるとディートリヒの期待通り、光が手に絡みついてきた。

「良かった……竜脈が流れてる」

地中を流れる魔力を、ディートリヒたちは竜脈と呼んでいた。戦場では抽出した魔力を使って大規模魔術を発動させたり、体内の魔力を回復させるといった使い方がある。さらに竜騎士は竜脈が流れているところなら、潜伏して移動する手段を心得ていた。

——どこに通じているのか賭けるしかないが、あいつらに捕まるよりはいい。

光の中へ入っていくディートリヒの背後で、魔術師たちが騒ぐ声がした。逃がさないつもりか、魔力で練られた網が頭上に広がった。だが竜脈から流れ出てくる魔力に反発され、無害な残滓《ざんし》となって消えていく。

竜脈の流れに乗って移動したディートリヒは、足の裏に感じる硬《かた》い感触で出口を抜けたと察した。薄暗く、埃《ほこり》っぽい場所だ。石畳が敷かれているということは、どこかの大きな街だろう。あの竜脈は裏路地に通じていたらしい。移動した方向で判断すると、魔術師たちの国である可能性が高い。

這《は》いつくばった姿勢から立ちあがろうとしたディートリヒは、自分の両手が変質していると気が付いた。手だけではない。体全体の骨格が変わり、今までのように動かせない。視界も横に広がっている。その両側に相棒のような翼を見つけて、嫌な予感がした。

周囲にあるもの全てが大きく見える。

竜がどうやって体を動かしていたのか思い出しながら、民家の窓へよじ登った。体中に受けた傷が痛んだが、無理をしてでも確認しておきたいことがある。

開いていた窓から中へ入り、外から見えていた小さな鏡台へ近づく。覚悟を決めて鏡面を覗くと、真っ黒な小さいトカゲと目が合った。

——おい。誰か夢だと言ってくれ。

認めたくないが、どうやら羽があるトカゲに変わってしまったらしい。

運が悪いことは重なるもので、気配を感じて振り返ったディートリヒは、首輪をつけた猫を見つけた。

自分は今、羽トカゲに変化したばかりだ。己の武器が何なのかさえ知らない。

——落ち着け。俺は餌でもおもちゃでもないぞ。

そう猫へ向かって念じたところで、通じるわけがない。

猫は好奇心を刺激されたのか、目を見開いてこちらを見ている。逃げようとするディートリヒへ走り寄り、前足で踏みつけてきた。なぶり殺しにされると察したディートリヒは、猫の前足に咬みつき、相手が驚いて力が緩んだ隙《すき》に這い出した。

急いで窓から逃げ出すと、追いかけてきた猫の爪が尻尾を引《ひ》っ掻《か》いた。だが窓は羽トカゲが通れる隙間しか開いていない。猫が追撃してくることはなかった。

予想外の刺客から逃げ出したディートリヒは、裏路地をふらつきながら歩いた。一箇所に留まっていたら、自分を探しに来た魔術師に遭遇《そうぐう》するかもしれない。なにより、猫のような小さな獣に殺されそうになったのが衝撃的だった。

——ただの緩衝地帯の偵察任務だったのに。

敵の魔術師たちが不審な動きをしていると部下から報告があり、確認しに行ったところで襲われた。

ここ最近、敵の魔術師たちが扱う魔術の射程が伸びている。攻撃力に変化はないようだったが、以前は届かなかった高度に達することが増えていた。攻撃してくる前に魔法薬を飲んでいるところが見えたので、射程を伸ばす薬を開発したのだろう。

決して舐《な》めてかかっていたわけではない。攻撃が当たりそうだった部下を庇った結果がこれだ。

安全地帯を求めて移動し始めたディートリヒだったが、想像以上に羽トカゲの敵は多かった。先ほど遭遇した猫に加え、野良犬や人間の子供が襲いかかってくる。子供はおもちゃ代わりに捕まえようとしただけだろう。だが自分より何倍も大きな生き物に接近されて安心できるわけがない。それに捕まった羽トカゲがどんな扱いを受けるのか、自分の子供の頃を思い出せば予想がつく。

高所に登ってやり過ごそうとしたら、今度は鳥に狙われた。捕まる前に壁の亀裂に潜りこんで、なんとか餌になる未来は回避できた。

体を休められないまま、長い時間が過ぎた。特に衰弱させようと蝕《むしば》んでくる呪いが厄介《やっかい》だった。時間の経過と共に弱まってきているが、自然に解呪されるよりも先に体力が限界を迎えそうだ。

ディートリヒは薄暗い路地に倒れこんだ。

死が近づいている恐怖よりも、無力な自分を恨《うら》む気持ちが大きかった。まだ叶《かな》えていない願いがあるのに、このまま知らない場所で誰にも看取《みと》られることなく果てようとしている。

——エレン。

生きたいと足掻《あが》くディートリヒの脳裏に、とある少女の顔が浮かんできた。父親の仕事がきっかけで知り合い、懇意にしていた少女だ。住んでいた町が離れていたので会える時間は限られていたが、いつ行っても屈託《くったく》のない笑顔を見せてくれた。年下でディートリヒに懐いていたことから、友人というよりも可愛い妹のような存在だった。

彼女との約束がなければ、竜騎士を目指そうとは思わなかった。十年前の戦争で父親が亡くなったとき、あの約束が前を向くきっかけになってくれた。人生の指針になってくれた彼女は、戦争に巻き込まれて消息が分からない。死体は見つかっていないので、どこかで生きているとディートリヒは信じていた。

もう一度会えたら、感謝を伝えたいと思っていたのに。

足音が聞こえてきた。

重いまぶたを開くと、呪いをかけてきた人物と同じ服装をした女が見えた。魔術師だろう。魔力量も豊富だ。

――追手か。

手負いの自分ができることはない。諦めて捕虜《ほりょ》になるか、この場で始末されるのを待つだけだ。

体を持ち上げられる感覚がした。仲間の魔術師がいるところへ運ばれるのだろうか。

好きにしろ、何をされても母国の情報は喋らんぞと考えていると、呪いの負荷が軽くなった。

何らかの繋がりを求められている。そのせいで呪いと自分の間に薄い膜《まく》ができて、効きにくくなっているらしい。

尋問でもするのかと警戒したディートリヒに、助けたいという気持ちが流れてきた。

相棒の竜と会話をするときに似ている。この状況は何なのかと目を開けると、赤い瞳の女が心配そうに見ていた。

彼女の服装は敵の魔術師のもの。だが彼女は自分を助けるつもりだ。

ふと、彼女を利用して生き残ろうかと考えた。もしかしたら、彼女は自分のことをただの羽トカゲだと思っているのかもしれない。呪いが解けるまで無害な魔獣を装っていれば、追跡してくる魔術師を欺《あざむ》けるのではないだろうか。

彼女から流れてくる言葉は曖昧で、伝わりにくい。呪いで姿は変えられてしまったが、ディートリヒは人間だ。魔獣と心を通わせる魔術が嚙み合わなくて当然だろう。だからディートリヒが考えていることは通じないはず。そう考えて彼女の提案を受け入れた。

不完全に繋がったところから、彼女の魔力が入ってきた。自分を衰弱させていた呪いを摑み、剝《は》がしていく。強引なやり方だったが、おかげで体から倦怠感が消えた。

命を削っていた呪いが消え去ると、ぼやけていた視力が戻ってきた。彼女の顔がよく見える。蜂蜜《はちみつ》色の長い髪と鮮《あざ》やかな赤い瞳が、探していた少女に似ている気がして、ディートリヒは思わず後退った。

「ごめんね。もう一つの呪いは、よく分からないの。でも、たぶん死に直結するようなものじゃないと思う」

きっと羽トカゲになる呪いのことだろう。この国の共通語は母国語とよく似ており、士官学校で学んだだけの経験でも問題なく聞き取れた。

彼女は本気でディートリヒのことを案じてくれている。自分の体をよく見れば、怪我の治療もしてくれたようだ。利用しようと考えていたことが、急に恥ずかしくなってきた。

さらに彼女は、自分自身のために用意していた食事まで分けてくれた。ディートリヒが食べやすい大きさに切ったり、よく観察して助けてくれる。

——彼女は誰だ。

名前を尋ねたくても、羽トカゲの声帯では鳴き声にしかならなかった。命を救ってくれた恩人に礼すら言えないのがもどかしい。

彼女はよほど疲れていたのか、食事もそこそこに眠ってしまった。毛布も被らずにそのまま倒れている彼女を放っておけず、ディートリヒはベッドに上がった。

口や爪で毛布を引っ張り、何とか彼女の上にかけてやる。かなりの重労働だったが、彼女が自分にしてくれたことを思えば、この程度では恩返しにもならない。

——俺も今夜はここで世話になるか。

もちろん異性が眠っているベッドを使うなど、竜騎士にあるまじき行為だ。

狭い室内を見回し、食事をしていた小さなテーブルに目をつけた。羽の使いかたは、何となく理解できてきた。練習がてら飛んで移動して、猫のように丸くなって目を閉じた。

どれほど眠っていたのか、ディートリヒは恐怖の感情を察知して目が覚めた。使い魔契約で精神的に繋がっている回路から、助けてと叫ぶ声がする。

彼女だ。

敵襲でもあったのかと急いで体を起こしたが、辺りは静かなままだ。彼女はベッドで眠っている。ただ何かに耐《た》えるように、背中を丸めて毛布にくるまっていた。

彼女のところへ飛んでいくと、眠っている顔が見えた。悪夢でも見ているのか、流れてくる怖いと思う気持ちが大きくなっていく。距離が近くなるほど回路から流れてくる情報が増えて、彼女が夢で見ている光景が脳裏に浮かんできた。

炎で焼け落ちて半壊した建物。空には飛ぶ竜の姿があった。ディートリヒもよく知っている時計台が、半壊した姿になっていた。

戦禍に巻き込まれている町は、ディートリヒの思い出の場所でもある。

――まさか。

目の前でうなされている女性と探している少女は、同じ髪色で瞳も同じ色だ。よく観察すると、顔立ちには面影がある。

夢の中に出てくる町は、二人で遊んだことがある場所。

試しにエレンと名前を呼ぶと、見えている景色が揺らいだ。いつの間にか前を走る子供に手を引かれて、明るい路地を走っている。きっと彼女の視点だろう。彼女の手を握っている黒髪の少年が振り返ると、幼い頃の自分の顔をしていた。あの頃は『妹』に頼られるのが嬉しくて、大抵のわがままを聞いていたなと、懐かしさが込み上げてくる。

過去の自分が出てきたことで、推測は確信に変わった。彼女はディートリヒが探していた少女だ。

思いがけず再会できた喜びよりも、戸惑いが大きかった。どうして彼女――エレオノーラが敵国にいるのか。あの町は最も国境に近いところにあるから、戦争から逃げるうちに国境を越えてしまったのだろうか。そして敵国の魔術師の格好をしていた理由も謎だ。

呪いを解く目的に加えて、エレオノーラの過去が知りたくなった。当時、敵国に親戚や知り合いがいたという話は聞いたことがない。幸せに暮らしているならいいが、あまり顔色が良くないのが気になる。

ディートリヒは繋がっている回路から、エレオノーラへ癒やしの力を流した。自分の体を回復させるために溜めていた魔力だったが、目の前でうなされている彼女が心穏やかに眠れるなら惜しくない。

むしろ眠ったまま起きなくなるような、最悪のことを避けたかった。

エレオノーラの寝顔が柔らかくなるにつれ、回路から流れてくる光景が薄れていく。自分の仕事に満足したディートリヒは、もといたテーブルに戻って目を閉じた。

翌日、悪夢を見ていたことなど覚えていない様子のエレオノーラは、ディートリヒが目の前にいるにもかかわらず、普通に着替えようとし始めた。やはりただの羽トカゲだと思っているらしい。急いで反対方向を向き、異性の着替えを覗《のぞ》く事故を阻止した。

これで人間の姿に戻っても、覗きだの変態だの罵《ののし》られずに済む。絶対に見ていないが、もし誤解されたときは全力で謝罪するしかない。

仕事へ行くとエレオノーラが言うので、制服のローブについているフードに隠れてついていくことにした。職場へ行けば、彼女がこの国で魔術師をしている理由が明らかになるだろう。

諜報活動は専門外だが、やりかたは知っている。羽トカゲはそこらで見かける弱い魔獣だ。一匹ぐらい建物の中にいたところで、魔術師たちの警戒網には引っかからないと断言できる。

ただし、猫がいたら全力で逃げようと思う。あの愛くるしい狩人に襲われる経験は一度でいい。

エレオノーラのフードに隠れたまま周囲の声を聞いていたところ、職場は魔術に関する研究所だと判明した。同時に、彼女の待遇が良くないということも。

奴隷契約でもされたのだろうか。同僚だという脳内に花が咲いている女はエレオノーラに仕事を押し付けてくるし、先輩たちは彼女を便利な使用人扱いしている。

主任と呼ばれている責任者は、他人に興味がなさすぎるのか、事なかれ主義なのか。エレオノーラが雑用と称して奴らの仕事を押し付けられているのに、なんの対策もしない。成果物が期日通りに出来上がるなら、後はどうでもいいのだろう。自分とは方針が合わない男だ。

釈然としないものを抱えながらエレオノーラと一緒に入ったのは、薬草などを管理している保管庫だった。よほど貴重な材料を置いているのか、ほとんどの戸棚に鍵がかかっている。管理人と一緒でなければ持ち出せないようにしているらしい。

エレオノーラたちが棚の一つに注目している隙に、そっとローブから抜け出す。淡い期待を抱いて探索していると、目当ての薬草が入った引き出しを見つけた。運のいいことに鍵もかかっていないようだ。

体全体を使って引き出しを開け、少量を口にくわえた。急いでエレオノーラを探し、保管庫の外へ向かって歩いているところに合流した。

管理人は棚の鍵を閉めている最中で、こちらに気付いていない。エレオノーラは足元に寄ってきたディートリヒに驚いていたが、管理人に見つからないうちにフードの中へ隠してくれた。

すっかり定位置と化したフードの中で、ディートリヒは薬草を咀嚼《そしゃく》していた。記憶が正しければ、この薬草はかけられた呪いの力を弱めてくれる。苦いが、飲み込めないほどではない。

――この呪いを作った奴は、かなり陰湿だな。

か弱い羽トカゲには敵が多い。間接的になぶり殺しにしようとする、歪んだ殺意が感じられる。

薬草は徐々に体へ浸透していった。自分の体に力が戻ってくる感覚がする。竜騎士は呪いの耐性が一般人よりも高い。竜と回路が構築されるとき、彼らの頑強さや魔術への耐性が共有されるためだ。

今すぐに解呪するのは無理だが、体を休めて魔力が回復すれば自力で呪いを壊せるはずだった。

ふと、帰国するときはエレオノーラを連れて行こうかと考えた。

ここにいる魔術師たちは、彼女のことを誤解している。決して魔術が使えない役立たずではない。彼女が調薬の手伝いをすると、出来上がった魔法薬の効果が強くなるようだ。完璧に薬を調合できる腕前と、調合しながら無自覚に流した魔力が相乗効果をもたらしている。使役の魔術で繋がったディートリヒには、彼女の魔力が見えていた。
だから悲しまないでほしい――そうエレオノーラに伝えたかったのに、自分の口から出たのは、なんとも情けない鳴き声だけだった。

意思の疎通ができないというのは不便だ。不完全な回路では言葉が伝えられない。エレオノーラが昆虫を捕まえてくると言ったときは、なかなか拒絶が伝わらず苦労した。

一部の昆虫は食用になるし、貴重な栄養として食事に取り入れている民族がいるということも知っている。だが自分が食すとなると話が違う。

食用ですらない、そのあたりで跳《は》ねている虫なのだ。しかも生きたまま食えと。

絶望しか感じなかった。いくら実の妹のように仲良くしていた少女の願いでも、無理なものは無理だ。

立ちあがろうとしたエレオノーラを、ディートリヒは必死で止めた。自分の健康を気遣ってくれるのは嬉しいが、呪いで姿を変えられただけなので、食事は人間と同じものでないと困る。

騎士の訓練では、補給路を断たれたことを想定して、食材を現地調達することがある。だが、食材に選ぶのは野ウサギやヘビなどの野生動物、もしくは食用可能な野草だ。さすがにバッタやコオロギを食べることはない。好き嫌いの範疇《はんちゅう》を超えている。

全力で抵抗した結果、エレオノーラは本気で嫌がっていることを察して諦めてくれた。

彼女はディートリヒのことを珍しい羽トカゲだと思っている。悪気はないのだ。悪意のない行動がこれほど恐ろしいとは考えたことがなかった。言葉が通じないことが事態を悪化させている。

どうにか意思の疎通を図って、自分は人間だと打ち明けられないかと試行錯誤している間に、エレオノーラは夕食を作ってくれた。彼女が席につくのを待ち、一緒に食べ始める。先に食べていてもいいとエレオノーラは言うが、そこは譲れなかった。

「トカゲさん、美味しい？　足りなかったら教えてね」

昆虫食を回避できた直後だからだろうか。小皿に取り分けられた普通の食事が、輝いているように見えた。

エレオノーラは拾った羽トカゲが普通ではないと気付いても、見捨てずに世話をしてくれる。家の中の調度品を見れば、ペットを飼ったことがないのは明白だ。仕事で疲れていても羽トカゲを優先して、常に歩み寄る姿勢を崩さない。

自分の後ろをついてまわっていた少女は、心優しい女性に成長したようだ。良かったと思う反面、自分だけ置いていかれたような、少し寂しい気持ちだった。弟や妹がいる者は、大なり小なりこんな感覚を味わっているのかもしれない。そうだとしたら、自分は立派になった『妹』の成長を喜ぶべきなのだろう。


呪いの力は日を追うごとに弱まってきた。そんなある日、エレオノーラが貴重な休日を使って街へ連れ出してくれた。ようやく敵国の王都を安全に見学できる。

途中までは興味深い観光だった。そこそこ活気があり、物流も滞っていない。こんな羽トカゲの姿でなければ、エレオノーラに物価や庶民の生活について質問できたのに残念だ。

ノイトガル王国では平民の多くが貧しい暮らしを送っている。魔術によって発展してきた歴史から、魔術が使えない者は差別を受けやすく、職業に制限があるせいだ。だがエレオノーラが歩いている区画からは、そんな社会構造は見えてこない。店員はエレオノーラが魔術師と判明した途端に丁寧になる。魔術師と非魔術師の間には分厚い壁があるようだ。

初めての外出で浮かれていた気持ちは、エレオノーラが職場の人間と遭遇《そうぐう》したことで消えた。

神経質そうな男は、ルーカスという名前らしい。

彼の姿には見覚えがあった。間違いなく、呪いをかけてきた張本人だ。森の中でも正確にディートリヒの位置を捕捉し、攻撃してきた。魔法薬を作る才能だけでなく、実戦で活躍できる能力もある。だがディートリヒがすぐ近くにいることには、気が付いていない。彼の無能さを笑おうとして、同時に羽トカゲの姿では何もできないことに気が付いた。種類は違うが、無能なのはディートリヒも一緒だ。

立ち話が続き、エレオノーラから嫌だという感情が流れてきた。ルーカスは高慢できつい言い方しかできないのだから、無理もない。

ルーカスがエレオノーラを気に入っていることは、すぐに分かった。だがなぜルーカスは気に入っている相手に、あんなにも横柄な態度になれるのだろうか。エレオノーラを助手に指名して、己の独占欲を満たすことだけしか考えていない。

ルーカスを見ていると、心にドス黒いものが生まれてくる。呪いをかけてきた相手と発覚した時よりも、ルーカスがエレオノーラへ向けた感情に気がついた時のほうが、苛立ちが強かった。ようやく再会できた『妹』の危機だからかと結論づけたものの、しっくりこない。

早く呪いを解きたかった。このままではルーカスの望み通りの展開になってしまう。介入できない状況が焦りを生んで、ルーカスへの敵意に変わる。
――一度は遅れをとったが、次は絶対に俺が勝つからな。
ディートリヒはルーカスがいる方向へ宣言した。

## 2　冤罪

早朝に職場へ到着したエレオノーラは、使ったまま放置されたカップを見つけた。やはり誰も片付けをしていない。新聞や書類もテーブルに散乱したままだ。

休んだ次の日は、いつもこうだ。早めに職場へ来て先輩たちが出勤してくる前に片付けておかないと、全てエレオノーラが悪いことになる。

種類ごとに書類をまとめ、皺が寄った新聞を畳む。給湯室へカップを洗いに行くついでに、新聞は古紙回収箱の中へ入れた。

エレオノーラが片付けている間、羽トカゲは落ち着かない様子だった。フードから出て何かを訴えるように鳴き、伝わらないことに落ち込んでいる。

「もうすぐヨハンナが出勤してくるかもしれないから、隠れていてね」

羽トカゲをフードに入れると、諦めたのか大人しくなった。

全て片付け終わったあたりから、一人また一人と先輩たちが出勤してきた。出張から帰ってきた人もいる。

仕事の開始時間が近付いてきたとき、廊下《ろうか》が騒がしくなった。

「エレオノーラ・キルシュ。聞きたいことがある。今すぐ来なさい」

研究室に入ってきた主任は、すぐにエレオノーラを見つけて言った。後ろには警備部の人たちがいる。

「おい、何かしたのか？」

「い、いえ……何も」

不穏な空気を感じた先輩が小声で聞いてくるが、心当たりなど全くない。

「エレオノーラちゃん、薬草を持ち出して売っていたなんてウソだよね？」

廊下に出ると、主任たちの後ろにいたヨハンナが予想外なことを言ってきた。涙目でエレオノーラを心配しているような顔だ。

「薬草？　売っていたって、私が？」

「だって、被害があった保管庫に出入りしていたのは、エレオノーラちゃんだけじゃない！　この前だって大量に持ち出したって、管理人さんが」

「君、言いふらすようなことはやめなさい」

警備部の責任者がヨハンナを諭《さと》したが、すでに遅い。なんのためにエレオノーラが連行されるのか、その場にいた全員に知れ渡っていた。

「私、薬草の横流しなんてしてません」

「それを今から調べるんだ。来なさい」

「たくさん持って行ったのは、回復薬の発注があったからです。そうですよね？　余った薬草はちゃんと返しました」

「い、いや……作ったのは覚えてるんだが、総数を聞かれると……」

先輩たちからエレオノーラの味方をする言葉は出てこなかった。巻きこまれるのが嫌だと目をそらす。薬草を持ってこさせたのも、下準備をさせたのも自分たちなのに、エレオノーラを弁護する気はない。

「そうだ……記録が残っているはずです。軍へ納品したから、ここと軍の両方に。後で費用を請求しないといけないから。作って納品した薬の数から、必要な薬草の数が割り出せます。だから」

「エレオノーラちゃん。そういうの、往生際が悪いって言うんだよ！　自分が潔白だって思うなら、廊下じゃなくて警備部へ行って説明しないと意味ないよっ」

まるでエレオノーラがやったと信じているような言いかただ。

背中から蹴《け》られたような気分だった。警備部の人たちに促《うなが》され、エレオノーラは沈んだ気持ちで廊下を歩いた。

机と椅子しか置いていない小部屋に入れられて、そこで取り調べが始まった。聞かれたことのうち記憶が曖昧なものは、いつも持ち歩いている手帳を見ながら答えた。

エレオノーラは自分が任された仕事の全てを、手帳に記録するようにしている。初めて研究所に出勤したとき、ルーカスからやっておくように言われたのだ。平民出身の魔術師は手癖が悪いと思われている、備品や薬草を盗んだと思われたくないなら、全て書いておくようにと。言葉こそ冷たかったが、今なら意味が分かる。

エレオノーラに質問していた年配の男は、机に置いていた手帳を取り上げ、申し訳なさそうに言った。

「あんたがやったとは思えないが、告発してきたのは貴族の魔術師でな。今すぐ無罪だと判断するわけにはいかないんだよ」

誰が言っていたのかは教えてもらえなかった。もし告発したのが平民だったなら、聞きかたによっては仄《ほの》めかしてくれたはず。男が逆らえないほど高い身分に違いない。

恨みを買った覚えはない。回された仕事は全部、真面目にこなしてきたつもりだ。もちろん薬草を盗んで売るようなことはしていない。

証拠として手帳は預かっておく——そう男が言って、取り調べは終了した。

解放されても気分は晴れなかった。

フードの中で羽トカゲが小さく鳴いた。集中すれば相手の気持ちを感じ取れたかもしれないが、今のエレオノーラには無理だ。自分の感情すら分からない。

不正をしたと最初に言われたときは、混乱したし憤りもあった。取り調べられて自分の行動を振り返るうちに、やはり間違ったことはしていないと確信した。だがいくら自分が無実を訴えたところで、何も変わらないと気付かされただけだ。

どこかへ逃げてしまいたい。そんな都合がいい避難所なんてないけれど。

研究室へ戻ると、室内にいた全員から注目された。

「どうだった？」

ヨハンナが真っ先に尋ねてきた。

「分からない。調査中だから」

たとえ取調室で無罪だと言われても、ヨハンナには言いたくなかった。最初に連行されたとき、全員に聞こえるような言いかたをしていた。わざと話が広まるようにしたとしか思えない。でも彼女にそのことを指摘しても、気のせいだと言われて終わりだ。

「……本当にやったのか？」

「やってません」

「でも何もしてないのに疑われるなんて、怪しいじゃないか。よく保管庫に出入りしていたみたいだし」

「先輩たちに薬草を取ってこいと言われたからです」

「俺たちのせいだって言いたいのか」

「違います」

いつもこうだ。自分の言いかたが良くないのか、なぜか悪いように受け止められてしまう。

「エレオノーラ。私物を持って、隣へ来なさい」

再び主任が研究室に顔を出した。

疑いの視線から逃れる理由ができた。エレオノーラはロッカーに入れていたカバンを持って、足早に主任の研究室へ向かった。

失礼しますと言って中へ入ると、扉を閉めるよう言われた。主任の研究室は特殊で、盗聴防止の魔術がかかっていると聞いている。

「なぜ私が疑われているのでしょうか」

机の上に首輪が置かれているのが見えた。どこにいても居場所が分かるという道具だ。エレオノーラが逃亡すると疑っているのだろうか。

主任は首輪を持って近づいてくる。

「告発があった」

「証言だけですよね？」

「保管されていた高価な薬草が消えている。管理人を除いて、頻繁《ひんぱん》に出入りしていたのは君だ」

「先輩たちに言われて、回復薬に必要なものを代理で取りに行っていただけです。私じゃない字で書いてあるリストだって……」

「調査の権限は警備部にある。私に弁明しても意味がない」

首輪がはめられた。

冷たくて重い。

「今日はもう帰りなさい。しばらく休職だ。指示があるまで、自宅付近にいるように」

主任はいつもと変わらない。平坦な口調で、自身の要件だけを伝えてくる。

「ルーカスの助手をする話はなしだな。君が悪いわけではない」

研究室を出る直前、主任の声が聞こえてきた。何の慰《なぐさ》めにもならないのに、どうして言うのだろう。

それから、どの道を通って自宅へ帰ったのか、あまり覚えていない。ローブを乱雑に脱ぎ捨てて、ベッドに伏せた。羽トカゲが心配そうに鳴いている。エレオノーラの額を鼻先でつつき、また鳴いた。

「ごめんね。ちょっと一人になりたいの」

金色の瞳が悲しそうに揺れた。

トカゲも人間みたいな反応をするのね――目を閉じる直前、そんな感想が思い浮かんだ。

＊　＊　＊

「エレオノーラ・キルシュが薬草の密売？　何の冗談ですか、それは」

ようやく王都に帰還し、職場に戻ってきたルーカスは、いま聞いたことが信じられず主任に詰め寄った。

「そう告発されたと聞いている。詳細は警備部が調査中だ」

「彼女はどこです？　俺の助手にするという話は」

「保留だ。潔白だと証明されたら、自宅謹慎を解く」

「あり得ない……」

真面目なエレオノーラが犯罪行為をするなど考えられない。さらに信じられないのは、彼女を弁護する声が聞こえてこないところだ。

主任は相変わらず部下に無関心で、同じ研究室の仲間は巻き込まれるのを嫌って動こうとしない。彼らにとってエレオノーラは、いてもいなくても問題ない存在ということだ。

——ずっと前から目をつけていたのに。

エレオノーラに調薬を手伝ってもらうと効果が強まることに気が付いてから、彼女に興味がわいた。他にもいた助手候補は脱落していったが、彼女だけは常に結果を出した。そして人付き合いが苦手なルーカスにも普通に接してくれる、数少ない存在だった。

自分の他には誰も、エレオノーラの能力には気が付いていない。プライドだけは高い同僚たちは、自分たちの腕がいいからだと思いこんでいる。その勘違いを利用して彼女を独占しようと思っていた。

理不尽な雑用係から、ルーカスだけの助手へ。業務の負担が減って、仕事の拘束時間も減る。驚くだろうか、それとも喜ぶだろうかと、柄にもなく緊張していた。

主任への根回しは終わって、あとは公表されるのを待つだけだったのに。

——嘘の告発したのは誰だ？

余計なことをしてくれたものだ。

ルーカスはすぐに警備部へ行って、エレオノーラの件を問い合わせた。責任者にはいくつか貸しがある。ちょっと脅《おど》せば詳細を喋ってくれた。告発した人間の名前は流石《さすが》に口を割らなかったが、エレオノーラを犯人とするのは無理があるという話は聞けた。

——しかし証拠がないと、密売の疑いは晴らせないな。

どうか間抜けな犯人であってくれと願いながら、警備部の責任者と共に研究所のゴミ捨て場へ向かった。

「こんなところに何の用です？」

ろくに調査をしていない責任者が話しかけてきたが、ルーカスは無視して手袋をはめると、捨てられているゴミを調べた。

「見ろ、横流しされたはずの薬草が見つかったぞ」

しかも一つの紙袋の中に全て詰めこまれている。中の薬草は保管方法が悪かったせいで、大半が使い物にならなくなっていた。

「密売する薬草の受け渡し場所にしているのでは？」

「売る予定の商品をこんなところに放置して、腐らせる密売人がいるか？　エレオノーラは薬草の保管に関して、適切な知識を持っていた。ゴミのように扱うわけがない」

真っ向から否定され、責任者の男は気分を害した様子で言った。

「しかし、これだけで彼女が関与していないとは言えません」

「それをこれから証明する」

ルーカスは他にも散乱していた紙を拾い、自身が所属する研究室へ戻った。

「あっ先輩、お帰りなさーい」

扉を開けた瞬間に、甘ったるい声をかけられた。媚を売る顔で近づくヨハンナを鬱陶しく思いながらも、主任の居場所を聞いた。

「主任ならこの時間は自分の研究室ですよぉ。それより……今度、私の家に来ませんか？　同窓会をしようって話をしていたんですけど、他の先輩たちも参加することになっちゃって、よかったら」

「悪いが、そんな暇《ひま》はない」

結婚相手を捕まえるために就職した女の話など聞きたくない。ルーカスはヨハンナを無視して、薬品棚から目当ての小瓶を持ち出した。

主任がいる研究室へ向かうと、扉は開いたままになっていた。中にいた主任に呼びかけ、警備部の責任者と三人で話したいと申し出る。主任は迷いを見せたが、最終的には許可を出した。

「エレオノーラ・キルシュのことか」

「俺には、彼女がやったとは思えません。それから、ゴミ捨て場からこれが」

紙袋に入った薬草を見せると、主任は眉間に皺を寄せた。

「保管されているはずの、王国軍との取引履歴も捨てられていました。作成した薬の帳簿と一緒に。保管期限が過ぎていない書類がゴミ捨て場にあるのは、不自然ですよね」

「……そうだな」

「最後に、これは俺がエレオノーラに記入するよう指導した、彼女が任された仕事の履歴です」

これには警備部の責任者が反応を見せた。薬草入りの袋を探している時に見つけて、不審に思って密かに回収した甲斐があった。

ルーカスは気が付かなかったふりをして、小瓶を取り出す。

「主任は知っていますよね？　この薬は物に残った人間の指紋に反応して光ります。実証実験のために、魔法薬の部署にいる人間には、指紋の採取を協力してもらいましたから。だからエレオノーラの指紋も、当然データが残っている」

さっと手帳に振りかけると、革表紙に指紋が浮かび上がった。

「エレオノーラの持ち物ですから、彼女の指紋は排除」

手帳に手をかざし、薬の効果を操作した。表面の指紋のうち、エレオノーラのものだけが消える。

「俺はずっと手袋をしていたから、指紋は付いていません。で、もう一つの指紋ですが……」

「な、何ですか、その目は」

責任者は分かりやすく動揺していた。ルーカスは自白しやすいよう、背中を押してやることにした。

「この手帳をエレオノーラが捨てるなんてあり得ない。自身が潔白だと証明できる、唯一の品です。ではなぜ、彼女は手放したのでしょうね？　証拠として警備部へ提出したのだと俺は思っているのですが」

「そのような報告は、受けていない」

「では研究所にいる全員の指紋を採取しようか。手始めに、あんたから」

責任者は項垂れて、仕方ないだろうと呟いた。

「証拠になりそうなものは、全て破棄《はき》しろと命令されたんだ。上位貴族に逆らえるか？　数代前に王族が降嫁した家の、お嬢さんに」

「だが証拠を故意に破棄するのは問題がある」

ようやく主任が口を挟んできた。

「薬草の横流しをしているという疑惑があったが、明確な証拠はなく、彼女は潔白だったと報告するしかあるまい」

「しかし……」

「証拠物品の破棄で、あんたを訴えてもいいんだぞ。もし例の貴族令嬢が騒いできたら、俺が紙袋に付いている指紋を採取したと言え。この件に関わっているとバレたくなければ、黙っていろと」

犯人を野放しにすることになるが、この国でまともに生きたければ、王侯貴族を敵に回さないほうがいい。むしろ恩を売って、利用するぐらい強かでないと出世など望めなかった。

子爵家の愛人の子であるルーカスには、嫌になるほど見てきた光景だ。

「で、その犯罪を唆《そそのか》してきたお嬢さんというのは――」

ルーカスが該当する女性の名前を告げると、責任者は無言で頷いた。


――ちょっと、私は無関係だって言いなさいよ！

研究室の会話を盗み聞きしていたヨハンナは、警備部の責任者へ向かって悪態をついた。大好きなルーカスが帰ってきて最高に嬉しい気分だったのに、すぐに白状した責任者のせいで台なしだ。

――せっかく、あいつを追い出せると思ったのにっ。

ずっとエレオノーラが嫌いだった。学生時代は成績優秀な平民という理由で目立っていた。就職してからだって、ルーカスのような将来有望な魔術師から気にかけてもらっている。

エレオノーラはずるい。

下手くそな魔術しか使えないくせに、皆が優秀だと褒《ほ》めている。同室の先輩たちだって、陰ではエレオノーラがいてくれて良かった、頼りになる後輩だと言う。

主任が彼女をルーカスの助手にすると言っているのを聞いて、追い出さないといけないと思った。

彼女はよく保管庫に出入りしているから、薬草に何かあれば真っ先に疑われる。薬草の密売は大罪だ。真面目な彼女が犯罪に加担していたら騒ぎになるだろう。

途中までは上手くいっていたのに、警備が厳しくなって薬草を研究所の外へ持ち出せなかったのは誤算だった。仕方なくゴミ袋に入れて捨てたら、ルーカスが見つけて拾ってしまった。

――エレオノーラちゃんなんかに先輩は渡さないいんだからね。

最初は爵位の力があれば、ルーカスだって言うことを聞いてくれると思っていた。ルーカスは子爵家の、それも愛人の子という身分のくせに、いつも不機嫌そうにしていてヨハンナの相手をしてくれない。そんな気高い猫のような先輩の相手をしているうちに、本気にさせたいと思うようになった。貝のように固く閉じた心を開かせて、自分だけを求めるようにしたい。弄《もてあそ》んで、振り回して、追いかけられるようになったら、あっさりと捨てるつもりだ。自分に依存して縋ってくるルーカスなんて想像できないから、きっと現実になったら楽しいだろう。

もしかしたら他にもたくさんいる候補者の中から、ヨハンナが本気で恋をする人へ昇格するかもしれない。

ヨハンナに振り向いてくれないのは、エレオノーラがいるせい。彼女がルーカスを独り占めするせいで、ヨハンナと二人きりになれる時間が少ないのだ。ルーカスは研究一筋で、ちょっと恋愛に疎《うと》いところがある。毎日のように顔を合わせている相手に惹《ひ》かれるのは仕方ない。

ヨハンナはそっと研究室から離れた。エレオノーラの謹慎が解ける前に、決着をつけないといけない。

――どうせ警備部は私を捕まえるなんて、できないもん。

ヨハンナの父親に逆らえず、言いなりになるしかない人々は、使用人と同じだ。好きなときに命令して、使ってあげないといけない。彼らは高貴な人に仕えるために生まれてきたのだから、ヨハンナを満足させるのが仕事だ。

紙袋はエレオノーラに捨てておいてと頼まれた、そう答えればいい。中身は見ていない、大切な友達からのお願いだからやっただけ。

完璧な計画に、ヨハンナは微笑んだ。

——でもどうしよう。エレオノーラちゃんは絶対に嘘《うそ》の証言なんてしないよね。

ふと、証言できないようにすればいいと囁《ささや》く声がした。

「もしエレオノーラちゃんが悪い人で、私が自首するように勧めたら……」

きっと反対してくる。ヨハンナの説得に激昂《げっこう》したエレオノーラが攻撃してきたという筋書きはどうだろう。ヨハンナは自分の身を守るために応戦する。その結果、逃げられないと悟《さと》ったエレオノーラは自宅に立て篭《こ》もるのだ。

——弱ぁいエレオノーラちゃんでも、火をつけるぐらいの魔術は使えるよねっ。私を攻撃してきたけど、間違えて自分の家に火をつけちゃったことにしようかな。ドジなエレオノーラちゃん。

ヨハンナは自分で導いた答えに満足した。

——なんだ。最初から全部、燃やせばよかった。燃やした薬草の匂いが嫌いだからって、後始末を怠《なま》けちゃいけないよね。

機嫌を直したヨハンナは、さっそく先輩たちがいる部屋へ戻った。いつも仲良くしている集団に近づき、困った顔を作る。

「ねえ、先輩。助けてくれませんか？」

「どうしたの？」

ヨハンナを無視できない彼らは、すぐに会話を中断した。

「私、エレオノーラちゃんを説得しようと思うんです。いけないことをしたんだから、ちゃんと罪を償ってほしくて。冤罪だって言ってたけど、たぶん嘘です。エレオノーラちゃんは学生のときから嘘つきだって有名だったから」

そんな噂《うわさ》はない。どうせ先輩たちは事実を確かめるなんて面倒なことはしないのだから、少しぐらい話を盛っても大丈夫だろう。

「でも一人で行くのは怖くて……」

「一緒にエレオノーラのところへ行けばいいのか？」

「最初は私一人で行きます。みんなで押しかけたら、きっと怒って話を聞いてくれないと思うから。先輩たちは私が呼ぶまで、待機しててください」

ヨハンナはことさら悲しそうにうつむいた。

「……話し合いがこじれちゃったら、エレオノーラちゃんは逃げるかもしれません。だから、そのときは捕まえるのを手伝ってください。エレオノーラちゃんの言うこと、信じちゃダメですよ。もし先輩たちの攻撃でエレオノーラちゃんが怪我しても、先輩たちは悪くないって私が証言しますから！」

＊　＊　＊

戸棚から日持ちする焼き菓子を出してきたエレオノーラは、包丁で適当な大きさに切り分けた。果実酒を染みこませて粉砂糖で覆った、冬の保存食にもなる菓子だ。

店が開いていなかったときや、何もしたくない休日のために買っておいた。まさか謹慎処分になって食べるなんて想像もしていなかったけれど。

ずっしりと重い菓子を一口かじると、中に詰まったナッツやシロップ漬けにした干し葡萄《ぶどう》の香りがした。

「トカゲさんも食べられそうなら、どうぞ。君のごはんもあるからね」

休日に買っておいた食材から、肉を選んで焼いてあげた。羽トカゲは目の前に置かれた皿よりも、エレオノーラを気にしてテーブルの上をうろついている。

エレオノーラは投げやりな気分のまま、コップに果実酒を注いだ。

「真面目に仕事してたの、馬鹿みたい。誰かの嘘でこんなことになってさ。頑張っても意味なかったよね」

同じ職場にいる人たちは、エレオノーラを庇うどころか迷惑そうにしていた。いつも使っている便利な道具が壊れた、そんな認識だったらしい。取り調べから戻ってきたときも、心配してくれる声なんて一つも出てこなかった。

「このまま仕事やめようかな。頑張っても魔術は使えないし。ね、どこか遠いところへ行かない？」

羽トカゲが同意するように鳴いた。エレオノーラの腕に前脚をかけ、訴えてくる。

「私が生まれた家を探すのもいいかもね。あのね、私、孤児院に入れられる前のこと、覚えてないんだ。たぶん戦争で色々あったんだと思う」

羽トカゲの羽が下を向いた。落ち込んでいるように見える仕草に、エレオノーラは少しだけ癒やされる。

「院長はお金にうるさいおじさんだったよ。私を拾ったのも、成長したら売れそうだったから、だって。魔力検査してなかったら、今頃はどこかの店で接客してたかもね。それとも誰かの愛人？　どっちも嫌だなあ」

コップの果実酒を半分ほど一気飲みすると、すぐに胸の辺りが熱くなった。

「魔力、あるのに。なんで魔術は使えないんだろう。使い魔の契約だって、トカゲさんみたいな弱い子しか成功しなかったし」

平民だったとしても強力な魔術が扱えたなら、出世が保障されている。強力な魔術を扱えなくても、貴族だったなら重要な役職を任される。エレオノーラにはどちらもなかった。

テーブルに伏せると、硬いものがぶつかる音がした。首にかけた細い鎖を手繰り寄せ、音の正体を服から取り出す。

「私が持ってたもの、これだけだよ。模様《もよう》が描いてあるメダル。学院の本を調べても、由来が分からなくて。裏に知らない人の名前も彫《ほ》ってあるの」

素材はおそらく安価な金属だ。院長に見られても取り上げられなかったのだから、間違いない。何かの紋章が浮き彫りになっているが、国内では該当するものは見つけられなかった。

他人から見ればガラクタ同然のものでも、自分が持っていた唯一のものだ。名前を見ていると、記憶を覆っている靄が晴れる気がした。忘れてしまった過去がこのメダルに集約されていると思うと、手放すなんてできない。

羽トカゲが気にしている様子だったので、見えやすいようにテーブルの上に置いた。グルグルと鳴いているが、酔《よ》いが回ってきた頭では感情を読み取るのが億劫《おっくう》になってきた。

「私、頑張ったよね？　もう休んでもいいよね？」

伏せた顔に羽トカゲが触れてきた。距離が近づくと、伝わってくる感情が強くなるらしい。温かい心のようなものが自分の中に入ってくる。

「慰めてくれるの？　ありがとう」

羽トカゲを抱きしめると、慌てて逃げようとするのが面白かった。だがエレオノーラの手から抜け出しても、遠くへは行かない。触れさせてくれないのに、近くにいてくれる。

「そうだ。契約、解除するね。私の将来がどうなるのか分からないし、今のうちに」

もう自由だよと羽トカゲに言って解除しようとしたが、相手から拒否された。繋がった部分を離してくれない。普通の使い魔なら、使役している側の都合でいつでも解除できるのに変だ。

金色の瞳で真っ直ぐにエレオノーラを見つめる姿が、彫刻の竜のようで綺麗だ。小さくて弱い魔獣のくせに、やけに強く見える。

もし一人きりだったなら、やけ酒をする気力なんて出てこなかった。エレオノーラは浮かんできた涙を隠したくなって、再びテーブルに伏せた。

＊　＊　＊

エレオノーラが冤罪で研究所から追い出された。この国の魔術師たちは、どこまで無能なのだろうか。もし羽トカゲの姿でなければ、ディートリヒは魔術師たちに反論しただろう。

お前たちの頭には泥でも詰まっているのか、と。

彼女と再会してから行動を共にしているが、薬草の密売に関与したことなどない。材料の計算もできない魔術師に代わって必要分を保管庫から出し、余剰が出れば元通りに返却している。奴らが使いっぱなしで放置しているものだって、片付けて管理しているのは彼女だ。

少し一緒に行動しただけのディートリヒですら分かることなのに、なぜ職場の人間は理解していないのだろう。百歩譲って権力が怖くて黙っているなら、まだ納得できる。だがエレオノーラが連行されていくときの顔を見る限り、そんな様子はなかった。

一方で、彼女が証拠となる手帳を渡したのは、失敗だったと思っている。身分に厳しい敵国では、目の前の物証よりも上の人間が言うことが正しい事実へと変わってしまう。あれは絶対に自分で持っていないといけなかった。

何もできない自分が嫌になる。すぐ側にいるのに、弁護も手助けもできない。家に帰ってきたエレオノーラは、自殺してしまうのではないかと思うほど顔色が悪かった。そんな状況なのに、ディートリヒには無様に鳴くことしかできない。

彼女との繋がりは薄くなっている。回路が消えかかっているのは、ディートリヒにかけられた呪いが徐々に効力を失っている証拠だった。だからエレオノーラが焼き菓子をやけ食いして、果実酒を一気飲みしていても、感情を伝えられなかった。愚痴《ぐち》ならいくらでも聞くから、体に悪いことはやめてくれと言葉で頼んだところで、羽トカゲの口から出てくるのは鳴き声のみ。

自暴自棄になっているようで、ちゃんとディートリヒの食事を用意してくれる優しいところは変わっていない。人間の姿に戻れたら全力で礼をすべきだと決め、ディートリヒはエレオノーラにそっと近づいた。

彼女はテーブルに伏せたまま眠ってしまったらしい。涙の跡が痛々しい。理不尽な扱いをされて、心ない言葉を投げつけられても気丈に振る舞っていたのに。

エレオノーラが自分から過去を話してくれたことで、なぜ敵国で魔術師になったのかという疑問が解けた。戦場になった町から逃げるうちに国境を越えてしまい、金にうるさいという孤児院の院長に捕まったのだろう。

エレオノーラに手を出さなかったことだけは褒めてやろうと思う。そうでなければ、探しだして罪を償わせるところだ。

――記憶がないことは想定外だったな。

辛い体験をした者が、無意識で記憶を封じてしまうことが稀にある。だから彼女は母国へ帰ろうという発想が出てこなかったのだろう。ディートリヒが呪いにかからなかったら、今後も見つかることなく人生を終えていたかもしれない。

エレオノーラが身につけていたメダルの模様は、彼女の家で何度も目にしたことがあった。彼女の父親が所属していた職人ギルドが作った身分証のようなものだ。裏に彫られた名前は、その父親のものだった。戦場になった町から避難する時に、迷子札代わりに渡されたのかもしれない。

——遠いところへ、か。

この国に残っても、エレオノーラは幸せになれない。たとえ冤罪と判明して謹慎が解けたところで、陥れようとした犯人を排除しない限り、また似たようなことに巻き込まれる。

——あのヨハンナとかいう女が怪しいが。

同室の魔術師たちの中で、エレオノーラに対して一番強い敵意を抱いていた。善良なふりをして周囲に害悪を撒き散らす姿は、見ているだけで吐き気がする。生まれたときから身分の恩恵を受けているせいか、平民と使用人の区別もついていない。つける必要がない。

そんなヨハンナに忖度《そんたく》して取り巻きに成り下がっている奴らが、エレオノーラを助けるわけがない。つまらない人間関係に心身を削られて壊される前に、エレオノーラを母国へ連れて帰ろう——ディートリヒは決心した。命を救ってくれた恩人が困っているのに何もしないなど、竜騎士としてあるまじき行為だ。自然に呪いが解けるのを待つ時間が惜しい。残りは気合で解呪してみせる。

さっそく解呪を試みようとしたディートリヒの鼻を、焦げ臭い煙がくすぐった。

夕方の赤い光に混ざって、不穏なゆらめきが窓から見える。火事だと気がついたディートリヒは、急いでエレオノーラの頬を叩いて起こしにかかった。

切羽詰まった鳴き声と頬を叩く感触で、エレオノーラは目が覚めた。起きて最初に感じたのは、テーブルに伏せていた体の痛みと、物が燃える不快な臭いだった。

周囲を漂う煙で、視界がぼやけている。

「火事!?」

答えるように羽トカゲが鳴いた。テーブルの上に置きっぱなしだったメダルを口に咥え、エレオノーラに見せる。

受け取ったエレオノーラはなくさないように、首にかけて服で隠した。

「逃げないと……」

息苦しくなってきた。煙が充満しかけているのもあるが、エレオノーラは大きな火事を連想させるものが苦手だ。財布が入っているカバンを持って、玄関の扉に手をかけた。

——伏せろ!

若い男の声が頭の中に響いてきた。耳で聞くよりも早くエレオノーラに伝わってくる。

咄嗟にその場へしゃがんだ頭の上を、燃え盛る炎の塊が飛んでいく。開け放った玄関から室内へ入り、テーブルにぶつかると弾けるように広がった。

「今の、魔術……どうして?」

明らかにエレオノーラを狙った攻撃だった。

また羽トカゲが鳴いた。逃げろと言っている。急に回路の繋がりが強くなって、羽トカゲが考えていることが際限なく流れてきた。

使えそうな避難経路、研究所までの道、人通りが多い商店街に、薄暗い路地裏。エレオノーラが考えるよりも速く、風景が移り変わる。最後に、羽トカゲと出会った裏道の光景が浮かんできた。

「そこに行けばいいの？」

繋がりが弱くなって、何も見えなくなった。一時的に強化されただけのようだ。

エレオノーラが外へ出ると、火事に気付いて集まってきた人たちが見えた。同じ建物の住人も避難し始めている。裏道を目指して走りだすと、誰かがエレオノーラの名前を呼んだ。

足元に火の矢が降ってきた。騒ぎが大きくなり、逃げ惑う人々にぶつかりそうになる。なかなか前へ進めないエレオノーラに、また回路を通じて声が聞こえた。

――右、建物の中、通り道に。

言われた通りに右側の建物へ入ると、壁に囲まれた中庭に出た。声が導くまま素通りをして裏道を目指す。昼間でも薄暗い裏道に抜けたとき、後ろから追ってくる足音がした。

「先輩、あそこにエレオノーラちゃんがいますっ！」

逃げようとする先に炎の柱が上がった。熱さで近寄れず、エレオノーラは立ち止まるしかない。

「ヨハンナ……？」

炎は彼女が得意な魔術だ。

ヨハンナは職場の先輩たちとエレオノーラを包囲した。なぜか黒く煤《すす》けた右肩を痛そうに押さえている。

「ひ、酷いよエレオノーラちゃん。私を攻撃してくるなんて」

涙目で睨《にら》むヨハンナと、敵意を向けてくる先輩たち。いつもの光景と違うのは、それぞれ攻撃用の魔術を用意していることだ。

「してない。攻撃してきたのは、ヨハンナのほうでしょ？」

「私ね、説得しに来たんだよ。エレオノーラちゃんが罪を認めてくれたら、減刑されるように頼んであげるからって」

「私は薬草の密売なんてやってない。火の魔術を使ったのも私じゃないよ」

「でもっ！」

「火系統の魔術は一つも使えないの。怖くて。普通の火だって、料理なんてしたくないぐらい苦手」

「え……？　う、嘘！　また嘘ついて、ダメだよっ」

動揺するヨハンナとは逆に、周囲の先輩たちは居心地が悪そうに沈黙していた。何人かはエレオノーラが火系統の魔術が全く使えないと知っている。実験や薬の調合で、火が関与する工程は多い。だからさんざん役立たずだと言われてきた。

「でもエレオノーラちゃんが家を燃やしたってことは、変わらないんだからね！　みんなを巻き込むなんて最低！」

違うと反論しようとしたとき、逃げ道を塞《ふさ》いでいた炎の柱が掻き消えた。

「お前たちは何をしているんだ！」

警備部から人を引き連れて、ルーカスが走ってくる。炎の柱を魔術で相殺したのはルーカスだろう。右手に魔術を行使したあとの粒子が漂っている。

「なぜ彼女の家が燃えている？　答えろ」

「エレオノーラちゃんが、怒って急に」

「君には聞いていない」

「酷いです先輩！　いつも私のこと無視して！」

ヨハンナの周りに炎が溢《あふ》れ出てきた。急いで離れる先輩たちのことなど目に入っていないのか、辺り一面を炎の海へと変えていく。

「先輩はその人に騙《だま》されてるんです！　だっておかしいじゃないですか。私じゃなくて、エレオノーラちゃんを助手にするなんて……私のほうが劣ってるってことですよね⁉」

「いきなり何を……おかしいのは君だ。この状況で言うことが、それか？」

「なんで？　私には大切なことなのにっ」

「どう大切なんだ。だいたい冤罪でエレオノーラを貶めて、何を考えているんだ。まさかこの火事も君が？」

「冤罪？　おいルーカス、どういうことだよ」

「エレオノーラは薬草の横流しなんてしていなかった。全てヨハンナが――」

「全部、悪いのはエレオノーラちゃんだから！　私、悪くない！」

炎が地面を離れて渦巻いた。勢いに押されたルーカスたちは裏路地の壁際まで後退した。

「エレオノーラちゃんがいると、上手くいかないの！　なんでいつも私の邪魔ばかりするの？　雑用しかできない平民のくせに、私よりも目立つなんて！」

「くそっ……ひとまずエレオノーラを確保しないと」

獣の形になった炎が吠えた。ヨハンナの感情を表すように真っ赤に燃え盛り、大きな口を開ける。

エレオノーラが使える魔術では、あれを防げない。ルーカスは炎の海から自身の身を守ることで精一杯だ。先輩たちの半数は逃げていった。エレオノーラを助けてくれる人は誰もいない。

肩から降りた羽トカゲが前に出た。エレオノーラを振り返り、何かを訴えてくる。

「駄目《だめ》だよ、逃げて！」

使役を解除すれば、羽トカゲだけでも逃げられる。繋がった回路を断ち切ろうとすると、逆に大きく広がってエレオノーラの魔力が流れて出ていく。

――悪いな、魔力をもらうぞ。

またあの声がする。そこでようやく羽トカゲのものだと気がついた。

「あなた、誰なの……？」

使い魔の契約が弾け飛んだ。繋がっていた回路が閉じてしまう。枯渇しそうなほど魔力を奪われたエレオノーラは、立っていられなくなって座りこんだ。

完全に回路が閉じる前に、羽トカゲは名前を伝えてきた。

「ディー？」

途切れ途切れでうまく聞き取れなかった。それでも最初に聞こえた音を返すと、羽トカゲは金色の目を細めて、嬉しそうに鳴いた。

「なによ、その貧相なトカゲ。エレオノーラちゃん、そんな気持ち悪いものと契約してたの？」

ヨハンナに見つかってしまった。

炎の獣が羽トカゲへ襲いかかった。咬みつかれる寸前、羽トカゲを中心に黒い風が吹き荒れた。ヨハンナの炎を駆逐し、エレオノーラを守るように優しく包む。ヨハンナは風に叩きつけられて、気絶していた。

「この国の魔術師は、気に入らないという理由で殺し合うのが常識なのか？」

頭の中に響いていたものと同じ声がした。

黒を基調にした服を着た男が、エレオノーラに背を向けて立っている。戦うことを専門にしているのだろうか。腰の剣に見合う、鍛えられた体格をしている。真っ黒な髪は短い。顔は見えないが、瞳は金色だという予感があった。

彼は飛んできた氷の矢を、抜き放った剣で叩き落とした。

「そちらの男には世話になった。なかなか面白い呪いだったぞ」

「貴様、あの時の竜騎士か！　なぜここにいる⁉」

いち早く反応したのはルーカスだった。男へ向かって氷の塊《かたまり》を飛ばし、次の攻撃準備に入る。

男は剣で氷を弾き返し、武器を構えて向かってきた警備部の人間を昏倒させていった。

残っていた先輩たちは腰を抜かして座り込むか、逃げていった。あの慌てぶりでは、衛兵に通報しているかどうかも怪しい。

「なぜ？　暇だったから、お前たちを偵察していた。機密の一つでも落ちていないかと期待したが、偉そうに威張る貴族しか見つからん。しかもこんな路地裏で私刑とは。野蛮だな」

「トカゲ使いが偉そうに！」

ルーカスが放った電撃が体をかすめて、鳥肌が立った。エレオノーラがいる場所は、かろうじて避けてくれている。それでも動けば自分に当たるような怖さがあった。

挑発されても男は冷静に攻撃を避け、刀身に左手を添えた。

「空を飛ぶ俺たちに、雷が通じると思うな」

低く威圧するような声だった。電撃は全て剣に集約されていく。ルーカスに肉薄した男は、剣の腹で薙《な》ぎ払った。

接近戦に備えていなかったルーカスは、勢いよく壁に叩きつけられて苦しそうに呻いた。

男はエレオノーラがいるところまで退がってきた。エレオノーラの首にはめられていた首輪に手をかけ、剣に纏《まと》わせていた電撃を流しこむ。首輪は呆気ないほど簡単に外れた。

「立てるか？」

心配そうに見つめる瞳は、やはり保護していた羽トカゲと同じ金色だ。ここ数日、羽トカゲが精神的な支えになっていたからだろう。男が差し出した手を摑むことに、迷いはなかった。

「待て、エレオノーラから離れろ！」

ルーカスが痛みを堪えて立ち上がった。

「断る！　お前たちは彼女を使うことしか考えていない。このまま酷使されて使い潰される前に、俺が連れて行く」

突然の宣言に、エレオノーラはついていけなかった。

――黒い羽トカゲじゃなくて本当は人間で、ルーカスさんと因縁がありそうで、さらに私を連れていくって、どういうこと？

男は困惑しているエレオノーラを優しく抱き寄せ、剣先を地面に刺した。

下から魔力が噴出してくるのを感じる。人間が持っている魔力よりも強い。地面の下には魔力が流れる川があると知っていたものの、触れるのは初めてだ。

景色が歪み、一瞬の浮遊感のあと、聞こえてくる音が変わった。

虫が鳴いている。

炎で熱せられた空気ではなく、涼しい夜の風を頰に感じた。

おそらく男は魔力の川を利用して移動したのだろう。大掛かりな魔術の図形を使わなくても瞬時に移動できる魔術など知らない。外国の魔術だろうか。夢でも見ている気分だった。

男はエレオノーラから離れた。空を見上げてしばらく黙っている。やがて上から大きな黒いものが羽ばたきながら降りてきた。

「ようやく話せるようになったな。エレン」

黒い塊――竜の額を撫でながら、男はそう言って微笑んだ。だがすぐに表情が変わる。

「時間がない。今すぐ選んでほしい。俺と一緒に逃げるか、この国に留まって逃亡生活をするのか」

金色の瞳には怒りが見てとれた。怒りの対象が自分ではないと知りつつも、気迫に圧倒されて思わず後ろへさがった。

「逃亡……」

「非常に腹立たしいが、あいつらの追跡魔術は優秀だぞ。すぐに捕まって牢獄へ入れられるだろうな。なんの後ろ盾もない魔術師がどのような扱いを受けるか、知らないはずはないだろう？」

自由も希望もない生活をするぐらいなら、彼について行ったほうがいいのではないだろうか。まだ名前しか聞いていないけれど、殺されそうになっていたところを助けてくれた恩人だ。

どうすると再度尋ねられ、エレオノーラはようやく決断した。

「……一緒に行きます」


この十日間に起きたことを思い出していたエレオノーラは、そっとため息をついた。

愛称でエレオノーラを呼んだ人は、改めて名乗った後、羽トカゲにされた経緯を話してくれた。エレオノーラが発見して治療していなければ、誰にも知られることなく死んでいただろう。だからエレオノーラを助けるのは当然の行為だという。

――子供の頃に会っていて、一緒に遊ぶ仲だったらしいけど。

残念ながらエレオノーラは覚えていない。ディートリヒは記憶がないと告げたエレオノーラを責めたり、無理に思い出させようとはしなかった。

初めて乗る竜の上で、エレオノーラは自分をしっかりと支えるディートリヒを盗み見た。横顔を見ていると、何かが心を刺激してくる。だが同時に思い出してはいけないような、心のざわめきがあった。

「……寒くないか？」

見られていることに気がついたディートリヒが尋ねてきた。

「だ、大丈夫……」

少しでも姿勢を崩せば落ちてしまうのではないか——慣れない飛行体験で寒さを感じる余裕がない。それに異性と密着することなどなかったので、恥ずかしくて自然と体温が上がっていた。

「あの、ディートリヒさん？」

見つめ合う気まずさから逃げたくて名前を呼ぶと、もの凄く残念そうな顔をされた。

「昔みたいに愛称でいいと言ったはずだが」

「でも、長い間、会ってなかったみたいだし」

覚えていないエレオノーラにとっては、初対面と変わらない。だが無表情になってしまったディートリヒがあまりにも悲しそうだったので、エレオノーラが折れた。

「……ディー？」

「ん？」

幸せそうに返事をされると、他人行儀な呼びかたをしたことに罪悪感がわく。

「私を探していたって、言ったよね？」

「ああ。休日のたびに国内を探し回っていた。隣国にいたのは誤算だったな」

エレオノーラが生まれ育った町は、国境に最も近いところにあるとディートリヒは言った。

近いとはいえ戦争中は敵国側へ移動するのは危険だ。だが他にも町を脱出した住民がいたので、彼らと国内のどこかへ避難したのではと予想していたそうだ。

「どうして私を？」

「約束したことがある。俺が竜騎士になったら、エレンを乗せて飛ぶ、と。戦争で行方が分からなくなっていたが、こんな形で果たせるとは思わなかった」

「よく似た別人ということはないの？　だって、前の戦争から何年も経ってるし、成長して外見とか変わったところもあるよ」

「使役の契約をしていたときに、エレンの記憶の一部が流れてきた。サンタヴィルの町が健在だった頃の風景と、一緒に遊んでいたときの」

「……戦争の記憶も？」

「少しだけな」

「私の家族は、生きてるの？」

「ご遺体は共同墓地に埋葬されている。生活が落ち着いたら、墓地まで案内しよう」

「そっか……もう、いないんだ」

家族の訃報を知らされても、悲しみより虚《むな》しさが強かった。思い出せないことが、もどかしい。どんな生活をして、どんな人たちだったのか、知っていたはずなのに。

「記憶を取り戻したいなら、できる限りのことはする。だから絶対に孤独だと思わないでくれ」

もしかしたら羽トカゲだった時から、似たようなことを言ってくれていたのだろうか。ただの鳴き声にしか聞こえなかったが、いつも必死に訴えてきていた。ようやく話せるようになったと、嬉しそうに言っていたことが腑に落ちた。

「ありがとう。一人じゃどうしようもない時は、お願いするね」

「いつでも構わないのだが」

遠慮をする意味が分からないとばかりに、ディートリヒはため息をついた。先ほどから、隙あらばエレオノーラを甘やかそうとする。

自分以外に頼れる人がいなかった経験から、依存することへの不安があった。もしディートリヒが心変わりをして離れていってしまったら、エレオノーラはまた一からやり直さないといけない。

何も持っていない自分を、無条件で受け入れてくれる場所なんてあるはずがない。家族はもうおらず、育った孤児院は家庭的な場所ではなかった。魔術を習った学院は、みな上を目指すために必死で、他人を気遣う余裕がある者などいなかった。そんな環境だったから、友達と呼べる人もいない。

「もうすぐ砦に到着する。あまり快適な場所とは言えないが、今夜はあそこに泊まるぞ」

「泊まるぞって、急に押しかけても平気なの？」

「問題ない」

何がどう問題ないのか全く分からないが、今はディートリヒを信じるしかなさそうだった。

＊　＊　＊

ようやくエレオノーラを助けることができる。ディートリヒは順調な滑り出しに満足していた。

呪いの後遺症か、まだ体にぎこちなさは残っている。だが無力な羽トカゲだった頃を思えば、多少の不自由は許容範囲内だ。

竜の背中の上で、エレオノーラは大人しく座ってくれている。飛び立ったときは悲鳴を上げてしがみついてきたが、すぐに慣れて会話もできるようになった。

――小さい……いや、俺が大きくなったせいか。

横から抱きしめるように支えていると、エレオノーラの体が小さく感じた。羽トカゲだった頃の反動だろう。あのときは身の回りのもの全てが大きかった。

エレオノーラは不安そうに進行方向を見ていた。ディートリヒの上着を摑む手は、飛行してから一度も離れていない。まだ完全にディートリヒを信じたわけではないだろうが、頼りにされているようで嬉しい。

――好き？

竜から短く言葉が届いた。ディートリヒがエレオノーラのことを考えている感情を読み取って、聞いてきたのだろう。

竜にはエレオノーラとの思い出を教えてあった。一緒に各地を飛び回り、彼女を探していた仲間でもある。森へ迎えに来てくれた竜に再会できたと伝えると、自分のことのように喜んでいた。

エレオノーラのことが好きかと聞かれて、ディートリヒは咄嗟に言葉が出てこなかった。

思い出の中のエレオノーラは、ずっと小さな女の子の姿だった。ところが、再会したエレオノーラは大人の女性に成長し、自立して働いていた。

戸惑いがなかったと言えば嘘になる。エレオノーラとの繋がりは分断され、彼女の人生に自分は関係なくなっていた。けれど親密だった過去を忘れることができず、どこかに繋がりが残っていると信じたかった。

彼女の純粋な優しさに触れているうちに、妹のようだという感覚が薄れていった。ルーカスの歪んだ感情に気がついたときは、どんな手段を使っても排除しなければと思った。彼女が望んでルーカスの助手になりたいと願っていたとしても、素直に歓迎できなかったに違いない。

エレオノーラが不当に扱われているのを知って憤りを覚え、成果を搾取する職場の人間に呆れたのは、彼女が『妹』だからだと結論づけた。ところが己の心は違うと否定してくる。

——好き？

答えないディートリヒに、もう一度竜が尋ねてきた。

その一言が真っ直ぐ心に落ちて、違和感を消していく。妹のような存在だからという理屈よりも、よほど納得できた。

あれこれと言葉を費やしてエレオノーラを守る理由を考えているうちに、真実から遠ざかっていたようだ。好きだから手が届く範囲にいてほしい。これならディートリヒの気持ちを素直に表現している。

——そうだな、どうやら好きらしい。

ディートリヒの言葉と感情が伝わった竜は、目を細めて嬉しそうに喉を鳴らした。

＊　＊　＊

竜が徐々に高度を下げてゆく。地上に見える灯火へ向かっているようだ。

ディートリヒが歌のような囁きを発すると、竜が呼応して澄《す》んだ声で鳴いた。

微かに、遠くから笛の音が聞こえる。竜は音が聞こえた方向へ頭を向け、急降下を始めた。

「安心しろ、絶対に振り落とさない」

思わず小さな悲鳴が出たエレオノーラに、ディートリヒは耳元で囁く。艶《つや》のある声で、そんなことをしないでほしかった。色々と刺激が強い。

砦の屋上に着陸した竜は、その場に伏せてゴロゴロと甘えるような声を出した。先に降りたディートリヒは竜の首を軽く叩き、よくやったと褒めている。親密な光景がエレオノーラの記憶を刺激したが、正体を摑む前に消えてしまった。

ディートリヒの手を借りて竜の背中から降りていると、砦の中から次々と人が出てきた。似たような黒い制服を着ているので、全員が竜騎士なのだろう。

「隊長、心配しましたよ。よくご無事で」

先頭にいた男がディートリヒに話しかけてきた。他の者は竜がつけている手綱を引いて、どこかへ誘導していた。

「不在間の様子は?」

「何度か魔術師たちの姿を目撃しましたが、お互いに被害はなく。いつもの膠着《こうちゃく》状態です」

報告を受けているディートリヒは、限りなく感情を削《そ》ぎ落とした顔になっていた。エレオノーラに向けていた笑顔の余韻はない。冷静で厳格そうな姿があった。

「ところで、そちらの女性は?」

急に自分に関する話題に切り替わった。

大勢から注目されて萎縮《いしゅく》するエレオノーラに対し、ディートリヒは堂々としていた。

「先の戦争で行方不明になっていた民間人を、ノイトガル王国で発見した。俺を助けてくれた恩人でもある。失礼のないように」

「了解」

名前を聞かれることも、素性を聞かれることもない。ディートリヒが連れてきたから無害だと全員が信頼している。説明されずとも、この集団の中ではディートリヒが最上位者だと理解した。

「エレン」

どうすればいいのか迷っているエレオノーラを、ディートリヒは手招きした。

「疲れていると思うが、もう少し辛抱してくれ」

空腹かどうか聞かれたが、エレオノーラは首を横に振った。極度に緊張する状態が続いていたせいか、胃のあたりが落ち着かない。代わりに温かい飲み物をもらえるだろうかと尋ねた。

「お湯でもいいの。あまり濃くない味なら、なんでも」

「すぐに用意する」

ディートリヒに連れられて階段を降り、幾度か廊下を曲がって両開きの扉をくぐった。扉の正面には重厚な机が置かれ、厚手の絨毯《じゅうたん》が敷いてある。壁には紋章を描いた旗がかかっていた。紋章の隣には、学院で敵——竜皇国のものだと教えられた国旗もある。

竜に騎乗して、夜中にエレオノーラを連れて砦へ押しかけても問題なく、立派な調度品が揃った部屋を使える。この現実を目の当たりにして、ディートリヒの正体を予想できないほど愚かではない。

「ディー。あなたがこの国で何をしているのか、まだ聞いてなかったね」

隣へ続く扉を開けたディートリヒは、言っていなかったかと呑気に言った。

「竜皇国の竜騎士団。その中の西方を守護する部隊に所属している」

「隊長、なんて呼ばれていたけど？」

「いくつかある部隊の一つを任されているだけで、そう大したものじゃない。今夜はここを使ってくれ。粗末《そまつ》で悪いが」

自分の役職は本気で大したことはないと思っているらしく、素っ気ない回答で終わってしまった。

隣は寝室になっていた。あまり広い部屋ではないが、寝心地が良さそうなベッドが置いてある。ワードローブなども備え付けられ、長期滞在できるようになっていた。

ディートリヒはエレオノーラを部屋に残して出ていったが、しばらくして温かい茶が入ったカップを持って戻ってきた。

「明日、さらに東へ向かって移動する。こんな砦じゃ、ゆっくり休めないだろ？」

「ここでの仕事はいいの？」

「緩衝地帯から魔術師たちが撤退したから、こちらも通常の監視体制に移行している。敵が大人《おとな》しい間に、呪いをかけられたことについて上層部へ報告しに戻らないと」

最終的にどこまで行くのか尋ねると、レイシュタットという西方で最も大きな都市だと教えてくれた。

「それを飲み終わったら、エレンは先に休むといい。少し隣が騒がしくなるかもしれないが、扉を閉めておけば聞こえにくいはずだ」

「私がベッドを使ったら、あなたはどこで寝るの？」

「俺一人ぐらい、どうとでもなる」

「まさか隣の部屋にあったソファで？　駄目だよ。あんな狭いところで寝たら、身体中が痛くなるよ」

研究所で寝泊まりしていたエレオノーラは、まともなベッドで寝る重要性を熟知していた。足が伸ばせるように床で眠ると肌寒く、ソファに座ったままでは熟睡できない。

助けてくれたディートリヒに窮屈な思いをさせるぐらいなら、自分がソファで寝ると言うと、しばらく無言で見つめられた。

「ディー。私、本気で言ってるの」

「……いや、それは理解した」

ディートリヒは口元を片手で覆い、楽しげに笑っていた。

「心配せずとも、空きのベッドはいくらでもある。今は最低限の人数しかいないが、非常時にはもっと多くの人員が配置されるからな。一人増えた程度では困らない」

「それならいいけど……」

「別に床だろうと屋外だろうと、俺はどこでも眠れるが」

「気になって私が眠れないの。お願いだからまともな場所で寝て」

「エレンの願いなら仕方ない」

ディートリヒは愛おしげにエレオノーラの髪に触れた後、頬に口付けた。

「おやすみエレン」

いくら恩義を感じているとはいえ、甘い顔で言わないでほしい。

――ディーはただの恩返しで助けてくれただけ。親切にされた程度で、私に気があるなんて思っていたら迷惑になる。

他人から優しくされた経験が乏《とぼ》しいエレオノーラには、勘違いしそうな要素ばかりだ。勘違いから生じた恋愛の拗《こじ》れは、学生の時から見聞きしている。同じ失敗はしたくない。

「とりあえず、これ飲んで寝よう。明日も竜に乗るみたいだし」

また密着して乗るのだろうか。次は前ではなくて後ろがいい。でも後ろだと背中から抱きつくことになるので、それはそれで恥ずかしいかもしれない。どちらを選んでも解決しそうにない問題だ。

エレオノーラはしばらく考え、諦めてカップの茶を飲んだ。

3　竜が舞う国

あの隊長が女性を連れて帰還した――この衝撃的な知らせは、瞬く間に砦全体を駆け巡った。

食堂に集まった非番の者は、それぞれ酒を片手に一つの話題で盛り上がっていた。ろくに娯楽《ごらく》がない最前線の砦では、些細なことでも暇潰しになる。

特にここ数日は、ディートリヒが生死の分からない状態で行方不明となり、緊張が続いていた。その反動と、話題の本人が最大級の衝撃をもたらしてくれたものだから、いつも以上に賑《にぎ》やかになっていた。

「聞いたか？」

「ああ。最初は嘘だろって思ったけど――」

どの席でも同じ話題ばかりだ。

クルトが酒の入ったジョッキを片手に空席を探していると、目ざとい隊員が片手をあげて合図をしてきた。他に空席はない。拒否する理由もないので、ありがたく座ることにした。

「よく来た、副官殿。で、ここへ来たということは、詳細を教えてもらえるんだよな？」

さっそく率直な要求が飛んできた。

クルトはディートリヒと同郷で、竜騎士となったのも同じ時期だった。なぜか腐れ縁が続いて、今ではディートリヒの副官をしている。そのディートリヒが行方不明になったときは、彼の捜索と隊をまとめる仕事に追われていた。無事にディートリヒが帰還してくれたので代理の隊長業務からは解放されたが、今度は噂話で加熱しそうな隊員たちを静かにさせるために、食堂まで顔を出さなければならなかった。

「詳細と言われてもな……」

「まず外見から」

クルトはエレオノーラが真っ黒な竜から降りてきた時のことを思い出しながら、嘘にならないよう慎重に言った。

「金髪で珍しい赤い瞳。歳は隊長よりも下だと思うが、たぶん成人はしてる。体型は女性らしい曲線美だったとだけ言っておこう。これ以上は聞くな。隊長に殴り殺されたくない」

瞳が赤いと聞いて、好意的な声があがった。この国では初代皇帝が従えていた竜が赤い目だったことから、同じ特徴を持つ者は好かれる傾向にある。

「隊長の特別な人ってことでいいんだよな？」

いつの間にか周囲にいた全員が耳を傾けている。むさ苦しい男ばかりで泣きたくなるが、クルトは我慢して続けた。

「本人から直に聞いたわけじゃないが、たぶん合ってる。だって、あの『氷の騎士』なんてあだ名をつけられた奴が、微笑んでるんだぞ？　俺、あいつが人間の、それも女性と親しげにしてるところなんて初めて見た」

ディートリヒは基本、無愛想だ。竜には笑顔を向けて世話をしているが、人間にはあまり関心がない。だが恵まれた外見の良さが欠点を完全に隠してしまっているので、本人の意思に関係なく女性たちから絶大な人気があった。

口下手ではない。どんな美女に言い寄られようとも、恋の相手をしないだけ。特別な相手がいるという噂もない。つれない態度からついたあだ名が『氷の騎士』だ。誰がディートリヒを落とすのか、密かに注目されている。

俺たちが同じことをやったら、ただの社会不適合者だよな——かつて別の同期が言っていた言葉だ。

「笑顔で愛想がいい隊長？　ちょっと想像できませんね」

「クルト副官……働きすぎで幻覚でも見たんじゃ……」

「それ、本当に隊長だったんですか？　人間の姿を真似《まね》る魔獣じゃないですよね？」

現場を目撃していない隊員から、どこの隊長の話だと疑問が噴出している。気持ちは分かるが、お前らの隊長だよと言って酒を飲んだ。

「でも連れてきて良かったんですかね。この国の生まれといっても、色々な手続きをすっ飛ばしてますが」

「それについては本人から説明してもらったほうが早いな」

クルトは食堂の入り口へ向かって手を振った。気がついたディートリヒが、まっすぐこちらへ来る。

噂の人物の登場に、食堂内はにわかに騒めいた。

気を利かせた一人が席を立ち、クルトの隣にイスを置く。ディートリヒはいつもと違う雰囲気を訝《いぶか》しんだものの、導かれるままに腰を下ろした。

「ようこそ噂で盛り上がる食堂へ」

「明日の出発について打ち合わせをしておきたかったのだが……」

「仕事の話は真相を明らかにしてからどうぞ」

「真相？」

連れてきた女性のことだとクルトが言うと、ディートリヒはおおむね理解したようだ。

「最初に話した通り、敵国で我が国の民間人を発見したから連れてきた」

「要約しすぎて、逆に分からんよ」

仕事中ではないので、クルトは敬語を使うのをやめた。ディートリヒも特に咎《とが》めてこない。

「まず負傷した俺を治療してくれた。傷が癒えるまで世話になっていたところ、彼女が虐げられている現場を目撃した」

奴隷に近い扱いだったとディートリヒが話すと、食堂内の空気が張り詰めた。

「冤罪で休職扱いにされた挙句、家に火をつけられた。行く当てもなさそうだから、国の保護を受けるために連れてきた。これでいいか」

「放火だと」

「冤罪ってどういうことですか」

「そもそも、彼女はなぜ敵国に？」

次々と質問が飛んでくる。酒が入っていることもあって、隊員たちはより感情的になっていた。

「どうやら戦争の混乱で。詳細は分からんが、敵国の孤児院に拾われたそうだ」

ディートリヒは彼女から聞いたらしい境遇を淡々と話していく。聞いている全員が話に引き込まれた。特に女児を持つ父親の隊員は、他人事と割り切れず辛そうだ。

「――以上の理由で放置できず、助けられた恩もあって連れてきた」

「むしろその状況で見殺しにしてきたら、竜騎士じゃないっすね」

若い隊員の言葉に、皆は同意して頷いている。保護したことについてはクルトも賛成だ。

「で、明日は彼女を連れて移動でしたっけ？」

「ああ。彼女が生きていることを行政に届け出ないと」

いや、お前が行方不明になった経緯を上に報告するのが最優先だろ――クルトはそう思ったが、空気を読んで黙っていた。

周囲の酔っ払いどもは、彼女の境遇を聞いて変に肩入れし始めている。ディートリヒはいつも通りの態度に見えて、どこか落ち着かない様子だ。この状況で仕事のことを持ち出すと、周囲にいる全員がクルトの敵に回りそうだった。

「あ。じゃあ隊長。彼女さんが寒くないように、コートとか貸してあげたほうがいいんじゃないっすか？　上空は冷えますから」

「それもそうだな。予備のコートに大きさが合うものがあればいいが」

助言をしてきた若い隊員は酔った勢いなのか、とんでもないことを言いだした。

「何を言ってるんですか。隊長のコートを着せないと。小柄な彼女さんが、男ものの大きなコートを羽織るのが最高なんですよ」

すっと食堂が静かになり、あちらこちらから賛同と感動の声が上がった。さらにコート以外に何を着せるのか、論争の波が広がっていく。

こいつら馬鹿ばっかりだ――クルトは生ぬるい気持ちになった。

「だいたい、どこの誰が着用したのか分からないコートを、大切な人に着せても平気なんですか？」

「駄目だな」

ディートリヒは真顔で即答した。もうこの一言で、ディートリヒが彼女のことをどう思っているのか丸分かりだ。それでも彼をからかう人間が一人もいないのは、人徳か、細かいことを気にしない隊員が多いからか。

――ディートリヒに気にかけている人がいるのは知っていたが、まさか見つけだして連れてくるとは。

彼女のことが公になったら、きっと騒ぎになる。だが無愛想で有能な友人は、障害になりそうなものを事前に、丹念に潰していくのだろう。そんな予感がしていた。

――生死すら分からなくても諦めずに、休日のたびに探し回ってたんだよな。やっと会えた相手に優しく看病されて、気持ちが傾いたのかね。

勝手に幸せになれと心の中だけで呟いて、クルトは新しい酒を求めて席を立った。


翌朝、エレオノーラは隣の部屋から聞こえてくる話し声で目が覚めた。一人はディートリヒで、もう一人は分からない。落ち着いた声音に再び眠気を誘われたが、ベッドから降りて無理やり眠気を追い払った。

寝癖がついた髪をなんとか手櫛《てぐし》でまとめて誤魔化し、静かになった隣室へ移動した。ディートリヒが机に書類を広げて考え事をしている。ときおり手元の紙に何かを書きつけていたが、エレオノーラが入ってくると、すぐに気が付いて険しい表情を緩めた。

「おはよう。疲れてないか？　もう少し眠っていても良かったのに」

「……おはよう。あの、仕事の邪魔じゃなかった？」

「まさか。どんな仕事だろうと、エレンが最優先だ」

朝からいい笑顔で誤解させることを言ってくる男だ。それともこれが竜皇国の社交辞令だろうか。

どっちだろうと悩むエレオノーラをよそに、ディートリヒは机の上を片付けて、布を被せたカゴを取った。

「朝食にしようか。座って」

カゴから出した皿を並べ始めたディートリヒを見て手伝おうとしたが、やんわりと断られた。羽トカゲだった頃に世話になったからと彼は言うが、奉仕されると落ち着かない。

「誰かにやってもらうなんて慣れてないの」

「慣れてくれ。これが俺のやり方だ」

無茶を言う。

「前線の砦だから、良い食事とは言えないが」

「食事を分けてもらえるだけで十分だよ」

日持ちするように固く焼いたパンと、野菜や肉を煮込んだスープだ。質素な内容だが、しっかりした味付けで美味しい。

席に着く前は緊張していたのに、二人で食卓を囲むと驚くほど自然に会話が進んだ。ディートリヒは一見すると冷たい印象を受けるが、言葉の選択が上手いのか、話をしていてエレオノーラが萎縮するようなことはなかった。

無理して優しくしているようには感じない。知らない砦にいるのに、居心地がいいと感じてしまうほどだ。

「そういえば、あのルーカスという男の仕事を手伝ったことは?」

「あるよ。でも私が関わったのは、素材の下処理みたいな調合前の準備ばかりだった。ルーカスさんの薬の調合は、秘密にすることが多いから一部の工程しか知らないの」

ディートリヒに呪いをかけたのがルーカスだったというのは、昨日の段階で聞いている。あの出張でディートリヒと衝突して、羽トカゲになる呪いをかけていたなんて驚きだ。呪いには後遺症が残るものもある。敵なら心置きなく危険な実証実験ができるということだろうか。

ルーカスの専門は攻撃に使える魔法薬全般だ。研究内容が盗まれないように、核となる部分には決して他人を関わらせようとしなかった。エレオノーラは彼の研究内容を尋《たず》ねたり、情報を抜き取ったりしなかったので、助手にするには丁度良かったのだろう。呪いについてエレオノーラが協力できることはない。

「……ごめん。他人の研究には関わらないことが、研究所の規則だったから」

「謝ることはない。呪いは解けた。影響が残っているかは、この国の医者でも調べられる」

食事の後にディートリヒが用事を済ませている間、できる限りのことを思い出してみたが、羽トカゲの呪いに関連したことは浮かんでこなかった。ルーカスの徹底した情報管理は見習うべきところが多い美点だが、こんなときは少し恨めしい。

ディートリヒは竜が待つ屋上へ行く前に、コートをエレオノーラに渡した。

「今の服装では風邪をひく。大きさが合わなくても着ていてほしい」

急いで家を出たので、防寒着は何も身につけていなかった。

おそらくディートリヒのものだろう。羽織ると袖から指の先しか出ない。裾も長くてスカートと長さが変わらなかった。

「……誤算だった」

「やっぱり変、だよね？」

なぜかディートリヒは壁の方を向いて項垂《うなだ》れている。

「あいつら、こうなると知ってて……褒めてやるべきか？　それともいっそ特別手当？」

「ディー？」

「なんでもない。行こうか」

ほのかに頬を赤らめて、なんでもないはずはないと思うが、仕事の顔に切り替わったディートリヒは答えてくれないだろう。

屋上で待機していた隊員たちは、エレオノーラが現れると優しい顔になった。昨日のよそ者に対する視線とはまるで違う。ディートリヒが怪しい者ではないと説明してくれたのだろうか。

東へ向かって移動する隊員は他にもいるらしく、赤や灰色の竜も待機していた。全ての竜は背中に鞍をつけられ、大人しく待っている。ディートリヒの竜は主人が近づくと鼻を擦《こす》りつけて甘えていた。

昨日と同じように竜の背中に乗せられたとき、馬と違って騎手の背中側だと落ちる可能性が高いと説明された。体を支えているのがエレオノーラの腕力だけだと、上下に移動するときに耐えられないかもしれないそうだ。

「長距離飛行では、竜の体力を温存させるために上空の風に乗る。乗り慣れていないと、降下したときに力が入らなくて落下しやすいんだ」

「でも私が前だと、ディーが疲れない？」

「この程度で疲れるような竜騎士はいない。昨日、絶対に落とさないと言っただろう？」

騎乗している竜が翼を広げた。昨夜のように澄んだ声で鳴くと、呰から似たような鳴き声が響いてくる。

「珍しいな。待機中の竜まで歌うとは」

「隊長が浮かれてんのが伝染したんだろ」

副官のクルトが呆れたように言った。気やすい仲の同期という存在が珍しくて、エレオノーラは羨《うらや》ましくなる。

「お嬢さん、竜はね、乗り手と心が繋がってるんだよ。だから、そこの男が何を考えてるのか分からないときは、竜を見ればいい。どうせ単純なことしか考えてないから」

「クルト」

「さーて、後方で警戒でもしていようかなぁ」

ディートリヒに睨まれたクルトは逃げるように竜を操って後方へ下がっていった。

「竜騎士は竜と使い魔契約をしているの？」

「いや、竜騎士は己の竜を卵から育てて、徐々に絆を深めていく。魔術で強制的に繋いだ回路とは違う。絆が深まるにつれて自然と構築される回路だ。言葉にするのは難しいんだが、回路が開いているときは、自分の体がもう一つ存在している感覚になる」

「だから言葉で命令しなくても、竜が動いてくれるんだね」

遠くにいても竜には主人の居場所が分かるそうだ。さらに心で繋がっているので、わざわざ竜に名前をつける竜騎士は滅多にいないらしい。

「名前がないと、誰かと竜の話になったときに不便じゃないの？」

「竜騎士の名前さえ分かれば特に……俺たちは自分の竜に聞けば、どの竜と誰が繋がっているのか教えてもらえるからな」

書類上では管理番号の他に、回路で繋がっている者の名前が一緒に記載されるので、不都合が生じたことはないそうだ。

「使い魔とは全然違う……あ」

「どうした？」

唐突に、呪いをかけられていたディートリヒを魔獣扱いしていたことを思い出した。

「私ね、ディーを魔獣だと思ってたから、きっと失礼なこととしてたと思うの」

目の前で着替えたり、抱きしめたこともあった。ディートリヒが見ないように背中を向けて、過度な接触を避けてくれなかったら、きっと気まずいなんて生ぬるい感想では終わらなかった。

「……俺は見てないからな」

「うん。ありがとう」

仏頂面で前を向いているディートリヒの耳が赤い。そのまま二人して無言になった。

逃げ場がない空の上で、会話を再開させるきっかけが摑めない。だが無言で飛んでいても、居心地が悪いとは感じなかった。

眼下に町が見えてきたころ、二又の枝のような隊列で飛んでいる竜が順番に鳴いた。最初にディートリヒの竜が、続いてクルトたちの竜と続き、最後にもう一度ディートリヒの竜だ。

「町にいる仲間から魔獣と間違われないように、知らせるんだよ。事前に連絡はしているんだが、改めて着陸許可をもらわないと町の中へ入れない」

面倒だとディートリヒは言うが、町の検問で順番待ちをしなくてもいいのは便利だとエレオノーラは思う。

頻繁に出張していた主任やルーカスは、王都を出入りするための許可証を申請するだけでも面倒なのに、検問では荷物の検査もあって時間がかかると嘆いていた。エレオノーラが孤児院から移動したときは、魔力を調べに来た魔術師と一緒に王都へ入り、そのまま学院へ入った。働いていた研究所も王都の中にある。生活の全てを王都で済ませることができたので、外へ出る手続きの煩雑さは噂でしか聞いたことがない。

「でも仲良く合唱してるみたいで面白いね」

「俺も竜騎士になる前は、そう思ってた」

ディートリヒの竜は大きくて怖い見た目に反して、好奇心旺盛な甘えん坊らしい。繋がった回路から頻繁に話しかけてくるそうだ。

「クルト、先に本部へ帰れ。後から合流する」

「おい、そんな勝手に――」

ディートリヒは苦情が来る前に竜を旋回させ、群れから離れた。広い邸宅が並ぶ区画が近くなると、高度を落として一軒の屋敷へ向かう。よく手入れされた庭に竜を着地させてから、身軽に背中から降りた。

「誰かと思えば、行方不明になっていた愚弟じゃないの」

屋敷からディートリヒとよく似た黒髪の女性が出てきた。気品ある振る舞いは、どう見ても平民には見えない。だが上流階級出身だったヨハンナのような、計算して行動している不自然さはなかった。

ディートリヒのように黒い制服を着ているということは、彼女も竜騎士だと思われる。

――愚弟？

ディートリヒの手を借りて竜から降りたエレオノーラは、突然現れた彼の家族に困惑していた。

「一応、俺の姉だ」

「まあ。一応だなんて、失礼な弟ね」

「なぜこの別邸にいるのか、お聞きしてもよろしいか」

「騎士団から、行方不明だったあなたが見つかったと聞いたから。心配して来てあげたのよ。お母様も様子を聞きたがっていたし。相変わらず冷たいわね」

いつものことだけど――彼女は呆《あき》れたように言った。

「それで、そちらの女性は？」

口元は笑っているが、目元は全く笑っていない。だがディートリヒは姉からの圧力にはまるで動じずに、簡単にエレオノーラを紹介した。

「ローデンヴァルト工房の、お嬢さん？　驚いた。本当に見つけてくるなんて……」

不思議と、本物かどうかは聞かれなかった。姉はエレオノーラに微笑みかけ、カサンドラと名乗った。

「覚えているかしら？　あなたのお父様は、私たちの父親が使っていた鞍《くら》を作ってくれたのよ。あんなことになって、残念だわ」

「思い出話は後にしてくれ。ちょうどいい、俺は職場へ戻るから、彼女に必要なものを揃《そろ》えてやってくれないか」

「ええ、きっとそう言うだろうと思っていたわ。それ、あなたのコートよね？　どんな経緯で攫《さら》ってきたのよ」

「誘拐ではなくて、救出だ」

「はいはい、どうせクルト君に迷惑をかけているんでしょう？　さっさと行ってあげなさい」

「エレン。すぐに戻る予定だから、それまで我慢して姉の相手をしてやってくれ。不愉快ならはっきり言ってもいい」

ディートリヒのあんまりな言葉に、カサンドラはあなたの言葉が一番の不愉快よと返した。さらに名残惜しそうにエレオノーラの手を握るディートリヒを引き剝がして鞍に乗せると、竜の尻尾の付け根を叩いて飛び立たせた。

「しばらく帰ってこなくても結構よ。私たちは仲良くやっておきますから」

「い、行ってらっしゃい……？」

優雅な見た目からは想像できないカサンドラの勢いに流され、エレオノーラはディートリヒに手を振った。ディートリヒはまだ行きたくなさそうだったが、竜がカサンドラの迫力に負け、急いで飛び立った。

裏切り者、と竜に叫ぶディートリヒの声が聞こえたような気がしたが、きっと幻聴だろう。

「ごめんなさいね、見苦しいところを見せてしまって」

「いえ……私は大丈夫です」

先ほどの気迫が嘘のように、カサンドラは上品に笑っている。

「さあ、まずは旅の疲れを落としましょうか」

「あ、あの」

エレオノーラは疑問も持たずに屋敷内へ連れて行こうとしたカサンドラを止めた。

「何も聞かないんですか？　私が、ディートリヒ、さんが探している人じゃないかもしれないのに」

カサンドラは予想外の質問で呆気に取られたようだが、すぐに元通りの笑顔になった。

「あなたは間違いなくディートリヒが探していた人よ。顔立ちがあなたのお母様そっくりなんですもの。それにね、あんなに執心していた弟が、間違えるなんて考えられないわ」

竜騎士の勘は当たるのよ——カサンドラはそう言って、エレオノーラの腕をとった。

「さあ、行きましょうか」

「い、行くってどこへ……？」

「決まってるじゃない。まずお風呂で疲れを癒やして、買い物よ。着替えとか日用品とか、色々と揃えないと」

「色々と」

「任せて。あなたを素敵な淑女に変えてあげるから」

エレオノーラは、なんとなく嫌な予感がした。

＊　＊　＊

呪いの影響が残っていないかの検査を終えたディートリヒは、西方団の団長に詳細な経緯を報告していた。初老の域に差し掛かった団長は最後まで聞き終えると、厄介だなと感想を漏《も》らす。

「呪いに耐性があるはずの竜騎士にも効果がある、か。奴らが量産していなければいいが」

「まだ実験段階のようでしたので、量産化に成功するには時間がかかるでしょう。幸い、呪いを受けたことで解呪に有効な手順と薬草は判明しました。もし魔術師と衝突するようなことがあっても、呪いに足を引っ張られる事態は避けられるかと」

「第三部隊の隊長である君が呪われたのは災難だったが、奴らの情報を得られたのは大きいな」

竜騎士団は大きく五つの集団に分かれている。そのうちの一つ、竜皇国の西側で活動している西方団にディートリヒは所属していた。各方面の団はいくつかの部隊で構成され、主に外国の侵攻や魔獣被害に即応している。最前線の砦は三ヶ月ごとに、各部隊が交代で監視につく決まりになっていた。

竜皇国とノイトガル王国は現在、国境付近で睨み合っている状態だ。十年前の戦争は竜皇国側がなんとか勝利を収め、戦後の賠償問題も片付いている。だがノイトガル王国は領土拡張の野望を諦めておらず、年月をかけて戦力の増強を続けていた。

魔術の発展が目覚ましいノイトガル王国との戦争は、こちらにも甚大《じんだい》な被害が出る。まだ外交で戦争を回避しているが、ここ最近の行動を見る限り、あまり楽観視はできそうにない。また十年前のように、彼らにしか理解できない理屈をつけて侵攻してくるのではと、緊張が高まっていた。

団長は机に伏せていた紙片を取り、ディートリヒに見せた。

「ところで、皇都経由でノイトガル王国から苦情が来ているぞ。この国の竜騎士がノイトガル王国の王都で暴行事件を起こし、エレオノーラ・キルシュなる民間人を誘拐したそうだが？」

意外と仕事が早いな――ディートリヒは内心で評価した。

「誤解があるようですね。俺は緩衝地帯の巡回警備中に魔術師どもの襲撃を受けました。追撃を避けて怪我を癒やすために竜脈で移動したところ、王都に迷い込んでしまった。そこでエレオノーラ・ローデンヴァルトという民間人の援助を受けました。彼女と交流するうちにサンタヴィルの生き残りと判明したので、共に脱出してきた次第です」

サンタヴィルはエレオノーラが生まれ育った町の名前だ。ノイトガル王国の侵攻により町の大半が失われ、現在もあまり復興が進んでいない。

エレオノーラの本当の姓はローデンヴァルトだ。隣国でキルシュ姓を使っていたのは、おそらく本人が自分の姓を覚えておらず、孤児院でつけられたのだろう。

「そのような説明で彼らが納得すると思うか」

「納得していただく外、ありません。現時点の記録では、俺はノイトガル王国に入国していないことになっていますし、彼らは俺に呪いをかけていない。お互い不問にするのが落としどころかと」

「相手は民間人の送還を求めているが」

「彼女はノイトガル王国へ行く気はないようですね。それに彼女がサンタヴィルの住人であったと判明すれば、要求に従ってやる理由などないかと。我が国の民なんですから」

エレオノーラが働いていた環境と冤罪で追い出されたことを軽く説明すると、団長は腕を組んで黙ってしまった。ついでに彼女の自宅は放火されて消失してしまったと付け足したところ、無言で止められた。

「お前、俺が不憫《ふびん》な話に弱いと知ってて言ってるだろ」

「俺はこの国の人間が敵国で奴隷にされようとしているのを阻止したいだけです」

「分かった、分かったから。上には該当する女性はいないと返答しておいてやる。お前は保護した民間人に同行して、必要な手続きを受けさせろ。戦争の行方不明者はまだ戸籍を消されていないはずだ」

「感謝します」

団長を味方につけたディートリヒは、早く家に帰りたいと思いつつ団長室を後にした。

第三部隊の本部がある建物まで戻ったとき、部下の一人が入口で待っていた。

「隊長」

肩のあたりで赤毛を切りそろえた女性騎士は、ディートリヒを見つけると駆け寄ってきた。

「敵国から民間人を連れてきたというのは本当ですか？」

「事実だ。それが何か」

「なぜ両国間の緊張が高まっているときに、そのような危険なことを？　そもそも、その民間人は信用できるのですか」

真面目《まじめ》なアルマらしい質問だ。

「彼女はサンタヴィルの生き残りで、俺が発見したときは生命の危機が迫っていた。だから保護をした。少々、変則的になったが」

「少々？　誘拐に近い形で連行するなんて、懲戒処分を受ける可能性もあったんですよ。しかも女性……彼女を生き残りと信じた根拠は何ですか。本人の証言だけではありませんよね？」

呪いで羽トカゲに変えられて、使い魔契約を結んだ副作用で記憶を覗いてしまった――そんな理由を正直に話せるわけがなかった。呪いのことは、まだ上司に報告したばかりで公にできる段階ではない。同じ部隊の人間といえど、喋るわけにはいかなかった。

「昔の知り合いだった。これ以上はまだ明らかにできない。彼女の身元は俺が保証する」

「そんな……」

ディートリヒは納得がいかない様子のアルマを残して、自分の執務室へ向かった。

早く業務を片付けてエレンが待つ家に帰りたい。きっと知らない場所へ連れてこられて、不安に思っていることだろう。姉がついているから危険なことはないと思うが、やはり自分が近くで守りたかった。

＊　＊　＊

外商という商売の形態があることは知識としてあったが、実際に見るのは初めてだった。ノイトガル王国でも外商を使うのは富裕層のみ。エレオノーラには縁がない世界だと思っていた。

「どうせドレスはディートリヒが贈るから、今は必要ないわ。身の回りのものを一式……この服なんていいんじゃない？　これは……色は似合うけれど、少し幼く見えるわね」

メイドに風呂の世話をされた後、着せ替え人形のような扱いを受けていた。体のサイズを測られ、カサンドラが選ぶ服を次々と着せられる。脱いだ服はエレオノーラにはよく分からない基準で二つに仕分けられた。片方は外商が片付け、もう片方は屋敷のどこかへ運ばれていく。

服の試着が終わってようやく休めると油断していると、今度は貴金属を持った外商が来た。普段使いできる小ぶりなものをとカサンドラが慣れた様子で注文し、外商が同じく慣れた手つきで持参した商品の中から希望に応じたものを並べていく。

——私の給料の何ヶ月分かなぁ。

「気にしなくてもいいわ。払うのはディートリヒだから」

エレオノーラの表情で考えていることを察したカサンドラが、先回りをして言う。

「あいつ、年頃なのに浮いた話どころか、女性男性問わず他人に全く興味がなかったのよ。他の人なら交際費に消えているお金を、ようやく消費するだけだから気にしないで。このまま独りで老いていく気なのかしらと心配していたから、安心したわ」

まるで婚約者のような扱いだ。エレオノーラは誤解が酷くなる前に否定することにした。

「たぶん、違います。私はディートリヒさんの怪我を治療した縁で、連れてきてもらっただけなんです。住んでいた家が火事になって、それで……同情してくださっただけだと思います」

「家に連れてくるほど気にかけているのは、あなたしかいないのよ。これ以上は私が言うのは野暮よね。とにかく費用のことは心配しないで。着の身着のまま連れてきたんだから、これぐらいはしないと」

助けた恩にしては受け取りすぎではないかと不安になるエレオノーラをよそに、カサンドラは商談を取りまとめた。

「当分の間はこれで生活できそうね。他にいるものは……あら。顔が赤いわよ」

カサンドラはエレオノーラの頬や額に手をあて、近くにいた使用人に指示をした。

「医者を呼んで。熱があるわ。疲労かしら?」

「すいません。少し休んだら、大丈夫ですから……」

慣れないことが続いて、自分で感じている以上に疲れていたのだろう。

「駄目よ。自己判断しないで、きちんと診察してもらいなさい。二人でお出かけしたかったけれど、また今度ね」

エレオノーラはメイドに連れられて客室に通された。自分の家よりも広い。発熱でぼんやりしてきたエレオノーラを、メイドたちは手早く着替えさせてベッドに誘導した。

「じきに医者が参りますので、休んでお待ちください」

何もかも世話になってしまった。

人の手を借りずに独り立ちしないといけないのに、どんどん深みにはまっていく。ちょっと優しくされただけで体調を崩してしまうなんて、自分が情けなく感じてきた。

＊　＊　＊

「えっ。なんで私が悪いの？」

ヨハンナは本気で意味が分からなかった。エレオノーラを追い詰めて、あと少しで始末できたのに、彼女は外国へ逃げてしまったらしい。先輩たちは気持ち悪い羽トカゲが人間に変化して連れ去ったなんてつまらないことを言っているし、なんだか自分の周囲に妖精の魔法がかかってしまったようだ。

気絶をして自宅で目を覚ました翌日。出勤したヨハンナを待っていたのは、薬草を故意《こい》に捨てたという話だった。

あれはエレオノーラを追い出すために使っただけなのに、どうしてヨハンナが弁償しなければいけないのだろうか。誰もヨハンナの心を察してエレオノーラを遠ざけておかないから、自分で動くしかなかったのに。

「なぜって、貴重な薬草だったんだぞ。それを適当に扱ってゴミとして捨てるなんて。半分以上は保管状況が悪すぎて、薬草として使えなくなった」

「そんなの、また買えばいいじゃないですか」

ヨハンナを叱るルーカスなんて嫌いだ。

「買えばって……いくらすると思っているんだ。その辺の小石とは違うんだぞ」

お金にうるさいルーカスも嫌いだ。こんな調子では、結婚しても買い物をするたびに小言を言われてしまう。金銭感覚が合わない人だと事前に露呈してくれて助かった。

ルーカスはヨハンナが付き合う候補者として失格だ。

「それに買おうと思っても、市場には滅多《めった》に出てこない。ようやく見つけて購入した素材だったのに」

「え……あの汚い草とか枝が？」

ルーカスは険《けわ》しい顔でヨハンナを睨んだが、何も言わずにため息をついただけだった。

「俺には君のほうが信じられない。その程度の知識で、なぜ研究所に就職できたんだ」

そう言われても、ヨハンナは用意された就職先のリストから、面白そうなところを選んだだけだ。勉強と研究しか興味がないルーカスごときに言われたくない。

「そんなことより、主任の研究室に呼び出された理由を知りたいんですけど？　どうして主任がいないんですか」

「主任は君の父親を出迎えに行ったよ」

「パパが来てるの？」

驚いた。忙しい父親が来てくれたということは、ヨハンナを助けるためだろう。いつもヨハンナが困っていたら、人を使って面倒な障害を取り除いてくれる。

研究室の扉が開いた。主任とヨハンナの父親が入ってくる。期待して待っていたヨハンナは、父親が難しい顔のままだと気が付いた。ヨハンナを見ても笑いかけてくれない。

「パパ……？」

「概要は聞いた。困ったことをしてくれたものだな。今回ばかりはお前を庇ってやることはできない」

「え？」

「母親にばかり教育を任せていた私も悪いが、ここまで愚かだったとは」

「彼女が就職する前にお話しした通り、研究所は託児所ではありません」

主任が父親に何かを言っている。

「薬草の廃棄までは研究所内の問題として処理できますが、住宅街に火をつけたことは、もう我々の手に負える範囲を超えている。目撃者も複数おります」

「わ、私じゃない。私のせいじゃないっ」

エレオノーラがいなければ、ヨハンナは何もしなかった。全て彼女のせいだ。こんなにも暗い気持ちにさせたのはエレオノーラなのに、ヨハンナが罰を受けるのはおかしい。

「きっかけが何であれ、放火は重罪。彼女が魔術を使用した痕跡も、複数箇所に残っている。いくら高位貴族のご令嬢とはいえ、あれだけ証拠が残っていては、言い逃れができない」

「娘は退職させる。これで研究所は守れるかね？」

「所長とお話しなされば、おそらく。幸か不幸か、ご令嬢が関わっていた研究は、所員であれば誰にでもできることでしたので」

「献金を増やせ、か。まあ政治生命が絶たれることに比べれば安いだろうな。娘のことで追及されるだろうが、激戦地送りにすれば釣り合いは取れる」

ヨハンナが関われないところで、勝手に自分の将来が決められていく。どうしてとヨハンナが呟くと、父親は冷たい声で告げた。

「いま決めなさい。前線で戦うか、後方で支援するか。仮にも研究員だったのだから、回復薬ぐらいは作れるだろう？」

「残念ながら」

ルーカスが首を横に振った。

「お嬢さんは何かと理由をつけて仕事を休んでおられました。その証拠に、ゴミと薬草の区別がつかないようです」

「どうしてそんなこと言うの？　それにパパ、前線って何よ。私に何をさせる気？」

「戦うことでしか能力を示せないなら、戦場で敵を倒してこいという意味だ。炎の魔術は得意だろう？　トカゲ使いどもを一匹でも多く焼き殺してきたら、王都に戻ることを許す」

「そんな、酷いよ」

「酷い？　これでも温情だ。それとも次世代の魔術師を産む道具にされたいのか？　この国では無能がどのような扱いを受けるのか、知らないわけではあるまい」

ヨハンナが泣いても、父親は処罰を取り消してくれなかった。所長のところへ行くと言って、さっさと部屋を出て行こうとする。だが、すぐに足を止めて言った。

「念のためにこれをつけておく。荷物をまとめて家に帰ってきなさい。具体的な話は、それからだ」

手首に魔術を封じる腕輪がつけられた。腕輪はヨハンナの魔力を吸収して、体の中へ入っていく。

異物が入ってくる気持ち悪さに叫んで剝がそうとしたが、腕輪の侵入は止まらない。完全に皮膚の下へ潜りこみ、見えなくなった。

白く滑らかな肌に、ヨハンナが知らない模様が浮かび上がった。魔術を使おうとしても、模様が赤く変色するだけで何も出てこない。

「なんでこんなことするの？　私は悪くないよ。だって、誰もあの不愉快な平民を排除してくれなかったんだから、自分でやるしかないじゃない！　パパだってやってることなのに！」

「私がやっているのは政治の駆け引きだ。お前は、ただ自分が気に入らないという理由だけで行動している。しかも放火で無関係な住民にも被害を与えた。謝罪だけでは彼らの怒りは収まらない。目に見える形で罪を償わなければ」

父親はもうヨハンナを見ようとしなかった。

——捨てられたの？　私が？

「竜騎士に連れ去られた所員は、どの程度まで研究所に貢献していた？」

「特にめぼしい活躍はなく、仕事も他の所員の補佐ばかりで——」

声が遠ざかっていく。

ふらふらと部屋を出たヨハンナは、先輩たちがいる研究室に入った。みな手元の仕事に没頭していて、ヨハンナが入ってきても気が付かない。

「ねえ、先輩」

声をかけられた先輩は青ざめた顔で振り返った。

「ご、ごめん。今日中に作らないといけない薬があって……月見茸ってどこの保管庫にあったっけ？　下準備からやるなんて久しぶりだから、失敗しそうなんだよ」

「誰よ、作業台に使ったカップを置きっぱなしにしてるのは。ちょっとエレオノーラ……は、もういないんだっけ……」

「他の部署が、貸し出した資料を返してくれって言ってきてるんだけど、どこに置いた？」

いつもはこんなに慌ただしくない。談笑しながら仕事をして、帰るだけだった。

――変わったことなんて、何もないのに？

エレオノーラがいないことぐらいだ。彼女がやっていたことを自分たちがやらないといけなくなっただけ。

――それだけで、こんなに忙しくなるの？

きっと今日だけだ。そうでないと、エレオノーラを追い出したのが間違いだったことになる。彼女は役立たずで意地悪だから、最後の最後で皆を混乱させるような仕掛けをしていったのだろう。ヨハンナはそう思った。

「ねえ、先輩。助けてほしいの」

体の中に入り込んだ腕輪を取ってもらおうと、近くにいた先輩に腕を見せながら話しかけた。彼女はびくりと肩を震わせて振り返ると、無理よと首を振る。

「む、無理。私にはどうにもできないわ」

「どうして？　いつも助けてくれたじゃない」

「だって、それ、その腕輪。ヨハンナのお父様が決めたことでしょう？　男爵家の私が逆らえるわけないもの」

「先輩のこと、黙ってるから！」

「黙っててもバレるわよ。それより早く帰ったほうがいいよ。あなたのお父様より遅かったら、もっと罰が重くなるかもしれないし」

誰も相手をしてくれない。あんなに仲良くしていたのに、ヨハンナから目をそらして話しかけられるのを避けている。

「どうして」

なぜ自分がこんな目に遭《あ》うのかヨハンナは理解できなかった。

——エレオノーラちゃんのせい？

あの女に関わったから、こんなにも苦しいのだろう。あの女がいたから、ヨハンナは居場所を失った。あの女さえいなければ、今もヨハンナは楽しい毎日を過ごしていたのに。

どこにいるのかと、ふと思った。

彼女こそ、罪を償わなければいけない。ヨハンナを悲しませたのだから。捜しだして、罪を認めさせないと、ヨハンナが悪いことになってしまう。

＊　＊　＊

「エレンが倒れた？」

不在の間に溜まっていた仕事やノイトガル王国が関連する業務を片付け、ようやく屋敷に帰ってきたディートリヒは、浮かれていた心が急速に沈んでいくのを感じていた。

エレオノーラに一秒でも早く会いたくて仕事に専念している間、彼女は体調を崩して苦しんでいたなんて。もっと早く気付いていれば、全ての仕事を休んで側にいたというのに。

ディートリヒの心情が伝わった相棒の竜が、厩舎《きゅうしゃ》で悲しい鳴き声を上げた。落ち着けと心の中で返し、知らせを持ってきたカサンドラを問い詰めた。

「いつからだ？　症状は？　医者は呼んだのか？」

「落ち着け愚弟。あと竜も。うるさいわよ。エレオノーラの安眠妨害になるから黙りなさい」

怒られた気配を察した竜が静かになった。相棒はカサンドラが苦手なのか、ときにディートリヒの命令よりも彼女の言うことを聞く。仔竜のころに姉のぬいぐるみに咬みついて、しっかり躾《しつ》けられた過去が忘れられないのだろう。

「心配しなくても熱は下がったわ。心労らしいけれど、彼女に何があったの？」

「あまり言いふらすことはしたくないが……」

ディートリヒは簡単に、エレオノーラを連れてくるきっかけになった出来事を話した。搾取されるばかりの生活だったこと。冤罪をかけられて精神的に追い詰められていたこと。それから同じ職場の魔術師に家を燃やされたことだ。

さすがに三回目ともなれば、ディートリヒの中でそれぞれの出来事が整頓され、滑らかに言葉が出てくる。辛い思いをしている彼女を見ていることしかできなかった悔しさも入り混じり、より悲壮さが強調される結果となった。

「ちょっと待って。ハンカチ……ハンカチ出すから」

カサンドラは目尻に浮かんだ涙を、そっと拭《ぬぐ》った。自分と違って感情表現が豊かな姉は、早くもエレオノーラに同情している。

「そんな……家族を亡くした孤独に耐えながら、理不尽な仕打ちに我慢するしかなかったなんて。しかも味方になってくれる人が一人もいなかったの？」

「ああ。研究所の魔術師たちは、貴族社会の悪いところを凝縮したような連中だった。だから連れて帰ってきた」

「当然よ！　見捨ててくるような弟だったら、今すぐ決闘を申し込んでいたわ」

話は終わった。だがエレオノーラのところへ行こうとしたディートリヒを、カサンドラは引き止めてきた。

「待ちなさい。まさか彼女のところへ行く気じゃないでしょうね」

「止めるな」

「止めるわよ。寝込んでいる女性の部屋へ手ぶらで行こうなんて、何を考えているの？　嫌われるわよ」

足が止まった。

エレオノーラのことが心配だ。だが嫌われたくない。二つの思いが脳内で激しく渦巻いている。

「よく考えてごらんなさい。寝間着でベッドにいるのよ？　人前に出てもいい格好じゃないわ。未婚の女性が、寝間着姿を異性に見られて平気だと思う？」

思うわけがない。自分だってエレオノーラには無様な格好など見せたくない。だが現在の彼女の状態が分からないままでいるのは、拷問に等しいように感じる。

しかしながら優先順位はエレオノーラが上。彼女が心身ともに穏やかに過ごせるよう取り計らうことが、己の使命ではないのか。ならば彼女の様子を知りたいというだけで、行動するようなことがあってはならない。

ディートリヒは瞬時にそこまで考え、またエレオノーラとの間にある越えられない壁を感じて落ちこんだ。

「……そんな死にそうな顔するんじゃないわよ」

カサンドラはため息をついて腕組みをした。

「仕方ないわね。私がエレオノーラの様子を見てくるから。ついでにあなたが見舞いに来てもいいか、尋ねてあげる」

「頼む」

姉に頼ってばかりなのは情けないが、エレオノーラに軽蔑されるよりはいい。

――もし面会を断られたとしても、見舞いの品ぐらいは受け取ってくれるだろうか。

もう夜も更けている。大半の店はすでに閉店しているだろう。

エレオノーラは質素な生活をしていた。あまり高価なものを贈ると、萎縮させてしまうかもしれない。奥ゆかしい彼女は好ましいが、もう少し欲を出してほしかった。最初は軽いものから始めて、徐々に増やして慣れてもらうしかない。訓練と同じだ。

厩舎にいる相棒が、花がいいと伝えてきた。厩舎の窓から見えるところに咲いているらしい。

「花か」

庭に咲いている花なら、エレオノーラも気後れせず受け取ってくれるかもしれない。花束なんて作ったことはないが、これを機に新しいことを始めてみるのも悪くなかった。

＊　＊　＊

まだ若干の倦怠感はあるものの、熱が下がって起きられるようになった。エレオノーラは医者の手配をしてくれたり、様子を見にきてくれたカサンドラに感謝していた。

「会ったばかりなのに、すっかりお世話になってしまって……」

「いいのよ。こちらこそ、気が付いてあげられなくてごめんなさいね。ノイトガル王国では苦労をしていたって聞いたわ。その上、慣れない飛行でしょう？　倒れても仕方ないわよ」

「すいません。本当なら私が自分で話さないといけないことなのに」

「な、何を言っているのよ。風邪で伏せっているときに、辛かった話をしなくてもいいの。余計に追いこまれるだけなんだから。あなたはまず健康になることだけを考えて！」

夜遅くに邪魔したわねと言ってカサンドラは退室しようとしたが、思い出したように足を止めた。

「忘れてたけど、愚弟が見舞いに来たいって言ってたわ。通しても大丈夫？」

「こんな格好で失礼にならないでしょうか。可能なら明日以降のほうが……」

「そうよね。大丈夫よ、本人も無理強いはしたくないようだったから、断っても問題ないわ」

カサンドラが出ていってしばらくすると、マーサという年配のメイド長が小さな花束を持ってきた。

「ディートリヒ様からの贈り物です」

「私に？」

大輪の赤い花を中心に、品よくまとまっている。どこか近くで摘《つ》んできたのか、切り口はまだ瑞々《みずみず》しい。

「可愛《かわい》い……」

花をよく見ると、薄く魔術がかかっている痕跡が見えた。

「ディートリヒ様自ら、庭で摘んでこられたようです。平癒に効果のある魔術を施してあるそうですので、こちらに置かせていただきます」

マーサはガラス製の花瓶に入れて、枕元に近いサイドテーブルの上に置いてくれた。

手を近づけてみれば、温かくて気持ちが落ち着く力が伝わってくる。

「何かあればお呼びください」

「ありがとうございます」

もう休むと伝えると、マーサは部屋の明かりを消してから退室していった。

「早く治さないと」

誰かに助けてもらってばかりだ。つい依存してしまいそうになる。

ずっと、頼ってもいいのは自分自身だけという生きかたをしていた。

——だって、こんなに幸せなことばかり続くわけないから。

ディートリヒはエレオノーラのことを昔の知り合いで、呪いを解いた恩人だという。それでも生活を支援し続けるなんて現実的ではない。いずれ終わる生活だということを忘れてはいけない。

エレオノーラにはすでにディートリヒの私生活を邪魔している自覚があった。

彼は竜騎士だ。竜皇国を守る重大な任務に比べたら、エレオノーラに構っている時間は無駄ではないだろうか。彼を頼りにしている人は多い。突然現れた自分が独占していいはずがない。図々しい奴だと嫌われる前に、仕事を見つけて出ていくのがお互いのためだ。

心も体も弱っているせいなのか、今は楽観的にはなれそうもない。

目を閉じて自分がやるべきことを考えているうちに、エレオノーラは眠ってしまったらしい。夢の中で知らない子供たちと遊んでいた。黒い髪の男の子はディートリヒだろう。好奇心が強そうな金色の瞳が、エレオノーラを見つけて嬉しいと語っている。

集団から二人だけで抜け出して、お気に入りの場所まで来た。何かを約束してから、絶対に秘密だと言っている。

その約束を知りたいのに、声が聞こえない。

目が覚めたとき、夢は楽しかった余韻だけを残して消えてしまった。

# 4　思い出の在り処

思いがけず二日ほど寝込むことになったものの、カサンドラや使用人たちのお陰で体を休めることができた。もう動き回れるほど回復していたが、ディートリヒもカサンドラも、まだ休むべきだと言って部屋から出るのを許してくれない。

「風邪を引いたときは、いつも一日休んでから出勤してたよ。だからもう平気」

「隣国の勤務体制は、いったん忘れろ」

「そうよ。病み上がりなんだから無理しないの」

ディートリヒたちが真剣に止めるので、エレオノーラは勢いに押されて弱気になってきた。

なぜこの二人は自分を心配してくれるのだろうか。本気で分からない。

「で、でも……ずっと寝ているのは暇だから……散歩ぐらいはしてもいい？」

「散歩中に目眩《めまい》でもおこして転倒したら危ないな……よし、じゃあ俺がそばに」

「あなたは仕事でしょ。遅刻するわよ」

野良犬を追い払うように、カサンドラはディートリヒを追い出しにかかった。嫌がるディートリヒの背中を押し、メイドに言って扉を開けさせる。ディートリヒは残念そうにため息をつき、エレオノーラを振り返った。

「ものすごく行きたくないが、仕方ないから仕事へ行ってくる。何かあったら、この姉を使って連絡してくれ」

「本当に失礼な弟ね。あなたの手を借りなくても、私だけで十分よ」

「ところで姉上はいつまでここに？」

「今日までよ。弟が無様に怪我をして帰ってくるんじゃないかと思って、気を遣って休みをとっておいたの。感謝してよね。エレオノーラを放置せずに済んだんだから」

ディートリヒは、ふと思いついたように言った。

「つまり姉上がいなければ、俺は休みを取得できたのか」

「いや無理でしょ。部隊長が行方不明なんて事態を引き起こしておいて、なんで休めると思うの。いいから早く行け。行って方々に迷惑をかけたぶん働いてこい」

「エレン、今日は早く帰ってくるから、せめて夕食ぐらいは共に」

「うん。待ってるね。いってらっしゃい」

エレオノーラが了承すると、ディートリヒは嬉しそうにはにかんだ。どこかから竜の楽しそうな鳴き声も聞こえてくる。軽い足取りで出ていったディートリヒは愛竜に乗ると、職場と思われる方向へ飛び去った。

「あそこまで態度が変わると、もはや別人ね……」

カサンドラは疲れた顔で窓から空を見上げている。

——そんなに一緒の夕食が楽しみなの？　あっ……もしかして。

あまり誰かと食卓を囲むことがないのだろうかと、エレオノーラは思った。

隊長の業務がどれほど忙しいのか想像するしかないが、管理職なので暇《ひま》ということはないはずだ。

連日のように帰りが遅くなり、一人で食事をすることが当たり前の生活——自分と似ている。屋敷で働いている人たちを誘ったとしても、雇用主と雇われている者では大きな隔たりがある。お互いに気を遣うだろうし、賑やかな会食にはなりにくい。

――そういえば、黒い羽トカゲだったときも、二人で食事をしていたら楽しそうだったよね。

気兼ねなく過ごせる相手がほしい。エレオノーラもよく考えていた。

ならば風邪《かぜ》で迷惑をかけてしまったエレオノーラは、ディートリヒの望み通りにするのが正しいのではないだろうか。

自己解決したエレオノーラは、ディートリヒのことをよく知らないと気が付いた。もし彼が触れてほしくない話題や気分を害することがあれば、事前に知っておきたい。優しくしてもらったお礼というわけではないが、ディートリヒとは良好な関係のまま別れたかった。

ちょうど、教えてもらえそうな人が目の前にいる。

「あの、カサンドラさん？」

「何かしら？」

「ディートリヒさんのことを教えていただきたくて……」

「ええ、いいわよ。最近のことから昔のことまで、何でも聞いて」

「じゃあ子供の頃の話を。実は私、覚えていないんです」

「うん？」

孤児院に入る前のことを忘れてしまった、思い出したくても方法が分からないと正直に打ち明けると、カサンドラはハンカチを目にあてて動かなくなった。

「カサンドラさん……？」

「待って。そんな大変なものも背負っていたの？　それはディートリヒも過保護になるわ。大丈夫よ、職場の知り合いに心的外傷の専門医がいるから、診察を受けられないか頼んでみる」

「そこまでお世話になるわけには」

「いいえ、あなたに必要なのは、誰かに頼ることよ。もう一人じゃないって覚えておいて。弟のことが知りたいのよね？　今日は天気がいいし、庭を歩きながら話すわ」

思ったよりも大事になっていないだろうか。目元の化粧を直すと言って出ていったカサンドラを見送りながら、エレオノーラはただ戸惑うしかなかった。

しばらくして、すっきりとした表情のカサンドラは、エレオノーラを庭の一角に誘ってくれた。綺麗に手入れをされた花は、ディートリヒがくれたものと同じ種類だ。わざわざ暗い中、庭に降りて摘んでくれたのだと思うと、心の奥がざわめいて温かくなってきた。

「どこから話そうかしら……」

カサンドラは二人の家について話し始めた。

「私たちの父親も竜騎士だったの。サンタヴィルは竜の装具産業が盛んでね、西方にいる竜騎士のほとんどが注文しに行っていたみたい」

子供の頃のディートリヒは、父親と一緒によくエレオノーラの生家を訪れていたそうだ。エレオノーラの父親が営む工房に、鞍の製作を依頼していたためだ。その縁でエレオノーラとディートリヒは仲良くなったのだろう。

「すごく腕がいい職人だって、父が言っていたわよ。竜ってね、空中で体をねじって急旋回することがあるの。だから体に合った鞍を選ぶのは大変なのよ。相性が悪いと鱗《うろこ》が剝がれたり皮膚《ひふ》が傷付いてしまうから。細かい調節をしないといけなくて、泊まりがけで様子を見ることもあるわ」

ディートリヒが竜騎士を目指すと言いだしたのも、その頃だったらしい。

「絶対になりたくないって言ってたのが嘘みたいだった。サンタヴィルでいいことがあったんでしょうね」

「ご両親は、同居されていないんですか？」

「母は本邸に住んでいるの。ここは別邸なのよ。父は……サンタヴィルを守るために出撃して、そのまま亡くなったわ」

赤い空を飛ぶ竜の姿が、うっすらと浮かんだ気がした。

「すいません。立ち入ったことをお聞きして……」

「いいのよ。もう何年も前のことだから、ちゃんと折り合いをつけているわ。それにね、竜騎士の家族は突然の訃報を覚悟しているものよ」

だから気にしないでとカサンドラは微笑んだ。

「戦争前のことで私が知っていることといえば、エレオノーラのご両親のことぐらいね。あとはディートリヒの恥ずかしい話……は、少ないわ。あいつ、要領がいいから」

「ディートリヒさんは、お父さんのことについて何か言っていましたか？」

「全然。何も言わないけど、尊敬はしているみたいよ。訃報を聞いたときも、人並みに悲しんでいたわ。でも立ち直るのは早かったみたい。いつまでも立ち止まっていたら約束を破ってしまう、顔向けできないとか言っていたわね。父と、もう一人。名前は教えてもらえなかったけど」

夢でみた光景を思い出した。それにディートリヒは竜騎士になったら、エレオノーラを乗せて飛ぶ約束をしたと言っていた。

——約束、守ってくれたんだ。

子供の戯れだからと破ったりせずに。エレオノーラが覚えているか関係なく、生死すら分からない状態になっても。

反対に、自分は彼に何を約束したのだろうか。

忘れてしまったエレオノーラに失望していないだろうか。ディートリヒは自分とは違う世界の人だからという理由で、離れることばかり考えているのだから。

——よく考えたら、すごく失礼なことだよね。

何を考えているのかなんて本人にしか分からないのに、ディートリヒが望んでいることを聞きもせず、勝手に理解したような気になっていた。どうせ心変わりをすると決めつけて、逃げようとしているのは誠実ではない。

どんな言葉を並べたとしても、行き着く先は自分が傷付きたくないという理由でしかない。

——まだ思い出せないことばかりだけど、せっかく会えたのに相手のことを知ろうとしないなんて駄目。

久しぶりに会った、自分に好意的な人だ。このまま一緒にいられたらいいのにと、不相応なことを考えてしまうほど。

孤独だった反動だろう。少し優しくされただけで、自分は特別だと勘違いしてしまいそうになる。でもノイトガル王国にいた頃は、そんな勘違いをさせてくれる相手に出会うことすらなかった。

「……あ。そういえば、ここは別邸って、さっきおっしゃいましたよね？」

「ええ。維持費がかかるから手放そうかって話が出ていたんだけど、ディートリヒが西方勤務になったから使うことにしたのよ」

母親が住む本邸は、この竜皇国の首都にあるそうだ。

もしや資産家の家系なのかと尋ねると、カサンドラは爵位なんて面倒なものを背負った代償よと答えた。

「もう昔の世代ほど豪華な生活はしていないから気にしないで。ディートリヒも私も騎士団で質素な生活をしてるから、貴族らしい暮らしかたって苦手なのよね」

屋敷の中に家令やメイドと呼ばれる職業の人たちがいて、専属の庭師を雇って、外商を呼ぶ生活は質素なのだろうか。エレオノーラは、やはり住んでいる世界が違うと感じた。


カサンドラは夕食前に帰る予定だと言っていたので、一緒に彼女の竜がいる厩舎へ来た。竜は近付いてくるカサンドラに気が付いていたようだ。厩舎の窓から頭を出して、こちらをじっと見ている。

「カサンドラさんの竜は薄い緑色なんですね」

「綺麗でしょう？　力が強くて頼りになるのよ」

竜の色と能力に相関性はないそうだ。自然界では黒い竜から白い竜が生まれたことが確認されている。卵に注ぐ魔力や世話の仕方によって、色が変化するという説が濃厚だった。

「卵はどこから取ってくるのですか？」

「野生の竜が育児放棄した卵よ。竜は一度に複数個の卵を産むけど、なぜか全ては育てないの。たぶん強い個体になりそうなものだけを選んで育てるのでしょうね。竜の生態は不明なことも多いんだけど、卵に魔力を注いで『温めて』あげないと孵化しない特性があるわ」

卵は魔力がなければ成長してくれない。そしてなぜか腐敗もせず、年単位で放置された卵でも魔力を注げば孵化する。稀に自然界の魔力を吸収して生まれる個体もいたりと、まだ謎が多かった。

竜の卵を調達してくる専門の竜騎士もいるそうだ。育児放棄された卵は同じ竜であれば見分けがつく。そんな習性を利用して、彼らしか知らない狩場を巡って集めてくる。竜を得たい竜騎士は、集められた卵の中から自分の魔力に反応したものを受け取って、責任を持って育てるという。

それが年に一度、皇都の城で行われる儀式だとカサンドラは言った。

一回で諦める者もいれば、毎年のように相性がいい卵を求めて儀式に参加する者もいる。

「竜騎士と一言で言っても様々でね。自分だけの竜がいる人と、竜を持たずに地上で戦う騎士に分かれているの。竜も全ての種類が戦闘に特化しているわけじゃないわ。気配を消すのが得意で偵察に従事したり、物資の運搬のような後方支援に就《つ》いたりね」

「でも竜って長生きするんですよね？　竜騎士に先立たれた竜はどうなるんですか？」

「それがね、人間の魔力で育った竜は野生のものほど長生きしないのよ」

だいたい人と同じ寿命か、竜騎士が亡くなってから数日中に体調を崩して死んでしまうそうだ。

「竜騎士と竜の間に特別な回路があるって聞いた？　たぶんその回路から魔力が流れてこなくなったら、生きていられなくなるのかもね。もしくは仲が良すぎた反動で」

寂しくて、生きることをやめてしまう。可哀想な生き物だと思うのは、エレオノーラが部外者だからだろうか。

カサンドラは自分の竜に鞍をつけた。

「どんな生き方が幸せなのか竜にしか分からないけれど、本来なら捨てられて、生まれてくることがなかった子たちなのよ。私たちは自分だけの竜を望んで、この世に孵化《うか》させた。だから責任を持って愛情をこめて育てるの。生まれてきたことを後悔してほしくないから」

馬のように装具を全てつけた竜は、空の一点を見上げた。カサンドラも同じように見上げて、もうすぐ帰ってくるわと告げる。

「ものすごい勢いで飛んできてる。よっぽど早く帰りたいのね……」

重要文書を運ぶ伝令並みだと教えてくれたが、まず基準の飛行速度を知らない。カサンドラが呆れるほど速いということは理解した。

「弟の竜は体力が有り余ってるのよ。持久力が桁《けた》外れだから、長時間の飛行だって耐えられる。育てた人に似たのね、きっと」

カサンドラは厩舎から竜を出してまたがった。

「じゃあ私は帰るわ」

「色々とありがとうございました」

「今度は町へ遊びに行きましょう」

「楽しみにしています」

竜の羽ばたきで、ふわりと風が吹いた。優雅に飛び立った竜はあっという間に屋敷よりも高く上昇し、進行方向から飛んできた黒い竜に近づく。二匹の竜はしばらく空中で留まっていたが、やがて二手に別れた。

黒い竜が厩舎の前に降りてきた。竜の足が地面につく前に、ディートリヒが先に着地してエレオノーラへ駆け寄ってくる。

「エレン。外にいて大丈夫か」

「うん。だいぶ元気になったよ。それにカサンドラさんも一緒にいてくれたから」

「昔から面倒見はいいからな。危険なことがなくて良かった」

カサンドラは新人の竜騎士を教育する部隊に所属しているそうだ。

「今日の仕事はもう終わったの？　お帰りなさい」

「エレン……」

ディートリヒの感極まったような顔が見えた瞬間、間に黒いものが割り込んできた。放置されていた黒い竜だ。ゴロゴロと猫のように喉を鳴らしながら、エレオノーラに鼻先を近づけてくる。

「お前、空気を読め。邪魔するなよ」

手綱を引いたディートリヒが抗議するが、竜の巨体は動かない。

「この音は？」

「甘えたいときに出す音だ。できれば撫《な》でてやってくれないか」

ディートリヒがやっていたように竜の鼻から額を撫でてやると、もっとやれと言わんばかりに目を細めて額を押しつけてきた。体は大きいけれど仕草は可愛らしい。

竜の体は硬いけれど温かい。こんな巨体が空を飛べるなんて不思議だ。

厩舎に竜を入れるとディートリヒが言うので、エレオノーラもついて行った。出入り口から一番近い房へ入った竜は、ディートリヒが鞍や手綱を外す間、大人しくしている。全ての装具が外されると、竜は落ち着いた様子で乾燥した藁《わら》の上に伏せた。

ディートリヒは壁にかかっていたブラシで、竜の首や背中を丹念に擦っていく。全身にブラシがけをしながら、体の状態も点検しているらしい。特に翼の関節あたりを気にしていた。ここを痛めてしまうと、飛べなくなるからだろう。

「おい、足を隠すな。爪を見せろ」

竜は爪の手入れが嫌いらしく、ディートリヒが専用のヤスリを持つと、体の下に足を隠した。そのまましばらく沈黙していたのは、きっと回路で話し合いをしていたに違いない。やがて竜は寝転び、諦めた顔で足を出した。

――爪を削られる感触が嫌なのかな？

ディートリヒは苦笑しながら、手早く作業を始めた。目を閉じてぐったりとしている竜が、早くしと言っているようで可愛い。

　作業を邪魔しないよう、エレオノーラは反対側の壁にかかっている装具を見学していた。よく使いこまれた鞍の隣には、傷ついた古いものがある。手入れはされているようだったが、ところどころに黒いシミが残っていた。鞍の縁には、赤く染めた革で装飾を兼ねた補強がされている。ちぎれたのか、途切れている箇所が多い。

「それは俺の父親が使っていた装具だ」

　作業を終えたディートリヒが隣に来た。

「もしかして、私のお父さんが作った鞍？」

　カサンドラから両親のことを聞いたと話すと、そうかと穏やかに言った。

「裏側に工房の焼印がある。エレンが持っているメダルと同じ紋章だ」

　壁から外して見せてくれたところに、ずっと由来が分からなかった模様があった。指先で触れると、そこだけ硬くざらついている。

「そっか。こんなところにあったんだね」

　メダルをディートリヒに見せたとき、彼には分かっていたのだろう。父親が使っていた鞍についている模様だと。

　生まれたのは竜皇国だと言われても、記憶がないので信じられなかった。けれど自分が唯一持っていたものと、同じ由来のものがここにある。エレオノーラはようやく、自分が何者なのか分かったような気がした。

「ありがとう。ディー。私ね、この国でも頑張れそうな気がする」

「……良かった。やっぱりノイトガル王国へ戻りたいと言われたら、どうしようかと思った」

「戻っても研究所勤務はもう嫌だなぁ」

狭い世界で働き詰めになる経験は、十分すぎるほど堪能した。

「次はもう少し、自由な時間がある仕事がいいな。見つかるといいけど」

「え？」

「いつまでもディーに頼っていられないでしょ？　そうなると、住みこみの仕事がいいのかな。それとも寮があるところ？　明日から探さないと」

「何を言っているんだ」

ディートリヒはエレンの肩を摑んだ。その姿勢でしばらく迷っていたようだが、言葉を選びながらゆっくりと。

「……まだ、恩返しは終わっていないぞ」

「魔術で殺されそうになったところを助けてもらって、生まれた国へ連れてきてもらったのに？　着替えとか全部、買ってくれたのに十分じゃないの？」

「俺の気が済んでいない。金額の問題じゃないんだ」

「お付き合いしている女性とかいたら、迷惑になるし」

「そんな女はいない」

「女って」

よほど嫌な思い出でもあるのか、ディートリヒは疲労が色濃い顔で言いきった。

「仕事を探すと言うが、土地勘がなくて知り合いもいないところで、まともな職にありつくのは難しいぞ。この町は比較的安全だが、治安が悪い地区はある。そんなところに迷いこんで、女衒《げせん》に目をつけられたらどうするんだ。いや……あらゆる可能性を想定して一掃してくるか……？　治安維持は推奨されているし、要は俺だとバレなければ……」

「ディー？」

喋っている最中に、自分の思考へ入り込まないでほしい。名前を呼んで肩にかかっているディートリヒの手を握ると、ハッとした顔で現実に戻ってきてくれた。

「と、とにかく何も知らない状態で見つかる仕事なんて、まともじゃない。まだエレンのことを行政に報告もしていないんだ。担当者には話がついている。明日の午前中、会いに行こう」

「そっか。私、まだ何の手続きもしてなかったよね」

危うく不法入国者になるところだった。ディートリヒが言う通り、今の状態でまともな仕事が見つかるわけがない。そんな単純なことに気が付かず、行動しようとしていたなんて恥ずかしい。

仕事で忙しいはずのディートリヒは、エレオノーラが必要な手続きを受けられるよう、準備をしてくれていたというのに。

「明日は半日だけ休みをとれたから、俺が担当者のところまで連れて行く。おそらく手続きで午前中は潰れるだろうな。午後からは魔力を測定し直そうか」

ディートリヒの職場には、入団した竜騎士の適性を調べる道具があるそうだ。エレオノーラのことを知った彼の上司が、検査をしてもいいと好意で許可を出してくれたという。

「ノイトガル王国とこの国では、魔術の体系が違う。エレンが魔術をあまり使えなかった理由は、おそらくノイトガル式の魔術に適性がなかったせいかと」

「本当？　私に向いている魔術が見つかるかな。でもあまり期待しないでおくね」

駄目だったときに落ちこむのが辛い。しかし最初から期待値を下げておけば、あまり心を乱されずに済む。ディートリヒはエレオノーラに適性があると信じているようだったが、自分の心を守るやりかたは変えたくなかった。

＊　＊　＊

危うく出ていかれるところだった――ディートリヒは内心で焦っていた。なんとか言いくるめて留まってもらったが、そう何度も使える手ではない。

いっそのこと好意があることを正直に伝えようか。だがエレオノーラはディートリヒのことを、ただの知り合いだと思っている。焦って気持ちを伝えても、断られるだけだろう。むしろ下心があるから援助をしているのかと勘繰られて、出ていこうとする気持ちを後押ししかねない。

――いや下心が全くないと言えば嘘になる。

今すぐどうこうしたいほど極限状態ではないというだけだ。

エレオノーラのことが大切だからこそ、手順を踏んで仲を深めていきたい。自分の行動一つで信頼関係が崩れてしまうと思うと、慎重にならざるを得なかった。

ディートリヒは隣にいるエレオノーラを盗み見た。大人しく座る竜に触れて、楽しそうに交流している。

綺麗《きれい》な横顔だ。ディートリヒにしてみれば、エレオノーラを構成しているもの全てが美しいのだが、たぶん他人から見ても似たような評価に落ち着くだろう。金のことしか考えていないという孤児院の院長が、成長してから売ろうとしたことも納得できる。そんな彼女を一人で街に放置したらどうなるか、考えるだけでも恐ろしい。

――女衒は言い過ぎだったが、絶対に声をかける男はいる。

ノイトガル王国では、研究所の制服が彼女を守る役割をしていたのだろう。魔術師は性別に関係なく使う魔術と魔力量で脅威度が変わる。非力そうに見えても自分を焼き殺すかもしれない相手に、危害を加えようなどと思う者は稀だ。

ところがここでは、エレオノーラが魔術師だと知っている者はいない。もしディートリヒがいないところで、騙されて酷い目に遭ってしまったら——犯人を生かしたまま捕縛できる自信がない。

不穏な思考を読み取った竜が、戦いへ行くと勘違いして伏せた姿勢から立ち上がった。ただの思考実験だと適当に返し、再び落ち着かせる。

——どうしても手放したくないなら、慎重に行動しなさい。何も持っていないからこそ、身軽に、いつでも出ていけるのよ。

別れ際に言われた、姉の言葉が心に重くのしかかっている。

今のディートリヒには、エレオノーラを引き留めておける明確な理由がない。到着したばかりだから、不慣れな場所だからと、もっともらしいことを言って不安を煽っただけ。

彼女が滞在したくなる何かが欲しい。それがディートリヒに関することなら最高だ。些細なことでも構わない。時間を稼いでいるうちに見つけないと、エレオノーラなら本当に出ていってしまう気がした。

夜中に出ていこうとしたら教えるよ——悩むディートリヒに、目の前の相棒から頼りになる言葉が届いた。

＊　＊　＊

サンタヴィルの生存者だと証明して、戸籍を復活させるのは時間がかかった。幸いだったのは、ディートリヒが付き添ってくれたことだ。自分一人では担当者の質問に答えるどころか、行政に届け出ることすら思い付かなかっただろう。

担当者は年配の男性職員だった。終戦から何年も経って現れたエレオノーラのことを、最初は胡散《うさん》臭《くさ》そうに見ていた。無理もない。特に記憶がないという自己申告は怪しすぎる。窓口で追い返されずに済んだのは、ディートリヒがあらかじめ話をつけてくれていたお陰だ。

最終的にエレオノーラをサンタヴィルの住人だったと証明してくれたのは、父親が所属していた職人ギルドに残っていた個人情報だった。

竜皇国では竜や馬の装具を作るさい、簡単な守護の魔術をかける伝統があった。父親が作った鞍だと、エレオノーラが装飾だと思っていた縁の赤い模様がそれにあたる。許可なく装具に魔術をかけるのは違法なので、職人ギルドでは魔力の特徴を記録して管理していた。魔力は血縁者で似た特徴が出やすいため、エレオノーラの魔力を調べれば親子関係の証明になる。

エレオノーラは最後の書類に自分の名前を記入した。集中していないと、長い間使っていたキルシュ姓を書いてしまいそうだ。ローデンヴァルトと何度も念じながら、正確に綴《つづ》ってゆく。

ディートリヒがいてくれて本当に助かった。自分の本当の姓が違うなんて、想像すらしたことがない。危うく不正に戸籍を得ようとする犯罪者になるところだった。

全ての手続きが終わって、国民の義務を聞き終わる頃には、情報の洪水に溺れそうになっていた。

「覚えることが多すぎて忘れそう……税金を納めるのはノイトガルと同じだから分かるけど」

「まずは自分に関することから覚えて、徐々に範囲を広げればいい。試験とは違う」

それもそうかと思ったエレオノーラだったが、試験で思い出したことがあった。

「法律……覚え直さないといけないよね。この国では何が違法なのか、全く知らないよ」

特に魔術に関することは押さえておきたい。

「町の中で使用が許されてる魔術とか、あとはこの国独自の竜に関することとか。飛行を妨げてしまった時の罰則は？　就職する前に勉強から始めないと駄目だよね？」

ノイトガル王国には竜を使役する魔術師はいなかった。子供が経験則で覚えていくようなことも、エレオノーラは知らない。捕まってから、実は違法だったと知るのは嫌だ。

「エレン、落ち着け。法律書なら家にある。急いで覚えることも大切だが、まずはこの国に慣れるところから始めたらどうだ？」

「慣れる……」

「文字を追って知ることも重要だが、日々の生活で理解できることもある。焦っても良い結果になるとは思えない」

試験とは違うと諭されて、自分が焦っていたと気づかされた。

「昼からは、魔力を調べてもらえるんだよね？」

「検査官と医師が担当してくれる。医師は姉からの依頼だ。診察というよりも、話をする程度だから気負わなくてもいい」

戦争で心に傷を負った騎士のために、専門の医師がいるそうだ。エレオノーラが過去を思い出すきっかけとなってくれるかもしれない。その過程で辛い現実と向き合うことになっても、医師の助けがあれば心の健康を損わずにいられる方法も教えてもらえるだろう。

屋敷へ戻って昼食をとったあと、軍服に着替えたディートリヒと竜に乗って、竜騎士団が駐屯している区画を訪れた。関係者以外は入れないよう、高い塀に囲まれている。上空からは、二人一組で敷地内を巡回して警備をしている竜騎士の姿が見えた。

歩いていけば門の前に立っている竜騎士に足止めされるに違いない。だが、竜に乗って空から入るエレオノーラたちのことは、門の近くにいた竜が暇そうにこちらを見上げただけだ。きっとエレオノーラが聞こえていないだけで、竜を介して通行の許可が出たのだろう。

検査官と医師が待っている医務室へ行くと、まず測定器の前へと案内された。

検査官が指示をした通りに魔力を流したり、測定器に触れてみたが、どのような結果が出たのかは不明だ。検査官はほとんど無言で用紙に数値を記入するのみで、良し悪しすら言わない。

最後の検査を終えると、ようやく結果を教えてくれた。

「まだ傾向が見えた程度ですが、付与魔術に適性がありそうな波形をしていますね。これから詳細に分析をしますけど、予想を大きく外れることはないでしょう」

「父親と同じだな」

職人だった父親は、作った鞄に守護の魔術を付与していた。エレオノーラも正しく練習をすれば、同じことができるようになるかもしれない。

検査官はディートリヒの言葉に頷いた。

「ほとんどの人は、親子で似た特性になります。もしお嬢さんのご両親が付与の魔術を扱う職に就いておられるなら、今後の参考にするといいでしょう」

測定器を片付けた検査官は、記入済みの用紙を持って去っていった。

「エレン。俺は仕事を片付けてくるから、医師の面談が終わったら医務室で待っていてくれ。どうしても外せない用事が終わり次第、家まで送る」

「うん」

仕事を途中で抜け出して大丈夫なのかと思ったが、ディートリヒがいないと屋敷への帰り道が分からない。ディートリヒの職場で待っていることも考えたが、部外者が勝手にうろついていい場所ではない。

ディートリヒは医師にエレオノーラのことを頼んでから、医務室を出ていった。

「じゃあ、こっちも始めましょうか。座ってね」

小さな個室へ通されたエレオノーラは、医師と向かい合って座った。

医師はフィーネと名乗った。おっとりした喋りかたをする女性だ。仕事の内容が心に深く関わることなので、彼女のような柔らかい雰囲気の人が向いているのだろう。

「心は目に見えないからこそ、扱いが難しいの。何度か通ってもらうことになるわ。でもね、まずはそんな面倒なこととか考えずに、楽しくお喋りすることから始めましょうか」

患者から聞いたことは絶対に外部へ漏らさない、フィーネを信用してもいいと思うまでは喋らなくても構わないと言われて、緊張が少しほぐれた。

会話のきっかけにフィーネは自らのことを話し始めた。聞いているうちに、エレオノーラも自分の過去を話してみようかという気になってきた。忘れてしまったことを思い出したいけれど、辛いことはなるべく忘れたままでいたい。そんなわがままなことでさえ、フィーネは真剣に聞いて親身になってくれた。

「今日はこれぐらいにしておきましょう」

気が付けば長い時間が経過していた。体感では短く感じる。

「別の仕事で行かなきゃいけないところがあるの。あなたはここで迎えが来るまで待っていてね」

一人で残されたエレオノーラは、窓辺で空を飛ぶ竜を見ていた。訓練の最中なのか、空中にいる一頭に別の竜が攻撃を仕掛けている。使っているのは本物の槍《やり》ではなく、木製だ。竜の口や足先にもお互いを傷つけないよう、覆いがついていた。

——本当に、知らないことばかりだね。

目にするもの全てが新鮮で興味深い。きっと隣にディートリヒやカサンドラがいたら、質問攻めにしてしまっただろう。

「あなたがエレオノーラさん？」

医務室の扉が開いて、女性の竜騎士が入ってきた。肩まである赤毛が印象的だ。真面目そうで、堅苦しい印象を受ける。

「少しだけ聞きたいことがあるの。いい？」

「でも……」

ディートリヒから医務室で待っていてくれと言われている。

「向かいの部屋なら問題ないでしょう？」

彼女はエレオノーラの答えを聞かずに出ていってしまう。

入り口を開けておけば、ディートリヒが来ても分かるだろう。そう考えたエレオノーラは、彼女の後をついて行った。

廊下で待っていた彼女は、先にエレオノーラを中へ通し、扉を閉めてしまった。

「あの」

「あなたは何者なの？」

背中を扉につけたまま、彼女が尋ねてくる。

「サンタヴィルの生き残りとか名乗って、今さら出てきたけれど。敵国で何をしていた？　隊長を騙して入国してきた目的は？」

「目的……？」

自分がちゃんと過去を覚えていたら、ディートリヒを騙していないと自信を持って答えられる。ノイトガル王国で関わっていたのは魔法薬の調合と雑用だ。いつも下準備ばかりしていて、エレオノーラが中心となって作ったものはない。だが自分が関係していた作業の延長線上で、この国の人たちが傷付いているのではないかと思うことがある。

エレオノーラは答えられなかった。彼女の、敵を見る視線が心の深いところを刺激してくる。

――逃げないと。

「答えられないのは、やましいことがあるのね？　あなたみたいに戦争被害者だと名乗って、ノイトガルから潜入してくる不届き者は多いわ。この国の治安を悪化させて、混乱させるためにね。そのせいで何人も亡くなってる。私の家族だって……事件が起きてからじゃ遅いのよ」

何かの魔術が体に絡みつく。

「あなたが本物の戦争被害者か、確かめさせてもらう。ちょっと記憶を覗かれるだけで証明できるんだから、あなたにも悪い話じゃないはずよ」

古い記憶が蘇ってくる。

みんな焼けて消えてしまった。

炎が迫ってくる。

逃げないといけない。

家が燃えると、怖い人たちが来る。

＊＊＊

竜が騒いでいた。異変が起きている、原因は不明と要領を得ないことを伝えてくる。ディートリヒの竜が遭遇したことではなく、別の竜が主人から受け取った感情を元に知らせてきたようだ。

場所はどこだと聞き返したが、他の竜を経由しているために、今一つ場所が分かりにくい。判明したのは、どこかの建物内であることだけだ。

ディートリヒは机の上に広げていた報告書を片付けた。

仔竜ならともかく、大人の竜が仕事の邪魔をするために騒ぐことなどない。彼らが主人から受け取った感情を共有してくることも珍しい。第三者の手を借りなければ解決しないと判断したようだ。

ひとまず誰が騒ぎの中心にいるのかと尋ねると、竜はしばらく沈黙したのちにエレンとだけ呟いた。

「隊長、困ったことになった」

開け放した執務室の入り口から、クルトが入ってきた。走ってきたらしく、肩で息をしている。

「場所は医務室か」

「その反対側だ。よく分かったな」

「エレンの名を聞いた」

ディートリヒは側に置いていた剣を摑み、急いで執務室を出た。

「経緯はまだ分からんが、アルマがエレオノーラ嬢にちょっかいをかけたらしい。どうやらアルマが思っていた以上に刺激が強かったらしくて、拒否反応を起こして魔術の渦に閉じこもった」

医務室の扉が見えてきた。肌を刺すような、魔力のうねりがある。

廊下の端が凍りついて、白く濁った色をしていた。目的地の扉は外れて廊下に落ちている。その近くに怪我をしたアルマがいた。強張った表情をして中へ入ろうとしていたが、吹き荒れる風で近付けないようだ。

騒ぎを聞きつけて他の騎士たちも集まっていたが、被害を抑える結界を張るだけで精一杯だった。

アルマはディートリヒに気が付くと、立ち上がってうつむいた。

「隊長……すいません、私……」

「何をした」

「彼女の入国理由が一昨年の潜入者と似ていたので、それで」

「自白の魔術でも使ったか。それとも記憶を覗いたか？」

「両方、です」

——最悪だ。

潜入捜査の訓練を受けた者ならともかく、ただの一般人には負荷がかかりすぎる。ましてやエレオノーラの心には見えない傷がある。耐えられなくて蓋をした記憶を無理にこじ開けられたらどうなるか。予想がつかない。

「すいません、軽率でした。潜入者を発見したら対処すべきだと思ったんです。もし違ったとしても彼女の無実の証明になるから、きっと大丈夫だろうと……彼女を落ち着かせようとしたんですが、中へ入れなくて」

「言い訳は後で聞く。中にいるんだな？」

アルマは弱々しく肯定した。

室内で渦巻いているのは、風と雪のようだ。大規模な力が動いているのは、彼女が精神的に追い詰められているからだろう。エレオノーラは攻撃系の魔術があまり得意ではない。自らを脅かす脅威から逃れようと、限界を考慮せずに放出しているだけだ。

こんな力の使いかたをして、無事でいられるわけがない。

――火は苦手と言っていたな。

嵐を掻き消すために火系統の魔術を使えば、さらに刺激して悪化させてしまう。ディートリヒは手に持っていた剣をクルトに押しつけるようにして渡した。

「行ってくる。持っていてくれ」

「お、おい。行ってくるって、この中を？」

室内へ入ると、風の勢いが強まった。雪で前が見えにくいが、中央に人がうずくまっているのが見えた。

「エレン」

「来ないで」

エレオノーラは両手で耳を押さえて、ぼんやりと遠くを見ていた。

「やだ……みんないない……燃やさないで。殺さないで。生きてるよね……？」

雪の塊が肩に当たった。エレオノーラに近づくほど、雪の中に混ざる氷が多くなる。

「エレン」

呼びかけると、エレオノーラはディートリヒの足元を見た。

「来ないで！」

風が止んで、冷気が床に集まってくる。攻撃魔術の予兆だ。急いでエレオノーラがいるところへ走ると、背後の床から氷の槍が突き出てきた。

泣いて叫ぶエレオノーラを抱きしめて、魔術を使いにくいように周囲をディートリヒ自身の魔力で乱した。尖《とが》った氷が降ってきても、捕まえた体は離さなかった。

「エレン。大丈夫、敵はいない」

「いない……？」

「ああ。約束通り、エレンを守りに来た」

エレオノーラが落ち着くように背中を撫でてやると、上着の胸元を摑まれた。部屋全体に音を遮断する結界を張り、泣いている彼女の邪魔になりそうなものは排除して待った。

服の表面に白い霜がつく。じわじわと体温が奪われていくが、エレオノーラを刺激しないように何もしなかった。

「ディー、ごめんね。約束、守れなかった。覚えててくれたのに、私だけ忘れてたなんて」

思い出したのは、怖い記憶だけではなかったようだ。

ディートリヒはエレオノーラの頭に頰を寄せて、優しく、しっかりと抱きしめ直した。

「いいんだ。エレンが忘れても、俺が覚えている」

「それじゃ意味ないの」

エレオノーラの体から力が抜けていった。気を失ってしまったらしい。感情で魔術を行使した反動だ。ディートリヒは頰に残っていた涙の跡を手で拭った。

結界を解除すると、周囲にざわめきが戻ってきた。ディートリヒはエレオノーラを抱き上げてクルトを呼んだ。

「すぐに戻る。部屋の現状回復と、アルマを隔離しておけ」

「了解」

「ジーク。悪いが、俺の竜に鞍をつけておいてくれ」

目が合った部下に命じると、すぐに了承して厩舎へ走っていった。

アルマは黙ってうつむいている。

しばらく時間をおいてからでないと、アルマには向き合えそうになかった。部下が勝手なことをしてエレオノーラを追い詰めた憤りは、自分が側にいれば防げたと気付いて後悔に変わる。

守るどころか、危険な目に遭わせてしまった。

竜が待つ厩舎へ向かう間、ディートリヒはエレオノーラにかける言葉を探していた。

＊　＊　＊

「私ね、お父さんみたいな職人になる。一人前になったら、ディーが使う鞍を作ってあげるね」

「いらない。別に竜騎士になりたいわけじゃないし」

「なんで？」

「なんでって……危険な仕事なんだぞ」

「うん。でも、みんなを守ってくれてるんでしょ？　ここは国境が近いから戦場になりやすいって、おじさんたちが言ってたね。怖いの、やだな」

「泣くなよ……まだ戦争になるって決まったわけじゃないだろ？」

「だって」

「……仕方ないな、じゃあ俺が守ってやるよ」

「ほんと？」

「竜を授からなくても文句言うなよ？」

「うん」

「たくさん訓練しないといけないから何年もかかる。待てるか？」

「うん。あのね、空飛びたいな。乗せてくれる？」

「願い事が増えてるぞ」

「ダメ？」

「わ、分かったよ。約束する。その代わり、エレンも約束を果たせ。下手くそな鞍だったら、絶対に使わないからな」


「上手になるまで見せないって言ったんだっけ……」

エレオノーラは天井を見上げたまま夢の続きを思い出していた。

忘れていた過去が一気に押し寄せて、目眩がしそうだった。時系列など関係なく、印象深い断片から現れては消えていく。最も苛烈な炎の記憶は、別のことを考えていても、すぐに出てきてしまう。心の浅いところで燻《くすぶ》って、エレオノーラを焼き殺そうとしているかのようだ。

けれどもエレオノーラに燃え移る前に、ディートリヒとの思い出が徐々に浮かぶようになった。

エレオノーラの心を守るように。

温かいものに包まれているようだった。

怖くて動けなかったのに、また外へ出てみたくなる。大丈夫だと言ってくれた人がいるから、嫌なことばかりではないと信じたくなった。

ベッドから起き上がったエレオノーラは、薄暗い窓の外を見た。

どれだけ時間が流れたのだろうか。屋敷にいるということは、ディートリヒと一緒に帰ってきたと思われる。

どうしようかと鈍っている頭で考えていると、扉が小さくノックされた。返事をしなければと考えているのに、小さな声しか出せない。まだ夢を見ているようで、面白くなってきた。

ノック音の後にマーサが入ってきた。エレオノーラの様子を見に来たのだろう。マーサは起きているエレオノーラを見つけると、安堵の笑みを浮かべた。

「お加減はいかがですか？」

「水を、もらえますか」

「すぐに用意いたしますね」

マーサは他のメイドを呼んで身の回りの世話を始めた。カーテンを引いて明かりを灯し、反応が鈍いエレオノーラに代わって何を求めているのかを聞いてくれた。マーサに言われると、そういえばお腹が空いているとか、シャワーを使いたいといった要求が出てくる。今までにない経験だ。

全てがぼんやりとしているのは、治療薬の影響だとマーサが教えてくれた。目が覚めたエレオノーラが、混乱して暴れないように使ったそうだ。

ほとんど喋らずに甘やかされながら過ごしていると、廊下が騒がしくなった。様子を確認しに行ったメイドから、ディートリヒが帰ってきたと告げられて、会うかどうか尋ねられる。

名前を聞いたら、懐かしくて泣きたくなった。

無性に会いたくなる。

言いたいことがたくさんあった。待っている間に何から言おうか悩んでいたけれど、どれも大切で順番が決められない。

メイドが伝言を伝えに行ってすぐ、ディートリヒが部屋に来た。珍しく髪の一部が乱れている。職場から帰宅してすぐなのだろう。軍服を着たままだ。

マーサたちは気を利かせて退室していった。

「エレン、調子はどうだ？」

「うん。大丈夫。マーサさんたちが、かなり甘やかしてくれたから」

エレオノーラは迷った顔をしているディートリヒに近付いて、自分から抱きついた。

「エレン⁉」

「ディー。ありがとう」

ディートリヒはぎこちない動きでエレオノーラの背中に手を回した。

「思い出せたよ、全部。ごめんね、攻撃して傷付けたよね」

「エレンが自分を守るためにやったことだ。謝らなくてもいい」

「部屋は大丈夫だった？　壊してないといいんだけど」

「溶けた氷で水浸しになった程度だな」

「あの女の人は？」

「……竜騎士は国内に潜伏している敵を発見したら、尋問できる権限がある。だがそれは敵だと発覚した相手のみ。エレンには当てはまらないから、アルマは職権を乱用して民間人を傷つけたことになる。相応の処分が下されるだろうな。本人は罪を認めて、反省しているようだ。エレンが個別に罰を与えたいなら受け入れると彼女は言っているが、どうする？」

「私ね、怖かったけど、感謝してるの。楽しかったこととか、辛かったことも、全部含めて『私』だから。忘れたままだと、自分が存在していないみたいで不安だった。だからね、思い出すきっかけになったと思ってる」

罰は竜騎士団の規則にある通りでいいと言うと、ディートリヒは分かったと答えてからエレオノーラの髪に触れた。

「しかしエレン、それは結果論だ。心の傷を無視して無理に暴こうとすれば、精神が壊れる可能性があったんだぞ」

「あなたが守ってくれたから平気」

「助けに入るのが遅れたのに？」

「遅くないよ。側にいなくても、ディーは私を守ってくれた。約束したときのことを思い出したら、気持ちが楽になってきたから。一人じゃないって言ってくれたよね」

エレオノーラはディートリヒの胸に頬を押し付けるようにくっついた。こうして触れていると温かくて、気持ちが落ち着いてくる。

躊躇いもなくエレオノーラがいるところへ駆けてきてくれた。昔から優しかった。エレオノーラが子供らしいわがままを言っても、一度も嫌な顔をされた記憶がない。

「あなたがいてくれて、良かった」

「それは俺のセリフだな」

ディートリヒはエレオノーラからそっと離れ、ソファまで導いた。隣に並んで座り、自然と指を絡めて手を繋ぐ。先ほどまで抱きついていたのに、なぜか今のほうが恥ずかしい。

手を繋ぐことも、並んで座ることも、初めてではないのに。子供の頃とは何もかも違う。

エレオノーラは目を合わせられなくなって、ディートリヒの膝のあたりを見ていた。

「……父親は、いつも怪我なんてせずに帰ってきていたから、サンタヴィルに出兵したときも同じだと思っていた。戦死の報せが届いた時は、信じられなかった。だが棺に入れられて帰ってきた姿を見て、ようやく死を理解した」

しばらく気持ちが塞いでいたが、ふとエレオノーラとの約束を思い出したそうだ。

「サンタヴィルの住人は、半数近くが亡くなったり行方不明になっている。エレンは遺体が見つからなかったから、どこかで生きていると信じたかった。再会した時に無様な姿なんて見せられない。だから約束通り竜騎士になって、生きている痕跡を探していた。父親が戦死したことを乗り越えられたのは、エレンとの約束が支えになってくれたからだ」

休日や訓練で遠出をしたときに、どこかにいるはずのエレオノーラを探し回っていた――そう語るディートリヒの表情は暗い。

「意地になっていたんだろうな。何年も続けてきたことが、無駄だと認めたくなかった。さんざん探し回って、もしかしたら本当は死んでいるのかもしれないと思うようになって……」

そんな折、緩衝地帯の警備へ赴くことになり、呪いをかけられたという。

「呪われたときは最悪だと思ったが、エレンに会えた。運がいいのか悪いのか、どっちだろうな」

「本当だね。黒くて珍しい羽トカゲを拾ったと思ったら、人間だったから驚いたよ」

「エレンの現状を知ってから、どうやって国に連れて帰ろうか、そればかり考えていた。自分は羽トカゲで、飛ぶか鳴くぐらいしかできない。呪いは徐々に弱まってきて、解けるのは時間の問題だった。でもいきなり人間に戻ったら、エレンを混乱させてしまう。俺がどんなに話しかけても、鳴き声にしか聞こえなかっただろ？」

可愛い鳴き声だった。でも鳴き声以上に動作が分かりやすくて、あまり意思疎通には困っていなかったと思う。

「やけ酒を始めたときは、心配したんだからな」

「そっか、ずっと近くにいたんだよね。恥ずかしいなぁ。酔って色々なこと喋った気がする」

「お互いに必要な過程だったとしておこう。あれでエレンがノイトガル王国にいた理由が判明した」

「お菓子をやけ食いしたのも見られたね」

「体に悪いからやめておけ、と忠告はしていた」

「ごめんね。全部、可愛い鳴き声にしか聞こえなかった」

「ちゃんと鳴き声を使い分けていたはずなんだがな。通じなかったか」

楽しそうに笑うディートリヒの声に釣られて顔を見ると、少し寂しそうな表情をしていた。

「家に火をつけられて、エレンが研究所の魔術師に追い詰められたとき、今しかないと思った」

「あの時、もし私が職場に戻ると言っていたら？」

「誘拐してでも連れて帰る」

「どうして」

「殺されかけたことを抜きにしても、あんな環境にエレンを放置できない。上司は部下のことに無関心、自分の仕事を押し付けて手柄だけ奪う同僚、身分でしか判断できない無能な先輩たちと、好きな相手に素直になれない男。ろくでもない人材しかいなかったじゃないか」

「えっ……好き？　誰のこと？」

「ルーカス」

ディートリヒは冷たく言った。

「エレンがあいつの好意に気がつかなくて良かった」

エレオノーラはルーカスのことを思い出したが、好意を寄せられていたとは思えなかった。いつも辛辣だったし、ディートリヒの勘違いではないだろうか。

「俺は何度もエレンに助けられている。前を向くきっかけをくれて、呪いで死にかけたところを拾ってくれた。仕事で忙しいのに、弱い羽トカゲのために料理を振る舞ってくれたり」

「だからって、私を養ってくれるのは、やりすぎだと思うんだけど」

「すぐに見つけられなかった利子だ。存分に受け取ってくれ」

「十分すぎるほど受け取ってるからね？」

どうやら今日は大勢の人から甘やかされる日らしい。中でもディートリヒは最も強引で、隙を見つけてはねじ込んでこようとする。

優しくされるたびに、心の中でどうしようもなく育つものがある。もう少し大きくなってしまったら、自分では制御できそうにない。わがままで、独占的で、厄介だ。

ディートリヒの行動を決めている感情は、エレオノーラが感じているものと同じだと思いたかった。知りたいけれど、聞くのは怖い。勘違いだったらと思うと、言葉が出てこなかった。

落胆か、歓喜か。

――感情が見えたらいいのに。

もしくは竜と竜騎士のように、言葉がなくても伝わる回路が欲しい。


エレオノーラをメイドたちに任せた後、ディートリヒは厩舎へ向かっていた。一旦、彼女の様子を確かめるために帰宅しただけで、まだ仕事は残っている。側についていたいが、業務を放り出すのはまずい。

予想に反して、エレオノーラは元気そうだった。まだ心の傷は完全に癒えていないようだが、自分との思い出が支えになったと聞いて、救われた思いがする。

彼女から抱きつかれたときは焦って挙動不審になりそうだったが、なんとか冷静さを維持できた。エレオノーラはディートリヒの理性を試しているのだろうか。危うく告白しそうになって踏みとどまった自分を、誰か褒めてほしいぐらいだ。

精神的に疲れているであろう女性に、交際を迫るような獣になってはいけない。まずディートリヒはエレオノーラの信頼を得るところから始めないといけないのだ。

——頼る人がいなかったエレンなら、不調があっても大丈夫だと言うだろう。

自分の力だけで解決するしかなかった。だから人の手を借りることを思いつかない。そんな彼女から頼られるようになるには、まだ時間がかかりそうだ。

「エレンが可愛すぎて辛い」

ふと心に浮かんだ言葉をつぶやくと、厩舎係から残念なものを見るような、生温かい視線を向けられた。反対に、竜はディートリヒの言葉に同意してゴロゴロと音を出した。こいつは自分より小さいものは全て可愛いと思っている節があるので、あまり信用できない。

すっかり陽が沈んだ空を移動して、また職場へ戻ってきた。何度も移動した竜は疲れて拗《す》ねるどころか、仲がいい竜を見つけてはしゃいでいる。敷地警備の交代勤務についている部下の竜だ。二頭で楽しそうにしているので、放っておいても問題はなさそうだった。

執務室へ入るとすぐに、クルトがやってきた。隣の事務室から持ってきたカップをディートリヒの机に置く。中身は熱いコーヒーだった。

「どうだった？」

意識が戻ったと伝えると、クルトは安堵したようだ。

「異常はなさそうだった。治療薬の影響もあるが、精神面は安定している。アルマの伝言を伝えたが、特に厳罰は望んでいないらしい。よって規則通りに対処する」

「じゃあ、降格が妥当か。相手が民間人だったことを考慮して、停職も加算。規則の範囲内で処置しろと言われるのは助かるが……ディートリヒはそれでいいのか？」

口をつけようとしたカップを持ったまま、どういう意味かと尋ねる。

「危険を犯してまで連れてきた人を、部下の勘違いで失うところだったんだ。アルマに思うところがあるんじゃないかと」

つまりディートリヒがアルマの処分をより重いものにするよう、働きかけたりしないのかと聞きたいらしい。

竜騎士が治安維持を目的に取り調べをすることは妥当だ。スパイを炙り出すために、彼らの記憶を覗く魔術の行使が認められている。

だがアルマのように、確固たる証拠もなしにエレオノーラを取り調べ、健康状態を著しく損ねるまで追い詰めるのは違法だ。

クルトの提案は、罪から算出した罰則の中で、最も重いものだった。

ディートリヒはコーヒーの黒い水面を眺めながら答えた。

「己の感情よりも優先すべきものがある、というだけだ。エレン自身が騎士団法に則って処罰されることを望んでいる。それに、もし俺が私情でアルマに罰を与えたとする。その行為が問題視されて、エレンの保護を別の人間に任されることになったらどうするんだ。エレンに会えなくなるだろうが」

そんな事態になったら、死んでも死にきれない。絶対にディートリヒは規則を破るわけにはいかなかった。

「お前、本当にブレないな。そんなに好きか」

「俺の人生の全てを捧《ささ》げても惜しくない」

「重すぎるわ。本人が知ったら逃げられるぞ」

「知られなければいい」

好意の押し付けにならないよう気を付けてはいるが、最近は少し自信がなくなってきた。どこまで好意を表に出してもいいのか手探りをしている状態で、常に気を遣う。だがその緊張感でさえ、相手がエレオノーラなら楽しい。

とりあえず、手を繋いでも嫌がられないことは確認した。

エレオノーラの体調が落ち着いたら、町へ連れ出してみようか。遊覧飛行をするものいい。その前に不穏な地域の一掃が先かと、計画すべきことが浮かんでくる。

「……帰りたい」

「職場に来たばっかりで、なに言ってんだよ。ため息をつくな」

クルトは司令部から回ってきた文書を出して、いくつか変更があったと言った。

「もうすぐ行われる竜騎士の対抗戦。急遽、今年は皇族が観覧することが決まったんだとさ。部隊長同士の試合があるだろ？　確認しておいたほうがいい」

「……優勝者には観覧に訪れた皇族との祝賀会に参加する栄誉を与える、だと？　面倒だから出たくないな。もし勝ち進んでしまったら、準決勝あたりで棄権するか」

紙面を一瞥《いちべつ》したディートリヒは、イスの背もたれに体を預けた。試合に出ることは嫌いではないが、高貴な人々と交流するのは性に合わない。断れない会食が待っているなら、出席できない理由を自分で作るしかない。

「いや、出ろよ。部下に示しがつかないって。それに、あのお嬢さんにいいところを見せる絶好の機会なんだからさ」

少し、心が動いた。

「大勢の観客の前で、優勝する姿を見せたくないのか？　お前自身に興味を持ってもらうきっかけになるかもしれないのに？」

「なる、のか……？」

「なるって。たぶん。ちょっと試合して二時間程度の食事会に耐えたら、お嬢さんからこの先ずっと尊敬される名誉が待ってるんだぞ」

竜が戦っている姿を見て、エレオノーラが怖がらないかという懸念はある。だが彼女は竜を見ても怖がっていない。殺し合いならともかく試合なんだから大丈夫だというクルトの言葉に後押しされ、棄権を選ぶのは保留にしておいた。

「終わったら最速で帰るか。この終了予定時間なら、寝る前にエレンと会う時間はとれるはず」

「清々しいぐらい、お嬢さんしか見てないな……どの皇族が観覧に来るのか、聞きもしないのか」

「興味ない」

「竜皇国一の美人と名高い、ローザリンデ様だぞ。皇国の白薔薇《しろばら》に会える絶好の機会になりそうだと、みな盛り上がってるというのに」

ディートリヒは本気で興味がなかった。誰が訪れようと、エレオノーラに会える時間が減ることは間違いない。

——優勝したら喜んでくれるだろうか。

念の為に、エレオノーラには戦う竜を怖いと思うか、尋ねてみようと決めた。もし観戦を嫌がるようなら、結果だけ知らせればいいだろう。

## 間話　それぞれの思惑

なんで私が前線に送られなきゃいけないのよ――ヨハンナは親指の爪を噛んだ。

家に帰ったヨハンナを待っていたのは、味方をしてくれない家族と、よそよそしい使用人たちだった。

溺愛してくれる母親は泣いて同情してくれたものの、父親の決定には逆らおうとしなかった。兄と姉はヨハンナのことを馬鹿だの要領が悪いだの、さんざん罵《ののし》ってくる。弟は軽蔑の目で、ただニヤついているだけだ。使用人に至っては、巻き添えをくわないように黙って己の仕事だけをしていた。

父親は帰ってくるなり、ヨハンナの赴任先が決まったと言って、追い出しにかかった。自分の政敵が嗅ぎつける前に、ヨハンナを追放する魂胆らしい。

皆は嫌がるヨハンナを荷馬車に乗せ、功績を上げたら帰ってきてもいいと宣言した。ご丁寧に、逃げられないよう魔術の拘束まで施して。

どんなに叫んでも、声は魔術の膜で消されてしまう。ヨハンナの魔術は埋めこまれた腕輪に吸収され、魔力だけ体に戻ってくる。まるで罪人扱いだ。

そうやって連れてこられたのは、国境近くの軍事施設だった。アリの巣のように地中に建設されており、竜の侵入を防ぐために通路は限界まで狭くしてある。ヨハンナが暮らしていた屋敷とは対極の環境だ。

掃除も洗濯も自分でやりなさいと言われた。やりかたを知らないと言ったら、呆れた顔で説明された。誰もヨハンナの代わりにやろうとしないから、自分でやるしかなかった。

ヨハンナは優秀だから、すぐにできるようになった。だが手が荒れて水がしみる。乾燥を防ぐクリームは屋敷に置いてきてしまった。使用人が適当にヨハンナの荷物をまとめたせいで、入れ忘れたのだろう。

お気に入りの香水もない。石鹸《せっけん》は支給された安いものだけ。気を利かせて取りに行ってくれる人間もいない。役立たずばかりだ。

唯一、料理だけは専属の人間が作っていた。だが器に入った料理は自分で運んで、空いている席で食べないといけない。一つの皿に料理を全て入れるなんて、いかにも平民らしくて嫌になる。

——エレオノーラちゃんのせいよ。こんなの、正しいわけないもん。

ヨハンナは常に愛されていた。家族の中で最も魔力が多く、初めて魔術を使ったのは四歳のときだ。家庭教師からたくさんの魔術を教えてもらった。得意だった炎の魔術を極めて、たくさんの人に褒められていたのに。エレオノーラに関わったせいで全て失ってしまった。

彼女さえいなければ、今も楽しく暮らしていたはず。そう思うと、余計にエレオノーラが嫌いになった。

ヨハンナは会議室の端から、隊長だという男を視界に入れた。隊長はヨハンナを含めた隊員を集めて、これからの作戦だとか敵のこととか、面白くないことを喋っている。

彼は偉そうに命令してくるから嫌いだ。到着したばかりのヨハンナを労るどころか、迷惑そうに、せいぜい頑張れと言うなんて失礼だ。腕輪を制御する方法まで知っているのも気に入らない。

今のヨハンナは魔術を使えない。非常時には制限を解除するらしいが、本当か疑わしかった。

隊長はヨハンナが炎の魔術を見せてあげたのに、全く驚かなかった。それどころか使いどころが難しいから嫌だと難癖までつけてくる。敵を殲滅《せんめつ》できるんだからいいじゃないと反論しても、集団戦には向かないとか、訳の分からないことを言う。

敵なんて魔術で薙《な》ぎ払えばいいのに、難しく考えるから戦いが長引くのだ。

——助けてくれって言われても、絶対に助けてあげないんだから。

早く終わればいいのにと思って下を向いていると、隊長は研究所から派遣されてきたという魔術師を紹介し始めた。竜騎士に効果がある薬を開発して、実用性を確かめるために前線までやってきた物好きらしい。

「え……ルーカス先輩？」

あの陰険そうな顔は間違いない。同じ研究所で働いていたのに、ヨハンナは新人の兵士待遇で、ルーカスは顧問魔術師だ。

不公平だ。不愉快なことが増えたと爪を噛んだヨハンナだったが、面白そうなことを思いついて微笑んだ。

隊長のつまらない話が終わって解散になると、ヨハンナはルーカスの後をつけた。生意気なことに彼は個室を与えられて、そこに滞在しているらしい。

扉を叩くと、すぐにルーカスが出てきた。

「先輩」

「ヨハンナ？　なぜここに」

「そんなことは別にいいじゃないですか」

ここにいる理由なんて、ルーカスには話したくない。ヨハンナは不貞腐れて帰ってしまおうかと思ったが、今は我慢してあげることにした。

「いいこと思いついたんです。先輩、エレオノーラちゃんを気に入ってたでしょ？　取り戻すのを手伝ってあげようかなって」

「……必要ない」

ルーカスは扉を閉めようとした。ヨハンナは閉められる前に体を割りこませて邪魔をした。

「待ってください。先輩、ずっとエレオノーラちゃんを狙っていたでしょ？　知ってるんですよ。でも竜騎士に誘拐されちゃったって聞きました。取り返しに行かないんですか？」

「取り返しにって簡単に言うが、敵国だぞ。孤立無縁で生きて帰れるはずがない」

「先輩、私が誰か忘れたんですか？　隣の国のこと、よく知ってますよ。だって私の家には、地図とかいっぱいありましたから。それに先輩、エレオノーラちゃんがどこにいても見つけられる変な魔術を使えるじゃないですか」

にっこりと笑いかけると、ルーカスは嫌そうな顔になった。

「変な魔術じゃない。追跡の魔術だ。あれは対象の個人情報がないと」

「ええっ。先輩、あんなにエレオノーラちゃんに固執していたのにぃ？　魔力の情報は研究所にあるじゃないですかぁ」

絶対にルーカスは話に乗ってくる。ヨハンナには予感があった。本当は今すぐ取り戻したいと思っているくせに、理屈をこねて動こうとしない。魔術を犯罪に使ってしまうかもしれないと恐れている。いまさら正義の騎士を気取るつもりだろうか。それとも正攻法でエレオノーラに会いに行けば、彼女が好きになってくれるとでも思っているのだろうか。

馬鹿ね――ヨハンナは心の中で嘲笑《あざわら》った。

帰り支度をしているエレオノーラに、残業しなければ片付かない雑用を言い付けたり、厳しく接するだけで褒めたことがないルーカスなんて、嫌われる理由しかないというのに。

「先輩はエレオノーラちゃんがいらないんですか？　私の知識と先輩の魔術があれば、潜入して連れ戻せるのに。なんなら、私が陽動してあげましょうか？　その間に先輩はエレオノーラちゃんと逃避行するんです。もしかしたら愛が深まるかも？」

うんざりとした顔のルーカスは、短くなぜだと聞いてきた。

「俺に協力する見返りは何だ。君はエレオノーラを殺そうとしていたじゃないか」

「これでも心を入れ替えたんですっ。前線で生活して、ようやく自分が酷いことをしたって自覚しました」

ヨハンナは嘘をついた。

「謝っても許してもらえないことは分かってます。でも！　自分にできることって、エレオノーラちゃんを助けることだけだから。きっと外国で心細く暮らしていると思うんです」

「……完全に君を信じたわけではないが、そこまで言うなら作戦ぐらいは考えているんだろうな？」

ようやくルーカスが関心を持った。

「もちろんです。簡単ですよ。さっきも言いましたけど、私が囮《おとり》になりますから、その間に先輩がエレオノーラちゃんを捕まえるんです。でも私、この腕輪のせいで魔術が使えないから、あまり役に立ちませんけど」

「腕輪は俺が対処できる。まず大まかな方向を探るから、まだ何もするな」

ルーカスは冷たい声で言ってヨハンナを押しのけると扉を閉めた。

――よっぽどエレオノーラちゃんが好きなんだ。

ルーカスはもうエレオノーラを取り戻す気でいる。彼女のことを思うあまり、ヨハンナの提案に乗ってきた。

ヨハンナは自分に運が回ってきたと感じた。

エレオノーラが全ての元凶だ。彼女が己の罪を認めたら、ヨハンナには元の生活が戻ってくる。

だから邪魔なトカゲ使いが立ち塞がったとしても、全て焼き払えばいい。

＊　＊　＊

「降格と停職だけ？　なぜですか。だって、私」

「被害者が刑法に則った処罰を望んでいる。それに私刑は竜騎士団法と法律で禁止されている。君に罰を与えるために違反せよと？」

ディートリヒに呼び出されたアルマは、もっと重い処分が下されるものと思っていた。

アルマは後悔していた。子供の頃、近所で戦争被害者を偽るノイトガル人が死傷事件を起こしたとき、何人もの知り合いが犠牲になった。あの悲惨な事件を繰り返してはいけないという思いで竜騎士になり、実際に潜伏者を見つけたことがある。そのたった一度の成功体験で慢心して、エレオノーラもまた同類だろうと偏見の目で見てしまった。

誰かを守りたくて竜騎士を志したはずなのに、その誰かを殺すところだった。どうすれば償えるのか、被害者は無事なのか、そればかり考えていた。

――彼女に温情をかけられた？　でも、どうして。

うっすらと見えたエレオノーラの記憶が頭から離れない。辛いことを追体験させてしまったのだから、彼女が望む通りに罰せられるべきだと思っていた。それなのに肝心のエレオノーラが罰を望んでいない。

「エレオノーラの事情は、記憶を覗いた君なら知っていると思うが」

感情を削ぎ落とした顔で、ディートリヒが言った。

「君の荒療治で、彼女は記憶を取り戻した。きっかけとなったことについては、感謝していた。だから法律外の処罰は求めないそうだ」

「そう……ですか」

「俺はエレオノーラの意見を尊重する。感情に任せて左遷などの冷遇はしないから、君もそのつもりで行動するように」

「わかりました」

優しいようで、実は違う。いっそ怒鳴《どな》られたほうが楽だった。ディートリヒが仕事と感情を切り離しているのは、アルマを冷遇するほうが罰になると知っているからだ。

罪を意識し、罰せられることは、アルマにとって一種の救いになる。贖罪《しょくざい》する方法を示されて盲目的に従うことで、いつか許されるという希望を抱いてしまう。

ところが何も示されずに自分で償いを考えて行動していると、それが本当に正しいのか疑問がつきまとう。

また似たような過《あやま》ちを犯しているのではないのか。償っているようで、被害者の神経を逆撫でているだけではないのか。

誰も教えてくれない。罰という許しへ至る道がないから、いつまでも苦しむことになる。

——私はそれだけのことをしてしまった。

直接、エレオノーラに謝りたかった。

けれど、それは彼女を不快にさせるだけだろう。アルマはエレオノーラを傷付けた本人なのだから。

関わろうとすることで、再び傷つけてしまう。

どうすればエレオノーラに償うことができるだろうか——アルマは暗闇の中に落とされた気持ちで、ただ彼女の幸せを願った。

## 5　遠回りな情熱

エレオノーラはディートリヒの行動力を甘く見ていた。

先日、対象物に様々な力を付与する魔術に適性があると分かったので、どこかで学べるだろうかと軽い気持ちで相談をした。そうしたら、数日も経たないうちに教師を紹介されたのだ。

「あなたがエレオノーラさん？　フリーダよ。よろしくね」

優しげな雰囲気の女性は、子供たちに魔術を教えている講師だそうだ。どこかの学校に所属しているのではなく、私塾で教鞭をとっている。授業がある時間でなければ自由が利くということで、エレオノーラの家庭教師を引き受けてくれた。

なぜ短時間で教師を見つけられたのかと思ってディートリヒに尋ねると、従姉妹《いとこ》だと簡単に説明された。

「他に女の教師を知らない。従姉妹なら性格も知っているし、教育実績もある。適任だ」

「ねえ、ディートリヒ君。自分以外の男性と二人きりにさせたくなかったって、正直に言ってもいいのよ？」

ディートリヒは嫌そうに、あらぬ方向を見た。

「カサンドラから聞いたときは嘘でしょって思ったけど、あなた、過保護すぎるわ」

「何が悪い。初対面の男と二人きりにされるのは嫌だと言っていたのはフリーダだろう」

「もう。それは見合いの話だからね？　まあいいわ、そういうことにしておきましょう」

フリーダはさっそく始めましょうかと言って、エレオノーラを促した。教室は屋敷の応接室だ。学校のように教壇や机は必要ないらしい。

仕事へ行くディートリヒは残念そうに応接室を出ていった。職場へ行きたくない気持ちは、エレオノーラもよく理解できる。ただ、行ってらっしゃいと声をかけると、幸せそうに微笑んでいたから大丈夫だろう。

本当にきついときは、無表情のまま顔が動かなくなるものだ。

フリーダの授業は、今までエレオノーラが受けたものとはまるで違っていた。まず雑談から入ってエレオノーラがやりたいことを探し、基礎《きそ》を教えるというものだった。

「魔力の分析結果はディートリヒ君から教えてもらったわ。この数値は付与職に多いけれど、絶対に向いているわけじゃないのよ」

「そうなんですか？」

「魔術は本人の意思も反映されるのよ。いくら適性があっても、やりたくないと思っていたら、実力の半分ほどしか出せないの」

職人になりたいなら、自分の感情を制御することも大切だ。エレオノーラが火系統の魔術を使えなかったのは、過去のことが大きく影響していたのだろう。思い出せなくても体は覚えていた。原因だった過去を思い出した今は克服できるような気がするが、試してみたいとは思わない。

付与の方法は対象物に正しい手順で魔術を刻むだけだ。だが構造が単純な魔術ほど術者の力量が現れやすい。付与する力は気分を高揚させるものや、攻撃魔術を封じたものなど種類が豊富にある。一番人気なのは、敵の攻撃を防いでくれる防御壁の力を付与したものだった。

「後は練習を繰り返して体で覚えるしかないわ。練習用の素材を持ってきたから、最初はこれを使って。なくなったら、ディートリヒ君に言えば解決してくれるからね」

「ありがとうございます」

フリーダが用意してくれた素材は、布や革の端切れが多かった。

「流通しているお守りは布製が多いし、革に付与できるようになれば就職先も広がるわ。竜騎士の装具はね、分業で製作しているところが多いのよ。サンタヴィルでは一人の職人が請け負っていたようだけど」

分業にしているのは、関わる工程を少なくして技術の習熟期間を短くするのが目的だそうだ。同じ工程に関わる人間が増えれば、一人が欠けても別の誰かが引き継いでくれる。サンタヴィルでは戦争で職人が亡くなり、失われてしまった技術があったらしい。

「もし本気で付与職に就きたいなら、まずは資格試験を受けないとね。一定以上の腕前だという証明があれば、就職で有利になるから」

二週間後に練習をした成果を見せてねと言って、フリーダは帰っていった。

授業の内容を思い出しながら練習をしていると、父親が仕事をしていた光景を思い出した。あの時は何をしているのか分からない作業が多かった。けれど知識を得た今では、何らかの力を付与していたのだと理解できる。

作業中に舞う金色の光が好きだった。自分もやりたいと言っては、父親を困らせていた。

練習で作った防壁の付与は、どれも失敗作だった。均等に魔力を塗布しないといけないところが、まだらになってしまっている。魔力で模様を描こうとすれば、線が途切れたり太さが一定にならない。作り慣れていないこともあるが、決定的な何かが足りていなかった。父親に憧れて作るだけでは駄目らしい。

集中していると、時間が経つのを忘れてしまう。何度かメイドたちに言われて休憩をしたが、ディートリヒが帰ってくるまで練習はやめなかった。

「エレン。やりたいことが見つかったのはいいが、もう少し休憩しながら進めたほうがいい」

応接室に積まれた不出来な加護を見たディートリヒは、エレオノーラがずっと練習していたのを見抜いていた。呆れというよりも、悲しげに失敗作とエレオノーラを交互に見て言った。

「納得できるものができたら、休もうと思ってたの」

「時間を決めて強制的に休ませたほうがいいな。マーサ、俺がいない間は頼んだ」

「かしこまりました」

マーサは使用人らしい微笑でうなずいた。

「でも明日からは、あまり練習できないの」

「なぜ？」

「先生からもらった素材が、残り少ないから」

「この端切れか」

ディートリヒは付与してある布を一枚、山の中から拾い上げた。失敗作ばかりなので、あまり見ないでほしい。

「定着させる加工はしていないのか。これなら俺でも付与を外せるが、やろうか？」

「いいの？」

フリーダが言っていた解決とは、端切れを付与魔術をかける前の状態に戻すということだったのだろう。

エレオノーラが見ている前で、ディートリヒは失敗作の山に手を乗せた。付与した力がふわりと解《と》けて、金色の粒子になる。エレオノーラの一日の成果は、数秒で跡形もなく消えてしまった。

「こんなにすぐ消せるんだ……」

「初歩の付与魔術なら竜騎士も心得がある。悪意ある付与を発見したときに、職人を呼ばずとも消せるようにな」

付与をしたものは、消えにくいように加工して完成となる。フリーダは加工のことも言及していたが、付与ができるようになってから教えると言っていた。

「ありがとう。これで明日からもたくさん練習できるね」

「俺は厳しいからな。しっかり休憩しないと、付与を消さないぞ」

「休めだなんて、今までで一番厳しい先生だよ」

休憩している暇があったら一つでも多く魔術を覚えろと言っていた、学院の教師たちとは正反対だ。付与を消してもらえないと練習ができないので、ここは素直に従うしかない。

明日は休憩しつつ練習すると約束したが、ディートリヒは疑わしそうにしていた。

「信じてくれないの？」

「エレンのことは無条件で全面的に信じたいが、寝る前にもやりそうだな、と」

「駄目？」

「駄目だ。マーサ、明日の朝までこれを厳重に保管するぞ」

そう決断したディートリヒは、端切れを集めて残酷なことを言った。さらに同意したマーサが、どこからともなく持ってきたカゴに端切れを詰めて、持ち去ろうとする。

「ベティーナ、リタ。エレンが寝る前に不審なことをしないか、見張りを頼む。読書で夜更かしをしようと企んでいたら、遠慮なく本を取り上げて寝かしつけろ。必要なら魔術封じの結界を使用しても構わん」

「了解でーす」

「合法の範囲内で、最高の眠りをお届けいたします」

マーサと入れ替わりでやってきた二人のメイドが、やけに楽しそうにしていた。

この二人はエレオノーラが風邪で寝込んでいたときから、なにかと身の回りのことを率先して世話をしてくる。言葉巧みにエレオノーラを甘やかす、要注意人物たちだ。彼女たちの言いなりになっていると、自堕落な人間になってしまいそうで怖い。

「そんな……寝る前の楽しみを奪う気なの⁉　趣味ができたと思ったのに！」

マーサを追いかけようとしたエレオノーラは、扉のところでディートリヒに捕まった。背中が堅い壁に当たって身動きできない。逃げられないようにだろう、ディートリヒは片手でエレオノーラの手を摑み、もう片方の手は肘まで壁につけて立ち塞がった。

「……今日はもうやめておけ。いくら魔力が豊富でも、常に消費し続けている状態が体にいいわけがない」

まるで口説くような距離と声音で、エレオノーラを諭《さと》してくる。心配する気持ちからの行為だとエレオノーラは解釈しようとしたが、心のどこかでは違うと思いたがっている。

「わ、分かった……今日は大人しく寝る」

エレオノーラが諦めたことで安心したディートリヒは、表情を和らげた。そっとエレオノーラの手を離し、愛おしいものを見るように微笑んだ。

目を合わせていられなくなったエレオノーラは、右下の絨毯へ視線を落とした。不自然すぎるだろうかと不安が過《よぎ》る。心拍数が多いのは緊張しているせい。緊張は至近距離にディートリヒがいるせいだ。

頭の中を言い訳じみた言葉がぐるぐると回っている。

ディートリヒが離れた。追い詰められる前よりも距離が開いている。

「……エレン、もうすぐ竜騎士の対抗戦があるが、観戦しに来るか？　それなりに盛り上がるから、退屈はしないはず」

急に話題が変わった。何かを誤魔化《ごまか》すような不自然さだったが、エレオノーラも先ほどの気まずさから逃げたくて追及しなかった。

「ディーは出場するの？」

「面倒なことに、部隊長は強制参加だ」

「じゃあ行く。応援するからね」

「ん。全力で戦ってくる」

嬉しそうに微笑むディートリヒを見ていると、エレオノーラも嬉しくなってくる。

魔術師同士の訓練試合なら、ノイトガル王国にいたときに何度も観戦している。おそらく試合形式に大きな違いはないだろう。

ディートリヒの職場の一角で開催されるのだと思っていたエレオノーラは、後日に予想を裏切られるとは思いもしなかった。


円形の闘技場に大勢の観客が入っていく。闘技場前の広場は、どこを見ても人ばかり。あまりの多さに酔ってしまいそうだ。客席への入り口付近には、集まった客を狙《ねら》った飲食物の屋台まである。どこからともなく甘い香りや香ばしい煙が漂ってきていた。

空を見上げると、色とりどりの竜が旋回《せんかい》している。会場付近を警戒するために飛んでいるのだろう。

警備の竜騎士と竜は、目立つ黄色のスカーフを巻いていた。

闘技場の屋根は中央が空いている。時おり、竜に騎乗した竜騎士たちが、そこから出入りしていた。

自由に空を飛ぶ彼らwerらしい移動法だ。混んでいる地上を歩かなくてもいいところが羨ましい。

「……かなり大きな大会なんですね」

エレオノーラは思わず、隣にいたカサンドラの袖を摑んだ。油断をすると迷子になってしまいそうだ。絶対に知り合いを見失うわけにはいかない。

カサンドラは圧倒されているエレオノーラを見て、微笑ましそうにしていた。

「そうよ。西方団の代表を決める大会ですもの。優勝者は皇都で行われる大会に出場するのよ。竜騎士が人気なのは、こうやって一般人も観戦できるような娯楽を提供している面もあるからなの」

「竜騎士って人気だけど、普段の生活から清廉さを求められるんだよ。モテるのはいいけど、面倒なことも多くてね」

クルトが制服の襟に触れながらぼやいた。エレオノーラの周囲には、他にも数名の竜騎士がいる。竜皇国に不慣れで一人では闘技場にたどり着けないエレオノーラのために、案内兼護衛をしてくれるそうだ。

一般人のエレオノーラに護衛が必要なのかとディートリヒに問いかけたところ、会場では毎年のようにスリや置き引きなどの軽犯罪が発生していると言っていた。また屋台の中には無許可で高額の商品を売りつけるところもある。初めて行くエレオノーラが被害に遭わないよう、知り合いと一緒に行動したほうがいいと助言をもらった。

——会場へ来て理解できたわ。ここを一人で歩き回るなんて無理。

まだエレオノーラの顔見知りは数人しかおらず、しかも連絡を取る方法すら知らない。エレオノーラは、助言をするだけでなくカサンドラたちに根回しをしてくれたディートリヒに感謝していた。

「人が多くてお祭りみたい……こんな賑やかなところに来るなんて、何年ぶりかなぁ」

「ノイトガル王国にも大きな祭りはあるわよね？　この時期だと王都の花祭りとか。皇国でも有名よ」

不思議そうにカサンドラが言った。

「学生のときは勉強で忙しくて、参加したことがないんです。就職してからは、祭りの時はいつも職場の留守番を命じられていたので。参加した先輩たちが楽しそうに話していたから、いつか参加できるといいなって思っていたんですけど……」

「待って。それは不意打ちよ。ハンカチ出すから待って」

カサンドラは反対方向を向いて、上着のポケットを探った。クルトは目頭を押さえて下を向いている。他の騎士たちも、それぞれ暗い表情で佇《たたず》んでいた。

失敗した。楽しい観戦の直前に、エレオノーラの過去を話すべきではなかった。仕事の内容ばかりで特に盛り上がりそうな話題が他にない。面白くない話で白けてしまったのだろう。

――当然だよね。お祭りに参加したことがない私の話なんて、聞くだけ無駄《むだ》だから。

エレオノーラは慌てて良いところも探して言った。

「でも悪いことばかりじゃなかったんですよ。先輩たちがいないと、仕事が減ってゆっくりできましたから。お祭りの前日にお菓子を買っておいて、こっそり食べたり。いつもは忙しくて、お茶の時間なんてないんです。だから特別な日って感じで――カサンドラさん？」

無言で抱きつかれた。子供をあやすように頭を撫でられて、くすぐったい気持ちになってくる。

「皇国には対抗戦以外にも楽しめる祭りがたくさんあるわ。弟の都合が悪いときは、いつでも言って。

案内するから」

「あ、ありがとうございます」

自分が催し物に誘われるなんて、新鮮な体験だ。他の祭りが開催される日が待ち遠しい。

「俺、隊長の気持ちがちょっと理解できた気がする」

クルトは苦笑してから、そろそろ行きますかと促した。

「席は確保してあるから焦らなくてもいいんですが、途中の通路が混む前に移動しましょう」

「そうね。ところで、どこの席？」

「うちの部隊が関係者用に購入しているところです。個室に近い形状で、警備しやすいのが利点かと」

「襲撃経路が想定しやすいのはいいわね」

二人は歩きながら打ち合わせを始めたが、エレオノーラは周囲を見物するのが忙しくてあまり聞いていなかった。はぐれないようカサンドラと手を繋いで歩いていると、友達ができたようで嬉しい。

観客席へ向かう道すがら、エレオノーラはクルトからいくつか注意事項を聞いていた。

もしはぐれたら、その場で動かずに待つこと。絶対に一人で行動しないこと。トイレはカサンドラか女性の騎士に同行してもらうことだった。

「もしお嬢さんに何かあったら、俺たちが隊長に殺される。だから窮屈《きゅうくつ》かもしれないが、約束してくれないか」

さすがに殺されるというのは誇張表現だと思ったが、クルトたちに迷惑をかけたくなかったので同意した。それにトイレの帰り道で迷子になるのは恥ずかしすぎる。

闘技場の門をくぐり、観客席があるというところまで階段を登っていく。降りてくる人とすれ違うには、体を横にしなければ通れないほど狭い。物語に出てくる、城の隠し通路のようだ。もしくは賢者が隠れ住む塔のほうが似ているだろうかと、楽しい想像が浮かんでくる。

狭い階段や廊下に比べて、観客席があるところは空間に余裕を持たせてあった。出入り口の反対側は、場内が一望できるように、ほとんど壁がない。簡素な手すりを乗り越えたら、下の客席へ落ちてしまいそうだ。

中央の場内は四つに線で区切られ、それぞれの場所で試合が行われていた。部門が分かれていて、新人だけの組や部隊からの選抜など種類が多い。ディートリヒは部隊長が参加する組だ。

「まだ少し時間がありそうね」

カサンドラの言葉通り、ディートリヒの黒い竜は見当たらない。

それぞれの竜の口や足には、覆いが付けられている。ディートリヒの職場で見たものと同じだ。カサンドラは試合だから互いの竜が傷つかないように覆っていると教えてくれた。

竜騎士が持っている武器も木製だ。本気で戦っているのに恐ろしいと感じないのは、実際の戦闘と違うところが多いおかげだろう。

「試合を見るのは初めてよね？」

「はい。鎧《よろい》をつけていない人たちは、審判で合ってますか？」

「ええ。主審が一人、副審が二人。いざという時に仲裁しないといけないから、彼らも竜に騎乗しているのよ」

他にも試合に関する規則を教えてもらった。

四角く区切られた場内から、竜の体が半分以上出た状態で仕掛けた攻撃は無効。飛翔してもいいが、闘技場の外壁より高く飛ぶと失格。騎乗している人間が落ちたら負け。竜が行動不能になっても負けになるなど、細かく定められていた。

ろう。


「飛んでいる高さから落ちたら、大怪我しませんか？」

「自分の身を守るために、一部の魔術を使用することは認められているわ。それに審判が浮遊魔術で致命傷は防いでくれるのよ。痛いことに変わりはないけど」

死なないだけで怪我はする。エレオノーラにはそう言っているように聞こえた。魔術師同士の試合でも、怪我人は出ていたけれど死人はいなかった。同じように死なないための対策が他にもあるのだろう。


竜騎士たちの試合を観戦しながら、カサンドラやクルトが解説をしてくれたので、次第にどこに注目すればいいのかを理解できるようになってきた。面白いことに、竜の制御も試合の判定に関係してくるらしい。

「時間内に決着がつかずに判定までもつれこんだ試合で、興奮した竜を大人しくさせられなかったせいで負ける人は多いのよ。実際の戦場では竜の統制がとれていないと、味方に被害が及ぶからね。だから試合でも重視されているわけ」

いくら竜騎士と回路が繋がっているとはいえ、竜は個別の生き物だ。力も人間より遥かに強く、本気で暴れられると手がつけられない。だから竜の制御は重要視されていた。

「もうすぐ隊長の出番ですよ」

クルトが入場口を指差した。

黒い竜を連れたディートリヒが場内へ入ってくる。座席からは遠いのであまり顔は見えなかったが、全体の雰囲気は間違いない。

ディートリヒの左腕には、赤い布のようなものが巻かれていた。木製の槍にも、同色の布が石突に巻いてある。

「……あいつ、本気で勝ちにいく気だわ」

「なあ、お嬢さん。今日の朝、ディートリヒに何か言った？」

カサンドラもクルトも生温かい目でエレンを振り返った。

「えっと……観客席から応援するね、頑張って、です」

「それだけでやる気になれるのか、あいつは」

これまでにも目立つところに布を巻いた竜騎士は、何人か出場していた。だがディートリヒが出てきたときだけ、観客の中に困惑や歓喜の声が広がっていく。

「あの布は、どんな意味があるんですか？」

クルトはどこか羨ましそうに場内を見下ろして言った。

「一種の決意だよ。優勝するぞって意味。もうすぐ始まるから、しっかり応援してやってくれ」


主審の合図で試合が始まった。

間合いを詰めた両者は互いに槍で牽制《けんせい》して、有効打を避けている。攻撃を仕掛けて距離が近付くと、竜は咬みつこうとしたり、前足で引っ掻く動作を見せた。もし覆いをつけていなければ、確実に流血している勢いだ。

このまま膠着《こうちゃく》状態かと思われたとき、相手が大きく後ろへ動いた。ディートリヒが追いつく前に竜が地面を蹴《け》って飛翔する。助走せずに飛ぶのは、脚力と翼が強くないとできない。

「先に上を取ったほうが有利ってのが一般論だ」

クルトは飛んでいるほうの竜を見て言った。

「いま戦ってる相手は、上空からの奇襲が得意な人だったはずだ。だから普通は自分が先に飛ぶか、飛翔させないように攻撃しないといけない」

「じゃあ勝つのは難しい？」

「いや、対抗策はある」

上昇した竜がのけぞって姿勢を変えた。翼を折り畳み、ディートリヒがいる地点へ落ちてくる。ディートリヒは落ちてくる竜を見上げたまま、槍を構えた。

ディートリヒが騎乗している竜が脚を曲げる。相手が槍を投げる動作に入ると、大きく伸び上がった。落ちてくる槍はディートリヒの体の近くを通過していく。黒い竜は一度も羽ばたかず、相手の竜に体当たりをした。

相手は槍を投げた後に再び上昇するつもりのようだ。だが翼を広げて落下速度を殺そうとしていたところに追突されて、姿勢を崩されてしまう。そこへディートリヒの槍が騎士に当たり、体が竜の背中から投げ出されてしまった。

相手の竜は主人を助けようとしていたが、ディートリヒと竜が邪魔をして降下できないでいる。対戦相手は地面に叩きつけられる直前で、ふわりと体が浮いた。見えないクッションに守られるように、相手は地面に降り立った。

続いてディートリヒたちが地上へ戻ってくると、主審がディートリヒの勝ちを宣言した。

「あの迎撃が難しくてさ。竜の脚力が足りないと、相手に組み付く前に逃げられるんだよ。そうでなくても、自分に向かってくる槍をぎりぎりでかわして飛びつくとか、勇気がいるんだけどね」

盛り上がる会場とは逆に、クルトは苦笑していた。

「あいつの竜、規格外だろ？　良くも悪くも戦いに向いているっていうか。普段が人懐っこい性格だから分かりにくいけど」

試合を終えたディートリヒは竜を飛翔させて、入ってきたところとは別の開口部から出ていった。エレオノーラが座っている席の近くを通ったとき、目が合った気がする。

笑いかけてくれたように見えたのは、エレオノーラの自惚《うぬぼ》れだろうか。

試合を終えた竜の多くは、興奮してなかなか出ていこうとしない。そんな竜に対し、乗り手である竜騎士は背中を撫でたり、話しかけてなだめていた。それでも効果が薄いときは、他の選手の邪魔にならないよう、闘技場の壁よりも高いところで旋回してから退場するようだ。

竜の中には歌うような鳴き声を発している個体もいる。西の砦でも似たような鳴き声を聞いた。カサンドラに尋ねると、興奮した感情を鎮める効果があるという。

「たいていは仔竜の頃に聞いた子守唄よ。歌っているうちに気持ちが紛れて、落ち着くんでしょうね。他にも嬉しいことがあれば皆で歌っていたり……声で感情を表現しているの」

鳴き声の種類も竜によって賑やかだったり囁き程度の大きさだったりと、実に個性豊かだ。

その後、ディートリヒは何度か試合をしたが、どれも余力を残して勝ち進んでいった。

「ここまでは順調ね。でも決勝の相手も優勝候補らしいじゃない」

「俺たちが士官学校でお世話になった教官です。転属して部隊長になったと聞いてましたが、やはり決勝戦に出てきましたね」

「ある意味では因縁の相手ってことか」

カサンドラは愉快そうに笑って、どちらが勝っても不思議じゃないわと言った。

「あんなものを腕に巻いてるんだから、勝たないと格好悪いけどね」

「まあ、負けた時は盛大に馬鹿《ばか》にしてやりましょう。下手に同情するよりも慰めになります」

それぞれの部門の決勝は、一組ずつ行われる。試合に使用する範囲も、会場全体に広げられた。新人戦から始まって、ディートリヒの出番がくる頃には、観客の興奮も最高潮になっていた。

ディートリヒの黒い竜は対戦相手を見つけたとたん、威嚇《いかく》するように吠えた。尻尾で地面を叩き、翼を広げる。ディートリヒは左手で手綱を強く引いて、たしなめていた。

「ずいぶんと攻撃的じゃない」

「だって教官ですからね。訓練でさんざん叩きのめされたことを、何年経っても覚えているんですよ。竜らしい性格でしょう?」

ディートリヒも覚えているだろうが、さすがに恨むには至っていないようだ。

両者が開始位置について向かい合ったとき、会場全体が静かになった。皆が注目している。無数の視線が向けられていても、彼らに緊張している様子はない。

主審が旗を振り下ろし、試合が始まった。両者とも距離をあまり詰めようとしない。最初から全力でぶつかることなく、槍で牽制しつつ隙を狙っている。膠着状態が長いと、審判に試合を止められて最初から仕切り直しだ。さらに注意まで受けてしまう。この注意の数が多いと判定にもつれこんだときに不利だ。

審判が止めようと身じろぎするのと同時に、ディートリヒは竜を飛翔させた。相手も後を追って上昇してくる。ディートリヒは最小限の旋回で降下体勢に入った。だが攻撃する途中で気が変わったのか、接触する直前で竜の向きを変えてしまう。

「いい判断ね。あのまま仕掛けていたら、確実に反撃されていたわよ」

試合では槍の他に木剣も携行している。エレオノーラには見えなかったが、相手は竜の体と槍で隠しながら、剣を抜いて反撃準備をしていたらしい。

「教官は槍でディートリヒの攻撃をいなして、剣で決定打を与えるつもりだった。まあ俺もディートリヒも、何度か喰らってるからね。さすがに同じ手は通用しないさ」

空中で接近戦が始まったが、どちらも有効な攻撃手段を出せずにいた。やがて審判の指示で最初の位置へ戻って再戦することになったとき、ディートリヒの竜が興奮して下がろうとしなかった。

試合の進行に関係なく相手の竜へ襲い掛かろうとしている。ディートリヒは手綱を思いっきり引いて竜の首をのけ反らせ、槍の柄を使って自分の体に引き寄せた。いらついた竜が何度も尻尾を地面に叩きつけていたが、ディートリヒに諭されて大人しく位置につく。

審判が何かを告げ、ディートリヒは頷いた。

「ディートリヒの竜は、試合を中断されるのが嫌なんだよ。勝つまで戦いたい性格だから。実戦なら勇猛で頼りになるんだが、試合だと不利だ。さっきみたいに注意を受けたら、判定にもつれこんだときディートリヒが不利になる」

試合が再開されると、ディートリヒの竜が弾かれるように一気に前へ駆け出た。相手の出方をうかがいながら戦っていた前半とは違い、ディートリヒも竜も積極的に攻撃を仕掛けていく。

相手は一度も注意を受けていない。時間内に決着がつかなければ判定負けしてしまう。

相手の竜が先に飛んだ。遅れて飛んだディートリヒ側は体当たりをされてよろめいたものの、なんとか持ち堪えて飛翔に成功する。

黒い竜が吠えた。相手よりも速く飛んで近づき、ディートリヒが槍で狙う。攻撃はかわされてしまったが、うまく相手の槍を引っ掛けた。

片方の槍だけが落ちていく。相手は槍を手放して、体勢を崩されるのを防いだ。

対戦相手は木剣を抜き、槍を扱いにくい間合いに入った。そのまま剣で応戦するのかと思われたが、相手の竜がディートリヒの竜にのしかかったように見えた。互いの竜は前足で相手に組み付き、落下していく。

ディートリヒの竜が下だ。

「どうしよう、落ちる」

「大丈夫よ、エレオノーラ！　ディートリヒの竜が相手の翼を掴んでるわ。あれじゃ飛べない」

共に墜落するかに思われたとき、ディートリヒの竜が相手を踏み台にして離脱。黒い翼を力強く羽ばたかせて上昇した。相手も飛び立とうとしたものの、重力には勝てずに地面へ落とされた。

落ちた衝撃で騎士と竜が離れる。

審判の旗が上がって、ディートリヒの勝ちが確定した。

「すごい……勝った……」

会場から響く拍手や声援で、自分の声すら聞こえにくい。

負けた相手は、ディートリヒへ向かって左腕を叩いて合図をした。ちょうどディートリヒの赤い布が巻いてある位置だ。

試合後に会場を飛んで一周したディートリヒが、エレオノーラがいる方向を向いて空中に留まった。

あんなに興奮していた竜も大人しい。

優勝したことが嬉しくて、エレオノーラはディートリヒへ向かって手を振った。

ディートリヒは上へ向けていた槍の穂先を、エレオノーラに向ける。まるで礼をするようにすぐ上へ向けると、会場のあちこちから先ほどよりも大きな歓声が上がった。

囃し立てるような陽気さで、弾んだ歓声。それに少しの不満の色が混ざっている。

「絶対、やると思った」

「ええ、予想通りね」

「ある意味、期待を裏切らない奴ですよ、本当に」

どういうことかと尋ねると、二人は苦笑していた。

「カサンドラさん、お願いします。俺だとうまく説明できません」

「仕方ないわねぇ。あのね、腕と槍に巻いている赤い布は、大切な人を表しているの。家族とか恋人とか……だいたい、その人の瞳の色に近いものを使うのが伝統。さっきの槍の動きは、何かを捧げるときにする動作ね」

カサンドラはエレオノーラに微笑みかけた。

「どう見てもエレオノーラに向けていたでしょう？　布の色も、あなたの瞳と同じ。だから、エレオノーラのために戦って勝ちましたという意味よ」

意味を深読みしてもいいのだろうか。ずっと人間関係が希薄なところにいたせいで、自分に向けられている感情を正しく解釈できているのか自信がない。

エレオノーラは胸のあたりを押さえた。心臓が痛くなるほど早く鼓動しているのは、会場の熱気のせいだと思いたかった。

＊　＊　＊

「教え子に負けたことよりも、誓約の印を巻いて出てきたことに驚いたね、俺は」

決勝の対戦相手だった元教官は、そう言ってディートリヒの肩を叩いた。卵を得たばかりの自分に、竜騎士の幹部候補生として必要なことを教えてくれた人だ。階級こそ近づいたものの、精神面ではまだ追い付けていない。今も学生の頃に戻ったような気分だった。

試合の後、晩餐会の会場へ移動したディートリヒは、そこで元教官に再会した。決勝戦で敗れて二位となった者も、健闘を讃えるという名目で招待されている。

晩餐会は迎賓館で行われることとなっていた。豊富な湧《わ》き水を使った人工の滝や、季節の移ろいを感じられる皇国式の庭園が美しい場所だと聞いている。迎賓館までは竜に騎乗して来てもいいと許可が出たので、帰りのことも考えて乗ってきた。

どうせ地上は馬車で混む。空から移動したほうが早い。

出席する竜騎士たちは、ディートリヒと同じことを考えていたらしい。用意されていた厩舎はすぐに埋まっていった。ディートリヒの竜は優勝したことにご満悦だったので、近くに元教官の竜がいても喧嘩を売るようなことはしない。預かっていてくれる厩舎係に迷惑をかけることもなさそうだ。

「竜騎士になることだけ考えていた奴が、変わるもんなんだな」

厩舎から迎賓館内の会場までは、元教官と行くことにした。

「俺自身は今も昔も変わってませんよ。生活に変化があっただけです」

「浮いた話が全くなくて有名だったお前が気にかけているのは誰だって、噂が飛び交っているぞ」

「どうせ九割が根拠のない話です。目が合ったとか、会話しているのを見たというような、日常生活から派生した妄想でしかありません」

「辛辣《しんらつ》だな。まあ異論はないが」

会場へ入る直前、元教官はディートリヒを止めた。

「じゃあお前がローザリンデ様の婚約者候補だなんて噂は、記者どもの妄想という認識でいいか？」

「もちろん。なぜそのような話が出回っているのか、理解に苦しみますね」

「赤は竜皇国では特別な意味を持つ」

「俺が皇女殿下に名を覚えてもらうために、印をつけて出場したという筋書きですか？　それこそ、馬鹿馬鹿しい妄想です。俺が勝利を捧げた人は、赤い瞳の女性ですよ。緑の瞳の皇女殿下ではない」

初代皇帝が従えていた竜が赤い目をしていたことに由来して、皇室を表す隠語として赤色を使うことがある。ゴシップを好む記者や民衆は、ディートリヒが直接的な表現を避けたと想像しているようだが、間違っているうえに迷惑だった。

「ほう。ローザリンデ様は白薔薇に喩えられるほどの美女らしいが、興味はなさそうだな」

なんと答えるのか分かっているくせに、元教官はわざと聞いてからかってくる。

「ええ、そうですね。皇族への敬意は持っていますが、それ以外の感情はありません。一度しか話したことがない相手を、どう好きになれというのやら」

「その一度で恋に落ちる人間もいるってことだ。一目惚《ひとめぼ》れとも言う」

「俺が最も理解できない感情の一つですね。性格は顔に現れると言いますが、外見だけでは分からないことのほうが多いというのに」

自分が他人から好かれやすい顔立ちだという自覚はある。下心を持って近づいてくる人と多く接してきたせいか、顔を褒められても嬉しいというより、また面倒なのが来たと思うようになっていた。

他人が恋に落ちるきっかけを非難するつもりはない。各自で幸せになればいいと考えているし、理由はなんであれ大切な人がいるのは喜ばしいことだ。ただ自分を巻き込まないでくれと思う。

「考え方は人それぞれだ。ところでディートリヒ、お前にとって人間の顔とは何だ？」

「個体を識別するものの一つと思っております」

簡潔に答えると、元教官は遠い目になった。

「それ、赤い瞳の彼女も知ってるのか？」

「知らないでしょうね。まあ、エレンの顔は識別部位という範疇《はんちゅう》を超えて、崇拝の域に到達しているので。少々、意味が違ってきますが」

エレオノーラのことが好きだと自覚してから、彼女の全てが愛おしくなってきた。崇拝は言い過ぎたが、彼女以外の人間とは明らかに対面したときに抱く感想が違う。

「可哀想《かわいそう》に。くっそ面倒な男に目ぇつけられたな」

少し失礼ではないかとディートリヒは思ったものの、己の性格は聖人のように清廉潔白とは言えないので、甘んじて受け入れることにした。

「冗談はともかく、立ち回りには気をつけろ。こんな時期にわざわざ皇族が出てきたんだ。単なる祝賀だけが目的とは思えん」

「……西側の国境で魔術師たちが暗躍しているようです。それが理由でしょうか」

「皇帝の影響力を強めて竜騎士団をまとめたいなら、皇女ではなく皇子が向いているんだがな。従えている竜が初代と同じ、赤目で白い鱗だ。皇女には竜がいない。だから国外への対処というより、国内に向けた好感度稼ぎに出てきたのかもな」

「戦いとは別の方向で影響力を与えたいということですか。確かに、迂闊《うかつ》なことは言えませんね」

皇族が動くときは、新聞のネタを探して記者もついて回る。国内の治安維持に一役買っている竜騎士は、良い印象を崩さないよう教育されていた。その模範となるべき幹部の自分たちが、醜態を晒すわけにはいかない。

晩餐会の席につき、早く終わってくれと思いながら待った。出席者が次々と会場に入り、最後に皇女のローザリンデがディートリヒの近くに座った。

白薔薇のようと喩えられるだけあって、華やかさと清楚《せいそ》さを併せ持った女性だ。愛称は艶《あで》やかな銀髪から付けられており、緑色の瞳は宝石のようだと賞賛されている。

ローザリンデがディートリヒを見つけて微笑みかけてきた。ディートリヒは礼儀として、軽く会《え》釈《しゃく》をしておいた。

晩餐会が始まると、話題のほとんどが対抗戦に関することだった。元教官とは席が隣同士なこともあり、近くの出席者から決勝戦のことを中心に質問を投げかけられる。隠すようなこともなく、よく知る分野の話題なので、受け答えは楽だった。

「腕に赤い布を巻いておられましたね。会場にご家族がいらっしゃったの？」

ローザリンデが話しかけてくると、周囲の出席者も興味深そうに沈黙した。

「……ええ、婚約者が応援に来ておりました」

ディートリヒはあえて嘘をついた。

ノイトガル王国から連れ帰ったエレオノーラの存在は、いずれ露呈するだろう。親族ではない女性を家に置いていると、あらぬ疑いをかけられてしまう。自分だけなら構わないが、エレオノーラの名誉が傷つくことは避けたい。

隣国から拾ってきた愛人と噂されるより、婚約者として庇護《ひご》していると認識されるほうが、世間の目は優しい。もしディートリヒに瑕疵《かし》があって離れることになっても、婚約を解消した程度なら、エレオノーラの人生に影響はない。

「まあ。婚約していらしたの？　初耳だわ」

当然ながら、ローザリンデたちは驚いていた。ただ、中には誓約の印で察していたと言わんばかりに、頷く出席者もいる。

「つい最近、決まったことですし、言いふらすことではありませんので。私も、彼女も、賑やかなのは苦手です」

遠回しにゴシップ記事を狙う記者には言うなと伝えたが、無理だろう。秘密を知る人間が多いほど、公になる確率も上がるものだ。

「月日が経つのは早いですね。覚えていますか？　最初にお会いしたのは、抱卵の儀でした」

ディートリヒが竜を得るために必要だった、卵を選ぶ儀式だ。見学していたローザリンデに話しかけられた記憶はあるが、あまり覚えていない。集められた卵のうち、どれが自分の相棒になってくれるのか、そればかりが気になっていた。

しかし忘れましたと正直に言うのは躊躇《ためら》われた。面と向かって、お前には興味がないと言っているようなものだ。相手の身分に関係なく、竜騎士なら相手の気分を害することは言うべきではない。

「お会いしたことは覚えております。ですが儀式を前に緊張しておりましたので、己が何を申し上げたのか、記憶が曖昧で……当時の自分が失礼なことを言っていなければ良いのですが」

「失礼だなんて、そんな。崇高な志を胸に儀式へ挑まれる姿は、たいへん立派でした。竜を得た後も目覚ましい活躍をなさっていると聞いております。再びお会いできる日を待ち望んでおりました」

ローザリンデはうっすらと頬を紅潮させ、優しげに微笑んだ。どこか儚げにも見える姿に、ため息をつく者すらいる。計算された不自然さはなく、素直な感情の発露にしか見えない。

その後はローザリンデから話しかけられることはなく、晩餐会は終了した。

怪しまれない程度に急いで帰ろうと画策し、会場の外へ出ると、ローザリンデの付き人から呼び止められた。

「食後の紅茶を共にどうかと、皇女殿下より言付けを預かっております」

付き人の背後を元教官が通った。ちらとディートリヒの顔を見て、何も言わずに厩舎へ向かう。去り際に右肩を払う仕草をしたのは、気を付けろという助言だ。

「光栄ですが、もう夜も遅いので。帰りを待っていてくれている婚約者を、不安にさせたくないのです」

どこで誰が見ているのか分からない。勘違いされたくないと匂わせて、真っ直ぐ厩舎へ向かった。

相棒の竜はディートリヒが厩舎へ入る前から、落ち着きなく待っていた。どうやらディートリヒの早く帰りたいという気持ちが伝染してしまったらしい。期待に満ちた目で見つめてくる竜に鞍をつけて厩舎から出し、飛翔に最適な広場へ向かう。

「あの、ディートリヒ？」

今度は優しく呼び止められ、ディートリヒは仕方なく竜の背中から降りた。

息を切らせて駆け寄ってきたのは、ローザリンデだ。皇族への礼をして、彼女が話しかけてくるのを待つ。

「少しの時間でいいの。先ほどは、あまり時間がとれなかったでしょう？　大会のこととか、あなたが竜騎士としてどう過ごしているのか、聞きたいわ」

「皇女殿下」

「ローザと呼んで」

竜の尾が地面を叩いた。苛立《いらだ》ちを表す動きだ。エレンには一度も見せたことがない。竜はローザリンデを快く思っていないようだ。

ディートリヒは視線を足下に落としたまま、感情を極力排した声で答えた。

「私のような若輩者が、皇女殿下のお名前を口にする誉れを受けるわけにはまいりません。私個人にお声がけをいただいたことは名誉なことです。ですが御身に降りかかる邪推を避けるためにも、婚約者がいる男を一時の相手に選ぶのは回避すべきかと。どうか御前を去ることをお許しください」

「そんな……」

ローザリンデはなおも引き留めたかったようだが、早く帰りたいと手綱を引っ張る竜を見て黙った。

「また、会えますか」

「時の巡りが重なれば、機会はあるでしょう」

「では楽しみにしております」

ディートリヒは竜の背中に乗った。ローザリンデから離れた竜は、星空へ向かって飛び立つ。早く帰りたいという竜の主張は、速さになって如実に現れた。

厩舎の前に降り立つと、竜は反対方向へ行こうとしていた。来た、と嬉しそうな声が回路を通じてディートリヒに届く。

——来た。エレンが来るよ。会いに行こう。今すぐ！

お喋りな相棒が、いつにも増して賑やかだ。

竜が急いで行こうとするものだから、手綱を持つディートリヒは引きずられそうになった。このままの勢いでエレオノーラに飛びついたら、彼女が怪我をしてしまう。

「おい。誇り高い竜は、犬のように戯れついたりしないぞ。落ち着け」

竜は悲しそうに短く鳴いて、速度を落とした。ただし尻尾の先端は期待と喜びで揺れている。

庭の先からエレオノーラが現れた。驚いた顔の後に、おかえりと言って微笑んでくれる。

「アルバンさんが教えてくれたの。もうすぐ帰ってくるって」

雇っている家令だ。父親の代から勤めていて、竜が近づいてくると分かるという特技がある。

「試合、見てたよ。すごかった」

竜が控えめにエレオノーラへ鼻を寄せた。ゴロゴロと鳴く竜を、エレオノーラは優しく撫でる。

「あなたも頑張ってたね。あんなに高く跳躍できるって知らなかった」

「エレンを乗せているときは、落とさないように気をつけているからな」

「そうだよね。あんな急旋回されたら、きっと振り落とされるよ」

褒められていると感じた竜は、エレオノーラの頬に己の頬をこすりつけた。くすぐったいと笑う彼女が可愛い。

癒やされる光景を見ていると、朝からずっと続いていた緊張が解れてきた。今ごろになって疲労が体にのしかかってくる。気が抜けたのだろう。

「ディー？　疲れてる？」

喋らないディートリヒを心配して、エレオノーラが側に来た。

「ええと……疲れているときは、ハグすると効果的ってベティーナが言っていたんだけど……どうする？」

「あいつは何を教えているんだ……」

褒めると絶対にベティーナは調子に乗るだろう。

エレオノーラは恥ずかしそうに両手を広げた。

触れてもいいと思ってくれている。だが恋人でなくても抱擁はできる。だから思い上がってはいけないと、冷静な自分が戒めてくる。

竜は空気を読んで、自分から厩舎へ歩いていった。

エレオノーラを抱きしめると、わずかに彼女の体がこわばった。やはり不快だったのかと不安になりかけたが、ためらいがちにディートリヒの背中へ回されたエレオノーラの手が、離れようとする決意を消した。

「ディー」

「ん？」

「優勝おめでとう」

「エレンが応援してくれたおかげだ」

どんな名誉や称賛よりも、彼女がかけてくれる言葉のほうが、一番嬉しい。

対抗戦の翌日、ディートリヒは休みだと聞いたので、二人で朝の時間を過ごしていた。

朝食のあと新聞を広げていたエレオノーラは、対抗戦の記事を見つけたので読んでみた。皇女が観戦していたこと、それぞれの組で勝ち進んだ上位三名の名前が載っている。ディートリヒはそれなりに有名なのか、他の竜騎士よりも書かれている情報が多かった。

——秘密の婚約者？

試合で付けていた布にも言及され、勝利を捧げたのはその婚約者だと断言されている。さらに晩餐会のあとで皇女から個人的に話しかけられたともあり、婚約者とは皇女のことなのではと推測が続く。

——赤は皇女殿下が纏《まと》う色ではないが、初代皇帝の竜は紅玉色の目をしていたことから、皇室を連想させる色である……？

二人の出会いは抱卵の儀だった。その後は会っているという情報はない。しかしそれは公の場においての話である。晩餐会での二人は、仲睦まじい様子に見えたと記者の感想で終わっている。

途中からはディートリヒと皇女について断言することを避けているが、読み手には二人が婚約しているのではないかと期待を抱かせる書きかたをしていた。

「エレン？」

じっと紙面を見つめたまま黙っていたら、ディートリヒに名前を呼ばれた。

「ディー、婚約者がいたの？」

「いない。なぜそう思った？」

即座に否定したディートリヒに記事を見せた。さっと全文に目を通したディートリヒの表情が冷淡なものに変わる。

「……なるほど。新聞社には正式に抗議しておく。憶測で書いてもいい限度を超えているな」

「本当にいないの？　私ね、誰かの仲に亀裂を入れるようなことはしたくないの」

「エレンが想定しているような相手はいない」

ディートリヒは誤解を与えないためか、慎重に言葉を選んでいた。

「どう言えばエレンに納得してもらえるのか分からないが……順を追って話すから、聞いてほしい」

「うん……」

エレオノーラはなぜディートリヒが晩餐会で婚約者がいると発言したのか、真意を教えてもらった。

「対抗戦の優勝者は、皇都で行われる試合に招待される。国中の注目が集まる大会だ。とうぜん、参戦者の名前は公表されて記事になる。名が広く知れ渡ると、良くも悪くも接触してくる者が増えるんだが……」

「持ちかけられそうな縁談を避けるため？」

「それはあまり効果がない。婚約者がいても、あわよくばと釣り書きを送ってくる図太い神経の持ち主はいる」

「じゃあ、どうして？」

「エレンの名誉のため」

「私？」

ディートリヒが自分のことよりもエレオノーラを優先して、婚約者だと周囲が信じる下地を作った。エレオノーラの将来が少しでも良い方向へ転がるように。

助かったとか、嬉しいと思う気持ちより、戸惑いが大きい。

「どうしてそこまで親切にしてくれるの？　私はあなたに何もお返しできないよ？　呪いを解いただけなのに、私がやったこと以上のものを、あなたから受け取ってる」

「エレンが思っている以上に多くのものを、俺は受け取った」

「分からないよ。ずっと離れてたんだよ？　会えなかった間に、あなたが何を考えて、どう育ったのか、全く知らないのに」

一緒にいる時間が長くなるほど、無視できない気持ちがあると気が付いた。まだその感情に名前をつけたくない。自分の生活がどう変わっていくのか分からないうちは、傷付く原因になりそうなものを心の中に入れたくなかった。

ディートリヒは昔のエレオノーラしか知らない。だから現在のエレオノーラを知って、幻滅するのではないかと恐れていた。彼の中にある理想のエレオノーラにはなれそうにない。どんな姿をしていて、どんな性格なのか、こちらからは全く見えないのだから。自分以外のものを演じる技量もない。

居心地がいい場所に慣れきってしまう前に、ただの都合がいい夢をみていたのだと錯覚してしまいたかった。

「エレン」

愛称で呼んでくれることが嬉しかった。親しげに呼ぶ名前が別人に変わるところに遭遇したくない。

「……本当は、もっと信頼を得てから打ち明けようと思っていたのだが」

ディートリヒは迷っている。最初の一言が見つからないのか、そっとエレオノーラから視線を外した。

何を言われるのか予想ができず、エレオノーラは逃げたくなった。

もしかしたら婚約したい人がいるけれど、エレオノーラが屋敷に居座っているから公にできないとか。愛人を囲っていると誤解されたから出ていってくれとか。悪い方向に思考が傾いていく。

「俺はエレンが好きだ」

皇女と再会したことで、恋が始まったと告白されてしまったら。

「――え？」

エレオノーラは耳に飛び込んできたディートリヒの言葉で、現実に引き戻された。

もう一度、言ってほしい。聞き間違いだったら嫌だ。

「この先も共に暮らしていけたら、これ以上幸せなことはない。エレンを連れてきたのは恩義以上に、俺が離れたくなかったからだ。家に滞在してもらえるよう、理屈をこねて……今度こそ、自分の手でエレンを守りたかった」

本心から出た言葉なのは、ディートリヒの表情で察した。真っ直ぐにエレオノーラだけを見ている。

昔から変わっていない。いつも真摯に向き合ってくれる。

「なんで、いつから……」

「おそらく羽トカゲにされて、エレンに拾われたときだろうな」

「私、あなたのことを変わったトカゲだと思ってたのに？」

「だからこそ、本当の性格が見えた。人間の姿だったら、心を開いてくれなかっただろう？」

内面が好ましいと言われて、嬉しくないわけがなかった。ディートリヒの告白がゆっくり心の中へ入ってくる。

「今すぐ返答しなくてもいいから、エレンがどう思っているのか聞かせてくれないか。どんな答えになろうと、俺はエレンの気持ちを優先したい」

応えてしまってもいいのだろうか。

エレオノーラが躊躇っていると、ふとディートリヒは窓の外を見た。仕事をしているときのような、無表情へと変わる。

「あまり良くない報せが来たようだ」

「良くない報せ？」

外へ出ていくディートリヒの後を追いかけると、厩舎の前に制服を来た竜騎士がいた。竜騎士は騎乗してきた竜をその場に座らせ、ディートリヒに近づいて敬礼をした。

「お休み中のところ、申し訳ありません。部隊長に司令部から招集がかかっています。西の砦近くで魔術師たちに動きがありました」

「予想より早かったな。分かった、着替えてから向かう」

竜騎士はディートリヒに命令が書かれた書類を渡してから、己の竜に乗って飛び立った。

「エレン、急な仕事が入った。申し訳ないが、屋敷からあまり出ないようにしてくれ。対抗戦の余韻で、まだ町が騒がしい。必要なものがあれば、マーサたちに言えば調達してくれる」

「わ、分かった」

素直にうなずくと、ディートリヒは優しく微笑んだ。

胸のあたりを強く摑まれたような痛みがある。ディートリヒの気持ちを知る前には、なかったものだ。

すぐに着替えてきたディートリヒは、使用人たちにエレオノーラのことを託して、竜と共に出かけてしまった。

それからしばらく、ディートリヒは屋敷に帰ってこなかった。

竜皇国へ奇襲攻撃を仕掛けるという段階になって、ルーカスは焦りを感じていた。

魔法薬の調合がうまくいかない。薬自体はできるのだが、完成度が高いものができなくなっていた。薬の基礎となる材料の精製段階で、明らかに質が落ちていた。

——やはりエレオノーラがいないと駄目か。

研究所から連れてきた助手の腕は悪くない。だがエレオノーラと同じ結果を出せずにいた。彼女が精製時に無意識で行っていた工程が不足している。

「ルーカスさん、新しく届いた回復薬なんだが」

前線の指揮官が小瓶に入った薬を持ってきた。注意を引くように軽く振り、戸惑いを隠せない様子で話しかけてくる。

「薬品の成分が変わったのか？　前よりも効果が現れにくい」

「……後方で何かあったのかもしれませんね。物資の不足とか」

「別の国境でも一戦交える気か？　竜皇国と戦うだけでも精一杯なのに、何を考えているのやら。使えねえ貴族の魔術師は送ってくるし……」

指揮官は文句を言いながら帰っていった。

貴族の魔術師が誰のことなのか、名前を聞かずとも予想はつく。

——回復薬の質も落ちている？　あいつら、まさか回復薬の調合までエレオノーラに押し付けていたのか？

ルーカスの手伝いがないときも、エレオノーラはよく深夜を過ぎても残っていた。だが、なんの作業をしているのかまでは知らなかった。もし研究所の同僚たちが回復薬作りの大半をエレオノーラ一人にやらせていたのなら、急激な質の低下も納得できる。

ルーカスは指揮官が忘れていった薬の蓋《ふた》を開けた。中身は少し出来の悪い回復薬だ。これはこれで薬として使えるのだが、よく効くと評価されていたものと、同じところで作っているとは思えないほど質が落ちている。指揮官が不審がって持ってくるのも納得だ。

――そういえば。

研究所で作られる薬の品質が上がったのは、エレオノーラが入ってきてからではなかっただろうか。彼女が押し上げてくれた品質は、行方不明となったことで元通りになってしまった。それどころか、エレオノーラに押し付けてサボっていた奴らの技量が落ちて、以前よりも質が悪いものしか作れなくなっている。品質が低下したのは回復薬だけではないだろう。

――作戦は薬の品質も含めて立てているはず。

もとより竜皇国へ攻め入るなど無謀だ。戦力は圧倒的に彼らが上。竜の長所を生かした高所からの奇襲はもちろん、地上戦では竜騎士と竜が連携して襲いかかってくる。竜に対抗すべく魔術の開発をしているが、竜皇国が魔術対策をしていないわけがない。こちらが有効な手段を使っても、すぐに対策して封じてしまう。なぜか王都にいる貴族たちには、この事実が見えていない。

このまま実行しても引き分けがいいところだろう。その後の停戦交渉では、領土の一部が竜皇国に変わるかもしれない。

母国の地図が書き換えられようと、ルーカスは研究が続けられれば不満はない。だが自分の考案した薬の効果を、最大限に引き出してくれるエレオノーラは必要だった。

――ヨハンナの思惑通りに動くしかないのは腹立たしいが、他に方法はない、か。

ルーカスの身分と地位では、竜皇国の地図など閲覧できない。ヨハンナがエレオノーラを見つける目的は逆恨みだと察しがついている。あの女は己の欲望に直結したことは記憶力がいいから、道案内としては役に立つだろう。ただヨハンナよりも先にエレオノーラを見つけて、保護しなければいけない。きっと発見したら、すぐに焼き殺そうとする。

――多少の怪我なら構わない。エレオノーラが俺のところへ戻ってくるなら。

赤い瞳の持ち主は竜皇国を連想させるので嫌われやすいが、自分なら受け入れられる。見た目なんて関係ない。彼女が持つ特殊な技能が欲しい。

誰のものにもならないように、密《ひそ》かに自宅で保護するのもいいだろう。

敵国に囚われていた魔術師は、洗脳されていると見なされ、治療院へ強制入院させられる。退院後は次世代の魔術師を望む男に振り分けられてしまう。そうなるとルーカスには手出しができない。

ルーカスは自分が利己的な考え方をしていると気がついていた。エレオノーラの意思を考慮していない。だが魔術師とはそういう生き物だ。学院を卒業したエレオノーラなら、きっと理解している。

彼女が赤い瞳を嫌っているなら、一時的に色を変える目薬を使えばいい。貴族の間では普通に流通していて、愛人の子供のルーカスですら入手方法を知っている。少し値が張るのが難点だが、成分を分析してルーカスが新たに開発してやってもいい。

ルーカスは自室へ戻ると、荷物の整理を始めた。平和なうちに前線を離れる準備をしておかなければいけない。どうせヨハンナは、いつ離脱すれば敵に見つからずに国境を越えられるのかなど考えていないだろう。ルーカスから合図を送って、落ち合う場所も選定しておく必要がある。

抱えた仕事が増えているにもかかわらず、ルーカスは辛いと思わなかった。苦労をした先にエレオノーラがいる。彼女が自分のものになるのだから。

＊　＊　＊

ノイトガル王国が侵攻の準備を進めているという情報が、最西端の砦からもたらされた。エレオノーラを保護して、最初に滞在した場所だ。

偵察班によると、地中にある彼らの基地へ運びこまれる物資が増えたという。それも食料品だけでなく、戦いに必要な装具や魔法薬もだ。

「呪いへの対抗策は、臨床実験では成功している。砦の近くに専門医を派遣することが決定した。もし異常を感知したら、迷わず後退させるように」

司令官から前線部隊で指揮をとるディートリヒたち幹部へ、注意事項がもたらされた。呪いに関すること以外は、通常の出撃と変わらない。

「地上戦の主力部隊は本格的な侵攻に備えて、後方で待機。連絡要員として地上部隊と飛行部隊の両方から数名を指名。作戦に関わる人員と装具の総数は、以前に述べた数より変更はなし」

参謀から作戦の内容が明かされ、改めて国土を守れと命令が下る。

前線の砦から戻ったばかりのディートリヒは、ふとエレオノーラが何をしているのか気になった。

――全く連絡せず放置することになってしまったな。

どうしても秘匿事項が多いため、手紙で知らせることはできない。ノイトガル王国が攻めてくるかもしれないという不確定な情報は、まだ竜騎士団と皇都にある政府しか知らないことだ。

屋敷で働く者はディートリヒの仕事をよく理解している。エレオノーラには詳細を話せない理由をうまく説明してくれていると思うが、やはり気になった。

「主力部隊の移動は本日の昼から、順次行われる。総員、気を抜かず守りきれ。サンタヴィルの悲劇を繰り返すな」

「了解」

十年前の戦争は、まだ風化していない。竜騎士団にも当時を知る者が多く、サンタヴィルの名は特別なものになっていた。

ディートリヒにとっても同じだ。父親が命を落とし、エレオノーラが行方不明になるきっかけになった。自分と同じ思いを、誰にも味わってほしくない。

それに、前線を守ることがエレオノーラを守ることにもなる。

会議が終わって解散したディートリヒたちは、司令部の建物を出てそれぞれの持ち場へ戻っていった。

今日は竜たちが騒がしい。戦いの気配を察して、高揚している。いつも通りに落ち着けと言ったところで、聞くわけがない。

――いま騒いで体力を消耗するな。勝ちたいんだろう？　だったら温存しておけ。いつでも襲撃できるように。

頼りにしていると回路から相棒へ伝えると、任せてと無邪気な声が届いた。

職場には、騎士の家族の姿が見受けられた。唐突な訓練でしばらく会えなくなるから、という名目で見送りに来るよう誘ったらしい。察しがいい家族は浮かない顔をしていたが、何も知らない子供たちは無邪気に戯れている。

「主、探しましたよ」

精神面が子供と同じぐらい無邪気なメイドの声がした。

「ベティーナ？　お前もいたのか」

「いましたよ。アルバンさんとマーサさんの指示で、エレオノーラ様をお届けに。今は他の家族さんと同じく、会議室で待っています」

「護衛は？　当然、いるんだろうな。道中で怪しい動きをする者はいなかったか？　帰るまで完璧に守れると誓えるか」

「落ち着いてください。私、一度に言われると処理できません。あと顔が怖いです」

ベティーナは嫌そうに横を向いた。

「リタちゃんがやる気に満ち溢れているから大丈夫ですよ。屋敷の警備も同行してますから。いざとなったら私がエレオノーラ様を抱えて走ります」

「お前たちの戦力なら……いや、近頃は物騒だからな……」

「主、エレオノーラ様に会いたくないんですか？　早くしないと会える時間が減っていくだけですよ」

呆れたベティーナに背中を押された。

「ベティーナ。エレンは、その、何か言ってたか？」

「えっ。連絡しなかったことについてですか？　もしかして主、エレオノーラ様に嫌われるのが怖くてヘタレました？　大丈夫ですよ。マーサさんがいい感じに説明してましたからね！」

ヘラヘラと笑うメイドは信用できないが、他に情報源はない。

「それに、嫌いな人にわざわざ会いに来ると思います？」

「よし、行くか」

それもそうだと思い直したディートリヒは、改めて建物内へ入った。

ディートリヒが指揮をする部隊の大半はすでに砦に詰めているので、内部は人が少なかった。会えなかった家族は、もうすぐ移動する騎士たちに、それぞれ渡したいものを託していた。

エレンは会議室で待っているとベティーナが言った。短い面会時間で、小物や刺繍《ししゅう》入りのハンカチを渡す家族は多い。だから、どうしても期待してしまう。

出発前の高揚とは違う意味で緊張してきたディートリヒに、竜の喜ぶ鳴き声が聞こえた。

＊　＊　＊

西の国境付近で両国の軍が衝突するかもしれないとエレオノーラが聞いたのは、ディートリヒが休日を返上して職場へ行ってから二日目のことだった。空を飛ぶ竜の隊列を見たリタが、訓練へ行くにしては物々しいと感じたらしく、知り合いのツテを使って情報を手に入れてきた。

「いったいどこから聞いてきたの？　こういうことって、機密情報でしょうに」

「出入りの業者によると、騎士団が食料品を追加で発注してきたそうです。それも長期保存に耐えられるようなものを。医薬品の中にも品薄で購入制限が出ているものがあるようです。さらにディートリヒ様が指揮をしておられる部隊の一部が、西へ飛行していきました。ディートリヒ様の部隊は現在、大半が砦で監視業務についている最中です。交代時期でもないのに移動したということは、おそらく西側で増援を要する動きがあったのではないかと」

物静かなメイドは淀みなく答えた。

「もちろん相手側がこちらの戦力を測るための威力偵察に、過剰《かじょう》な反応をしてしまった可能性もありますが……」

「楽観視はしないほうがいいね」

かといって最悪の事態も考えたくない。

ディートリヒがいないことで、エレオノーラの気持ちは中途半端にぶら下がったままになっていた。自分の気持ちを認めてしまうのが怖い。もしディートリヒが帰ってこなかったら、心を正常に保てる自信がなかった。

「憂鬱《ゆううつ》に片足を突っ込んでるエレオノーラ様へ朗報でーす」

どこかへ出かけていたベティーナが帰ってきた。ついでのように茶器を乗せたトレイを見せて、お茶の時間ですよと告げる。

「あらベティ。姿が見えないから、遊びに行ったのかと思っていたわ」

「ちゃんと仕事してましたー。リタちゃんばっかりずるいから、私も主関連の情報を探ってたんですぅ」

ベティーナは得意げだった。トレイを小さなテーブルに乗せて、手際よくカップに茶を注ぐ。

「ディー関連の情報って？」

エレオノーラが待ちきれずに尋ねると、ベティーナはにっこりと笑った。

「明日、西へ出撃する騎士たちを家族が見送るらしいです。非公式なんで、こっそりと。サシェとか刺繡入りのハンカチを作って、見送りのときに渡すと言ってる家族もいました。だから主に会えるかもしれませんよ？」

「私が行ってもいいのかな。近親者だけなんでしょ？」

家族にしか知らされていないことなら、部外者のエレオノーラが入っていい場所ではない。せっかく教えてくれたベティーナには悪いが、大人しく待っていようと考えていると、二人は不思議《ふしぎ》そうに首を傾げた。

「え。そこで遠慮《えんりょ》するんですか？　主の婚約者だと名乗って、堂々と入りましょうよ」

「対抗戦でディートリヒ様に特別な女性がいらっしゃることは、広く知れ渡りました。臆《おく》することはありません」

さあ決断をと迫る二人の勢いに、エレオノーラは気圧されそうになった。

「堂々と名乗るかどうかはともかく、会える機会があるなら行く」

自分ができることなんて限られているけれど、ただ待っているのは疲れた。言いたいことがあるなら、自分から動かないと何も変わらない。

「その意気です。お世話を任された私たちも、本領を発揮するといたしましょう」

「久しぶりのお出かけだね。服装は可愛《かわい》い系にします？　それとも清楚《せいそ》なお嬢様風？　主ならどっちも気に入ると思いますよ」

「に、似合うほうで……」

二人は目線だけで合図をして、にっこりと笑った。

「つまり、お任せということですね。承知いたしました。明日の朝までに、いくつか候補を選んでおきましょう。ディートリヒ様の好みは存じ上げませんが、何を着ても賞賛するのは間違いありません」

なぜかリタの笑顔が怖い。今まで抑圧されていたものが、表に出てこようとする直前のような危うさがある。

「エレオノーラ様の部屋に飾る花を、自ら選んで生けるぐらい傾倒してるよね。花瓶を持った主と遭遇したときは、思わず二度見しちゃったよ」

「花って、本当に？　あなたたちが毎朝、花瓶ごと持っていって、ディーに渡していたの？」

「はい。主は仕事で不在にしているとき以外は、出勤前に花瓶の水を交換して、花を整えておられました。安心してください、主はこの部屋に一度も入ってませんから」

気になったのは、そこではない。屋敷はディートリヒのものだから、エレオノーラに許可をとることはないと思っている。

「以前から花を生けたり……してないんだね」

二人の表情で察した。

「エレオノーラ様との再会がきっかけで、新たなことに挑戦なさっておられるのでしょう。物よりも言葉を尽くせと思いますけれども」

「主の愛情表現は重くて見てるこっちが胸焼けしそうだけど、悪い人じゃないから……たぶん」

「どうして二人とも目を逸《そ》らすの……？」

「そんなことよりも明日の準備をいたしませんか？」

露骨に話をそらされてしまった。

「じゃあ、マーサさんたちへの根回しは私が。護衛と経路の確認もしてきますから、また外出してきますね。リタちゃん、あとは頼んだ」

「ええ、こちらは任せておいて」

「経路？」

ベティーナは人懐っこい笑みのまま、職場までの道ですよと答えた。

「絶対に守れと主から命令されているんです。だから経路上の危険な箇所と避難経路を下見しておこうかなと。心配しないでください。たとえ襲撃されたとしても、私とリタちゃんが責任をもって安全地帯へお連れしますから」

久しぶりだなぁとベティーナが歌いながら部屋を出ていった。明るい曲調のくせに、襲撃奇襲暗殺屠殺と物騒な歌詞が聞こえてくる。

「あら、ベティったら血が騒いでいるのね。羽目《はめ》を外さないように注意しておかないと」

リタは目を細めて優雅に笑った。

――良家に勤めるメイドさんって、護衛もできないといけないのかな。凄《すご》いなぁ。

二人ともエレオノーラとあまり歳が変わらないように見えるのに、積んできた経験は遥《はる》かに多いのだろう。改めて自分なんかの世話をさせてもいいのかと思ってしまう。

一度だけ自分のことは自分でやるから大丈夫だと申し出たところ、ベティーナもリタも主から怒られるので嫌ですと即答した。さらに仕事を奪われたら解雇されてしまいますと言われ、黙るしかなかった。親切にしてくれた二人が路頭に迷うのは本意でない。

「エレオノーラ様、本日の練習はいかがいたしますか？　もし明日、ディートリヒ様に渡したいものがあるなら、そちらを優先させるとよろしいかと」

「そうだね。他の人たちは手作りのものを渡してるんだっけ。刺繍は苦手だから、サシェのほうがいいかな」

図案から考案しなければいけない刺繍だと、明日までに間に合わない。リタとサシェの布地を選んで縫《ぬ》い始め、寝る前には完成させた。中に詰めるハーブは気分が落ち着く効果があるものを選んだ。

久しぶりに会えるかもしれないという期待は、翌朝には緊張に変わった。リタとベティーナが張り切って支度をしていたことも一役買っている。

「ベティ、やはりここは清楚さを表に出して攻めるべきだと思うわ」

「少ない露出で身を守りつつ、主の庇護欲を刺激する作戦だね」

「余計な装飾品を纏わせて、特別な格好だと強調してはいけないわ。着慣れていない服装は、滑稽《こっけい》に見えてしまうの」

「普段着っぽいけど、いつもとちょっと違う感じ？」

エレオノーラよりも、二人のほうが気合が入っている。一応、マーサが暴走しないように見張ってくれているが、今のところ動く気配はない。

「瞳の色が映える組み合わせにしないとね、リタちゃん」

「そうね、大切なことだわ」

「あの、瞳の色って、目立ってもいいの？」

「えっ」

孤児院にいた頃から、周囲には赤い瞳が嫌いな人が多かった。特に貴族階級に属している者は、その傾向が顕著だ。中には瞳の色を誤魔化せる目薬があると、こっそり教えてくれる親切な人もいたが、大半は同情か嫌悪からの助言だった。

「赤い目で見られたら、嫌だとか、気持ち悪いって思ったりしない？」

「えっ……」

ベティーナは困った顔でマーサがいるほうを振り向いた。リタは口元に手を当てて黙っている。

「エレオノーラ様、それはノイトガル王国での話です」

マーサがエレオノーラの側で膝《ひざ》をついた。イスに座ってうつむいたエレオノーラの顔をしっかりと見て、ゆっくりと話す。

「この国では、赤は吉兆や喜びの色です。嫌われるどころか、好意的に受け入れられていますよ。初代の皇帝は赤い目をした竜と共に国を平定しました。それゆえに赤い瞳には特別な思いがあるのです」

そんな歴史があるとは知らなかった。竜皇国の歴史は学院で軽く習ったけれど、初代皇帝に関することは名前と国を興したことぐらいしか記載がない。

「ノイトガル王国が赤い瞳を嫌っているのも、そのあたりに理由があるのかもしれません。何度か領土を巡って争った関係ですから。時の流れと共に本当の理由は忘れられて、嫌うことだけが残ってしまったのではないでしょうか」

「そう、かもしれません。戦争のせいで何度か王家の血筋が絶えかけて、継承者を傍系から迎え入れたと聞いています」

瞳の色で嫌悪されることはないと確認できて安心した。言われてみれば、竜皇国では町を歩いていてもあからさまに避けられたり、可哀想という目で見られたことがない。それならこの先、なぜ赤目の女を連れているんだとディートリヒに喧嘩腰《けんかごし》で絡む人もいないだろう。

「……ねえリタちゃん。今から隣の国へ行ってきてもいいかな？　研究所にいる貴族とか二、三人ほど殴ったら、少しは気が晴れると思うんだ」

「あら駄目よベティ。私だって我慢《がまん》しているのよ？　それにね、今からディートリヒ様にエレオノーラ様をお届けする大切な役目があるわ。隣の国へ行っている暇なんてないわよ」

「そっか。残念」

背後でベティーナとリタが何やら相談している。小声で聞こえなかったが、なぜかマーサの耳にはしっかり届いていたらしい。静かに立ち上がると、落ち着いた様子で二人を嗜めた。

「あなたたち、エレオノーラ様の身支度はどうなったの？　可憐《かれん》な姿に仕上げてさしあげないと。ディートリヒ様が意地でも生還したくなる理由を作ることも、一人前の使用人としての勤めですよ」

何かが少しだけ違う気がします――エレオノーラはわずかに違和感を覚えたが、うまく言葉にできないまま、メイドたちに言われるがまま着替えを始めた。

竜騎士団の本部前でベティーナが門番に札のようなものを見せ敷地内に入ることができた。後で知ったことだが、竜騎士の家族は敷地内に入るための通行証を交付されている。ディートリヒは屋敷の使用人が面会に来られるよう、家令のアルバンに預けていたらしい。

ディートリヒが隊長を務める部隊は、独立した建物を与えられている。その建物内にある会議室は、出立する竜騎士と家族の休憩所になっていた。みな悲壮さは表に出していなかったが、どこか落ち着きがない。

「主は最後の作戦会議に参加しているようですね」

適当な竜騎士を捕まえてディートリヒの居場所を聞いてきたベティーナは、建物の入り口まで迎えに行くと言って会議室を出ていった。リタと二人で残されたエレオノーラは渡す予定のサシェを取り出した。

二種類の布を組み合わせて作ってみたが、質素すぎたかもしれない。対抗戦の姿が忘れられずに赤いリボンを使ったら、リタから瞳と同じ色ですねとからかわれた。出来上がってから、独占欲を丸出しにしているようだと気がついて、今さらになって渡してもいいのだろうかと葛藤している。

自分の行動が裏目に出ているような気がした。

もう少しで、ディートリヒは西端の砦へ行ってしまう。それが仕事だから仕方ないと理解していても、心は全く追いついてくれなかった。

――もっと、色々なことができたら良かったのに。

じっと座って待っていることに耐えられなくて、エレオノーラはサシェの表面を撫でた。

強力な魔術の付与はできないけれど、気持ちを形にすることはできる。無事に帰ってきてほしいと願いながら作っていると、いつもとは違う魔力の流れを感じた。サシェに刻んだ印が仄《ほの》かに発光している。

「……エレン？」

会議室の入り口にディートリヒが来ていた。エレオノーラが作ったサシェを見ている。まだ光は続いていて、魔術を使ったことが明らかだった。

ここは竜騎士が多く駐屯している場所だ。当然ながら警備は厳重で、部外者が魔術を使えば警戒されてしまう。

「ち、違うの。怪しい魔術じゃなくて、防壁の魔術を付与したかったんだけど、あの、こんなに光るって思わなくて」

焦って説明するが、余計に混乱してきた。自分への叱責よりも、ディートリヒに迷惑がかかる気がして冷静でいられない。

ディートリヒはサシェがよく見えるように、エレオノーラの手を優しく引き寄せた。

「これをエレンが？」

「うん」

「いつの間にここまで上達したんだ。無理な練習はしていないよな？」

「ちゃんと休んでるよ」

「エレン」

やはり疑われてしまった。エレオノーラがサシェに付与したものは、今まで作った中で最高の出来だ。自分でも驚くほど完成度が高い。

「本当に、無理はしてないの。私は待つしかできないから、せめて役に立つものを作りたくて……あのね、ディーのこと、考えながら作っていたら、こうなった」

ディートリヒが手に力を入れた。痛くはないが、見つめ合って手を握っているので恥ずかしい。自分の言葉も途中から途切れがちになっていく。

「だからね、受け取ってくれる？」

ほぼ無表情だったディートリヒが、柔らかく微笑んだ。いつも見ている顔だ。

「ありがとう。大切にする」

ディートリヒは制服の内ポケットへ大切そうに入れた。

受け取ってもらえた安心か、肩の力が抜けた。緊張が解けると、周囲の騒めきが耳に入ってくるようになった。

「……え。隊長が笑っただと？」

「うそ？　見逃したわ」

「皮肉の笑みじゃなく、普通に笑ってやがる……」

「おい、雨具の用意しておけ。空が荒れるぞ」

すっと表情を消したディートリヒは、声の発信源を特定すると低く響く声で言った。

「……お前たち、暇そうだな。出発前に槍の素振りでもやるか？」

「もう一回、荷物の点検してきます。忘れ物の予感が」

「あっ。俺も忘れ物がある気がする」

さっと目を逸らした騎士たちは、それぞれ適当な言い訳を口にして去っていく。彼らの背中を見送ったディートリヒがため息をついた。

「せっかく来てもらったのに悪いが、そろそろ戻らないといけない」

「うん。隊長だから忙しいよね」

ディートリヒは周囲の誰も見ていない隙を狙って、エレオノーラの額にキスをした。

完全に不意打ちだった。いたずらが成功した顔で笑うディートリヒが憎い。自分の顔全体が熱っぽく感じるし、動悸が止まりそうにない。

エレオノーラはディートリヒの袖を摑んだ。

「帰ってきてね」

「もちろん」

「生きて帰ってきて。待ってるから」

「早く帰れるように、全力で片付けてくる」

「……部下の人たちに無茶させたら駄目だよ？」

「問題ない」

何がどう問題ないのか全く分からないが、とりあえず約束はとりつけた。

しばらくして竜の隊列が西の空へ飛んでいくのを見送っていると、泣きたい気持ちになってきた。心細くて下を向くと、リタとベティーナが両側からハンカチを差し出してくれた。

＊　＊　＊

遠くに見える魔術師たちの要塞は監視塔だけの小規模なものだ――そんな情報を信じている者は、この砦にはいない。彼らが地下を掘削して陣地を広げていることは、偵察からの情報で判明している。ディートリヒが呪いをかけられるきっかけとなった、魔術師たちの怪しい動きの正体だ。

こうしている間にも、敵は地中に巣を作る蟻のように、じわじわと緩衝地帯からこちらへ侵略してきている。

「偵察の竜が感知した空間は、おおよそ立体図の通り。特に赤で着色したところは、主要通路と思われます。現在、偵察隊は出入り口と換気口の特定を急いでおります」

作戦室の机には、土の魔術で作った塊があった。歪な球体は用途別に敵が作った部屋を表したものだろう。縦横無尽に通路で繋がり、まるで絡まった毛糸玉のような有様だった。

これまで判明していた出入り口は途中で塞《ふさ》がれている。敵はこちらが情報を摑んでいると読んで、囮として使うつもりなのだろう。新たな出入り口を突貫で構築し、幻覚の魔術で隠していた。

「仕事が早いのは結構だが、敵に探知されるなよ。まだ戦争が始まったわけではない。相手に開戦の理由を与えないように」

「了解」

ディートリヒは偵察にあたっている者の名簿に視線を落とした。

「アルマは謹慎が解けたばかりか。功を焦って深入りするなと伝えておけ。単独行動させるなよ？命令を無視すれば後方で書類整理させるとでも言えば、大人しく従うだろう」

「現段階では従順ですね。さすがに反省しているようです」

「そうでなくては困る。開戦したら偵察から外せ。あれの竜には、別の使い道がある。地下要塞から脱走しようとする敵を追跡させろ。軍幹部や貴族なら拘束だ」

レイシュタットを出発して二日が経過している。竜脈を使って密かに移動したディートリヒたちは、着々と反撃の準備に入っていた。

竜の中には地中にいる獲物を探知して捕食する種族がいる。その能力を応用して、魔術師たちが掘削した通路を上空から透視させ、竜騎士が図面や立体にしていた。

急速に地下要塞を広げていた敵は、地上へ繋がる通路を複数箇所に構築している。隠蔽された出入り口を使って、こちらの背後に迂回《うかい》できるようにだろう。反撃されそうになったら地中へ逃げて守りに徹《てっ》し、別の出入り口から味方が攻撃。うまく攻撃部隊の連携がとれれば、竜騎士を戦場で翻弄《ほんろう》することも可能だ。

地下通路は竜が侵入できないよう、連続して鋭角に曲がっているところもある。竜の関節は柔らかいほうだが、この構造では奥まで入れそうにない。

――よく研究しているな。

いかに敵が竜を恐れているのかが分かる。竜皇国の竜は野生のものに比べると小型とはいえ、攻撃力は変わらない。むしろ人間が竜の弱点を補っている分、脅威度は上がっていた。

「竜脈が通っているのは、この大きな空洞の近くです。魔術師たちが現地で魔術を封じた石や、魔法薬を製造するために、機材を搬入したという情報もあります。製造に利用できそうな空間は他にもありますが、竜脈から魔力を取り出して使うなら、ここが最も効率がいい」

「地下要塞へ突入するときは、真っ先に制圧しろ。他の竜脈が近い部屋もだ」

廊下が騒がしくなった。扉が叩かれ、伝令だと声がする。近くにいた者が開けてやると、見張りについていた歩哨《ほしょう》が入ってきた。

「報告します。敵が進軍を開始しました。およそ二百、魔術師団の姿は確認できず。装備は正規軍のものではありません」

「農民の寄せ集め、でしょうか」

若い騎士が自信なさげに言った。

「可能性は高いが、いずれにしても我々を緩衝地帯へ誘き寄せる撒き餌だ。下手に食いつくと、後ろから襲われるぞ」

今度は待機している竜から、見つけたと言葉が届いた。他の竜にも伝わっているらしく、騎士たちはそれぞれの竜から届いた言葉に集中する。

「どうやら全ての出入り口を特定したようですね」

斥候隊長が土塊にピンを刺した。先端に黄色い印がついているものは、換気口を示している。出入り口は土の魔術で表され、赤いピンが刺された。

「隊長、皇都から秘匿通信が届きました」

受け取った紙には、ノイトガル王国が宣戦布告をしたと書かれている。進軍とほぼ同時に送りつけ、正当性を示しつつ奇襲を成功させたい狙いのようだ。

「司令部からは制圧せよと命令が」

「では、こちらも動くか」

作戦室にいる全員が、ディートリヒの言葉で静かになった。

「換気口から魔術師どもを煙で燻《いぶ》せ。喉を潰して詠唱できなくしろ。魔術を使う予兆を見つけたら、全力で叩け。もし何らかの魔術をかけられたら、すぐ後方へ下がってこい」

今回の進軍では呪いをかけてくる可能性が高い。あれは発動までに時間差があるから、後方へ撤退するまで変化しないはずだ。

「地上部隊は出入り口を塞ぎながら進軍。岩や土、木材、使えるものはなんでも使え。一つを見逃せば、蟻《あり》のようにたかってくるぞ」

いかに強さを誇る竜といえど、囲まれて攻撃されると厳しい。敵は必ず竜の足や翼を狙って機動力を奪ってくる。絶対に背後をとられるわけにはいかなかった。

「投降してくる者は捕虜にして構わんが、武装解除は念入りにしろ。魔術師の中には詠唱なしに魔術を発動させる者がいる。訓練通り、拘束する時は二人以上でやれ。ああ、それと――」

ディートリヒは注目している部下たちを見回した。

「捕虜の扱いは平等にな。階級や爵位には配慮するな。全て我が国の平民と同じように扱え」

「後から苦情を言われませんかね？」

寒気でも感じるのか、クルトは腕をさすっている。

「苦情を言われたら、嘘つきどもが多くて本当の身分が分からなかったとでも言っておけ。丁重に扱われたノイトガル王国の平民が、祖国へ帰って特権階級に何を感じるのかなど、俺たちの知ったことか。捕虜を真っ当に扱っただけで革命が起きると思うか？　違うな。積もり積もった不満が、戦争をきっかけに表へ出るだけだ」

ノイトガル王国は特権階級への不満が大きい。非魔術師は虐《しいた》げられ、搾取されるばかり。そんな彼らが捕虜とはいえ丁重に扱われたら、何かしら思うところはあるだろう。

隣国が荒れようと、ディートリヒには関係ない。終戦後の話し合いは皇都の政治家の仕事だ。西端にいる自分たちは、攻めてきたから反撃しただけ。竜皇国を守るのが竜騎士の仕事なのだから、隣国の治安を気にかけてやる義務などない。

回路から竜へ、行くぞと呼びかける。屋上で待機している竜たちへ伝播して、空へ向かって咆哮《ほうこう》が響いた。

「出撃だ。サンタヴィルの悲劇を繰り返すな。俺たちが防波堤とならねば、皇国全土が戦禍《せんか》に呑み込まれると思え」

部下たちはそれぞれ了承して持ち場へ去っていく。

「クルト」

同期の副官を呼ぶと、すぐに返事が返ってきた。

「もし俺がやりすぎていると感じたら言ってくれ」

「恨んでいる割には人道的だと思うよ」

「それならいい」

屋上へ出ると、あたりは夕暮れ時の赤い光に染まっていた。

ディートリヒを発見した竜が、急かすように床を爪で引っ掻いた。

胸のあたりを押さえると、エレンが作ってくれた守護の力を感じる。

「生きて帰らないとな」

そう言って竜の首を叩く。相棒は、当然だとでも言うように、短く吠えた。

＊　＊　＊

ついに攻撃が始まった。敵は地下要塞への侵入を試みているのか、断続的に大きな破壊音が響いてくる。突破されて蹂躙《じゅうりん》されるのも、時間の問題だろう。

ルーカスは身の回りのものを詰めたカバンをベッドの下から引っ張り出した。

辺りにはうっすらと煙が漂い始めている。敵が魔術師の喉を潰すために、催涙効果のある薬草を燃やして燻そうとしているのだろう。

慌ただしく廊下を走る音がして、乱暴に扉が開いた。

「うえぇ……先輩、なんか喉が痛いんですけど」

濁声になったヨハンナが涙目で入ってきた。いつもなら媚《こ》びるような声音がルーカスをイラつかせるが、別人のように変化した今は笑ってしまいそうになる。

「早く扉を閉めろ。他の奴らが勘付いたらどうする」

仏頂面で笑いを堪えたルーカスは、乱暴にヨハンナを押しのけて扉を閉めた。

「ここから、どうやって外へ出るんですか。戦争が始まる前に逃げようって言ったのに」

「戦争で混乱しているときのほうが、地下要塞を出やすいんだよ。しばらく黙っててくれ」

ルーカスはポケットから羊皮紙を出した。広げると赤いインクで描かれた図形が現れる。本来ならルーカスだけの魔力では発動できないが、この部屋の近くには魔力の川が流れていた。そこから魔力を引き出せば、理論上は魔術を際限なく使える。

「わぁ。それ、転移の魔術ですよねっ？　私が使ってみてもいいですか？」

「枯《か》れた声で使えるわけがないだろうが。黙って見てろ」

むくれたヨハンナはバッグを胸の前で抱きしめた。世の中にはこんな馬鹿げた仕草に騙される男がいると思うと、頭痛がしてくる。

――荷物は一つだけか。ヨハンナのことだから、もっと多いと思っていたが……勘当されたらしいし、最低限の物しか与えられなかったのかもな。

ルーカスにはどうでもいいことだ。むしろ好き勝手にやっていたヨハンナが落ちぶれて、せいせいしたとすら思う。

図形に触れて、均等に魔力を行き渡らせていく。徐々に魔力の濃度を濃くしていかないと、魔術が発動しない。気分屋でムラがあるヨハンナには向いていない。

あと少しで転移できる段階まで進んだとき、扉が開いて煙が大量に入ってきた。

「なにを、やっているんですか……ルーカスさん」

研究所から連れてきた助手だ。苦しげに咳をしながら、ルーカスたちを睨みつけた。

「それ、転移の魔術ですよね？　みんなが戦っているときに、逃げる気ですか」

「違うよぉ。私たちはね、大切なお仕事があるの」

ヨハンナがルーカスと助手の間に立った。

「仕事……？」

「だから、邪魔しないでよね！」

炎が助手を襲った。悲鳴をあげる暇すらなく、ヨハンナの放った魔術で焼かれて息絶えた。

扉のところには、人の形をした黒い炭が立っている。

「先輩、邪魔者は排除してあげましたよ。役に立つでしょう？」

まるで雑草を刈り取ったかのように、ヨハンナが微笑んだ。

顔見知りだったのに。研究所では同じ部屋で働いていたから、ヨハンナも知っているはずだ。たとえ挨拶《あいさつ》しかしない仲だったとしても、たまには談笑する機会だってあっただろう。

ルーカスは答えずに、転移の魔術を発動させた。

冷たい夜風が吹いている。煙の臭いがしない。地下要塞の外へ脱出できたらしい。

「ここ、どこです？」

「戦場の北にある渓谷だ」

「ケイコク……」

地面に簡単な地図を描いて教えてやると、ヨハンナは遠いなあと文句を言った。

「ここから歩いて国境を越えるぞ」

「えー……どうして転移で越えなかったんですか?」

「戦争をやっているのに、普通に国境を越えられるわけがないだろう。すぐに見つかって殺される」

「面倒ですよねー。戦争してなかったら、すぐに国境を越えてエレオノーラちゃんを探しに行けたのに。早く会いたいなあ」

ヨハンナは口元だけ笑っている。

——この女、正気じゃないな。

顔見知りを焼き殺したことといい、少しずつ歪《ゆが》んできている。人を殺すことに、なんの躊躇いもなかった。今も後悔している様子はない。

気は重いが、もう戻れない。

ヨハンナを利用して、エレオノーラを見つけだす。その後にヨハンナがトカゲ使いに捕まろうが、殺されようが関係ない。

「先輩、帰りはどうするんです?」

「転移を使う」

「それって国境も越えるやつですか?」

「ああ」

使うのは、もちろんルーカスとエレオノーラだけだ。

「すごーい! 用意してたんだぁ。また歩いて越えるのかなって思ってました」

「この国には長居したくないからな。ただ、図形はこれから構築する予定だ。移動距離を計算に入れないと」

本当はいつでも使えるように、上着の内側に隠している。発動に必要なだけの魔力を凝縮した結晶も、一緒に持っていた。

ヨハンナに殺されて奪われないように、有るものを無いと言わなければいけない。彼女は目的を達成したら、ルーカスを見捨てて逃げるだろう。

ここから先は、いかにヨハンナを騙して、出し抜けるかにかかっている。

＊　＊　＊

ノイトガル王国と戦争が始まってからしばらく経ち、追加の補給物資が前線に届いた。中には竜騎士たちの家族が書いた手紙もあり、殺伐としてきた砦内の空気を若干、和らげてくれた。その中にディートリヒ宛ての手紙も入っていたとクルトが知ったのは、作戦室に入ったときだった。

手紙を裏返して差出人の名を確認したディートリヒの機嫌がいい。クルトは嫌な予感がした。

いそいそと手紙を開封したディートリヒは、読み進めるにつれ表情が柔らかくなった。こんな表情ができるのだと世間に知られたら、間違いなく人気が加熱する。人が出払っている作戦室だったのは、ある意味で幸運だったのかもしれない。そこまで考えて、クルトはため息をついた。

無愛想を擬人化したような男が、愛おしいものを見つめる顔になる原因は、一つしか心当たりがない。

「……それ、あのお嬢さんからか？」

「ああ」

だろうなと心の中でつぶやいた。むしろエレオノーラではないほうが驚く。

「和《なご》んでるところ悪いんだが、あと一歩ってところで膠着状態に陥った戦場を打開する策は思いつきましたかね、隊長」

敵の魔術師たちは地下要塞のあらゆるところに罠を仕掛け、最奥に立てこもってしまった。出入り口になりそうな扉には強力な結界があり、突入するには時間がかかりそうだった。

手をこまねいている間に増援が到着すると面倒だ。竜皇国が優勢とはいえ、戦えばこちらも消耗する。物資はともかく、騎士の数を減らしたくない。短期間で決着をつけて、国同士の交渉へ移行してほしいというのが本音だった。

表情を消したディートリヒは、手紙を大切そうに封筒の中へ入れながら言った。

「俺の予想では、中にいるのは囮だ」

「奇遇だな。俺もだよ。扉には結界の他にも魔術がかけられているらしい。開けたら作動するんだろう。要塞内部を崩落させて、侵入した俺たちに一矢報いる気でいるのかもな」

「敵はもう動けない。工作班が罠を解除するまで待て。森の捜索は終わったか？　見つかっていない指揮官たちは、森に身を隠して首都方向へ逃げようとするはずだ」

「包囲は完了した。複数箇所で人間らしい熱源を探知している」

ディートリヒは机に置いていた剣を取った。

「最後の大詰めだな。今日中に片付けるぞ」

「やけに急ぐじゃないか」

「エレンからの手紙に、会いたいと書かれていた。一秒でも早く帰らねば」

「お嬢さんが絡むと分かりやすいほど単純になるよな、お前は」

常に冷静沈着だった同期はどこへ行ってしまったのだろうか。恋に踊らされている姿を見る日が来るとは、夢にも思わなかった。一途に思う相手がいるのは、ある意味では羨ましくもある。

「急襲か。久しぶりだな」

「……ディートリヒも包囲網に参加すんの？」

ディートリヒの不穏な発言に驚いていると、何を言っているんだと呆れられた。

「部下に命じるよりも自分でやったほうが早い」

「そうだけど。どんだけ早く帰りたいんだよ」

「可能なら今すぐ帰りたいのだが」

「隊長が率先して戦線離脱するな。俺が被害を受けるからやめて」

しばらくはディートリヒが無茶をしないように見張っておくのが自分の仕事だろうなと悟って、クルトは先を歩くディートリヒの背中を追いかけた。

＊　＊　＊

ディートリヒを見送ってから、一週間が経過した。新聞には隣国と開戦したことと、竜皇国が優勢ということばかり書いてある。あまりにも変わり映えのない記事ばかりが掲載されるので、エレオノーラは同じ日を繰り返している気分だった。

一方で、魔術を付与する技術は格段に上達していた。ディートリヒに作ったことがきっかけなのは間違いない。あとは暇を持て余して作り続けていたら、日を追うごとに上手くできるようになるのが自分でも分かった。今では防壁以外の魔術も付与できる。

「これは……ずいぶんと見違えたわね」

提出した課題を点検したフリーダは、感心したように言った。

「来月に付与職の資格試験があるんだけど、受けてみない？　今のエレオノーラさんの腕なら中級を狙えると思うわ」

「本当ですか？　じゃあ受けます」

他にやることもない。暇になると後ろ向きな考えしか出てこないので、フリーダの提案はありがたかった。

「私の生徒も、何人か受験する予定よ。願書は私から出しておくわ」

フリーダは端切れに付与した守護を全て消し、カバンから同じ大きさに切りそろえた紙を出した。

「受験会場で配られる紙に、出された課題を付与するの。それから筆記もあるわよ。付与職に関する法律から、いくつか出題されるからね。あまり数は多くないから今から勉強しても間に合うわ」

この国の法律をほとんど知らないエレオノーラが間に合うのだろうか。フリーダは法律を抜粋したものを一覧にしてくれたが、そこそこ量が多い。

授業が終わってフリーダが帰ったあと、リタが封筒を持ってきた。

「エレン様。お手紙が届いております」

どうしても敬称を付けて呼ばれることに慣れず、呼び方を変えてほしいとお願いをしたところ、愛称に様をつけるところに落ち着いた。呼び捨てでも構わないのだが、それだとディートリヒに叱責されるらしい。

「私に？」

差出人はディートリヒだった。受け取る前から封筒の分厚さが目につく。中に何枚の便箋が入っているのだろうか。

「……分厚いね」

「愛ですね」

リタは笑顔で即答した。

この国では手紙の厚さは愛情の証しなのだろうか。とてもついていける気がしない。

ナイフで封を切ってから取り出すと、予想通り便箋が詰まっている。今まで貰《もら》った手紙の中で最も枚数が多いだろう。

本文は簡単な挨拶から始まって、エレオノーラが暇を持て余していないかと心配する内容が書いてあった。何度かに分けて書いたのか、ところどころ走り書きになっているところもある。

最後に、サシェに付与した防壁の力が壊れてしまったことを謝罪する文章で終わっていた。

――壊れたってことは、危ない状況だったの？

手紙に戦況については一言も書いていない。教えられないことが多いのだろう。辛いなんて言葉もない。ディートリヒの心情を吐露している部分は、エレオノーラに会いたいと素直に綴られている文章のみだ。

率直な言葉ほど心に効いてくるものはない。短い文章でも大切にしてくれていると感じる。

遠く離れていても同じことを考えているのが嬉しくて、会えない現状が苦しい。

近くで控えているリタを見ると、そっと未使用の封筒と便箋を差し出された。

「こちらをお使いください」

「どこから出したの……？」

手紙を持ってきたときにはなかったはずだ。

「明日の朝までに書いていただければ、砦へ向かう定期便に間に合いますよ」

「明日⁉　新しい防壁の守護も作って送りたいけど、間に合うかな」

今はもう夕方だ。前回は小さなサシェを作るだけでも時間がかかった。今回は、まだ何を送るかすら決まっていない。

「急ぎでしたら色紙にお好みの魔術を付与する方法もあります。戦場では、雑貨よりも薄い紙のほうが好まれるようですね」

手帳に挟んで制服のポケットに入れる人が多いらしい。

紙は革よりも定着させやすい。端切れの革にも付与できるようになった今なら、時間をかけずに作れそうだ。

さっそく爽やかな空色の紙に願いを込めた守護を施し、手紙に取り掛かった。

「手紙って、検閲されるのかな」

他の人に読まれる可能性を考えた途端に、手が止まった。もしそうなら、自分の気持ちを手紙で打ち明けるのはまずい。悩んだ末に、試験を受けようと思っていることを中心に書くだけにしておいた。

ディートリヒがくれた枚数には遠く及ばない。読み返してみると素っ気なくて、落差が激しかった。

——私も会いたいって書いておこう。

さっと書き終えて封筒へ入れ、厳重に封をしておいた。

手紙を書くだけで浮かれた気持ちになるなんて、先が思いやられる。対面したときに、まともに会話ができるのか心配だ。

「リタ。手紙を出したいの」

「お任せください。必ずディートリヒ様へ届くよう、手配いたします」

手紙を預かって出ていったリタと入れ替わりで、ベティーナが黒いものを持ってきた。

「いま、町では竜のぬいぐるみが人気らしいですよ。国がやってる事業で、売上のほとんどは戦費になるそうです。それ抜きにしても、見た目が可愛いから売れてるみたいですね。主の竜にそっくりな子を見つけたので、よかったらどうぞ」

両手に乗る大きさのぬいぐるみだった。ずんぐりした体と大きな緑色の目が特徴的だ。体の割に翼が小さいのも、可愛さを際立たせている。

角がなければ羽トカゲに似ていると言えなくもない。

「……気に入らない部分は、リタちゃんに言えば修正してもらえますよ？　針仕事とか、得意なんで」

エレオノーラの考えを察したのか、ベティーナがこっそりと耳打ちした。

「あら、私の話ですか？」

リタが戻ってきた。エレオノーラが持っているぬいぐるみを見て、にっこりと笑う。

「……あの、目を、金色にできる？」

「ええ、もちろん。エレン様がお休みになる前までに、仕上げておきますね」

二人はきっとディートリヒと同じ色だと気が付いている。微笑ましいものを見るような視線が、からかわれるよりも恥ずかしかった。


リタが目を変えてくれたぬいぐるみは、枕元が定位置になった。着替えるときだけ壁のほうを向けていたのは、きっと羽トカゲにされたディートリヒと暮らしていた名残だ。

あれからディートリヒからの手紙は来なかった。情報通のリタによると、作戦が大詰めになって返事を書く余裕がないらしい。

新聞は景気のいいことしか記事にしてくれない。

本当にエレオノーラが知りたいことは、全てが終わってから明らかになるのだろう。

手紙を送った数日後、竜皇国の勝利で終戦したと国中に報せが届いた。だが戦争が終結しても、ディートリヒは事後処理で西の砦に足留めされていた。砦を無人にするわけにはいかず、監視を交代する部隊に引き継ぎを済ませるまでは、帰還できないそうだ。

エレオノーラが受ける資格試験の日が十日後に迫ったとき、ようやく帰還する日程が決まったと連絡があった。

「参戦した騎士は全員、帰ってくるみたいですよ。休暇で静養させるのが目的らしいんですけど、主は隊長ですから、仕事で呼び出されそうな気もします」

「そう……でも無事で良かった」

ベティーナとリタがどこかから情報を仕入れてくれるお陰で、エレオノーラの心は安定していた。二人がそばにいて話し相手になってくれるし、退屈しない。メイドの仕事の範疇を超えている気もするが、友人に近い関係になれたことは嬉しかった。

ようやくディートリヒが帰還してくる日、気がつけばエレオノーラは空ばかり見ていた。ディートリヒの竜が近づけばアルバンに教えてもらうことになっているから、自分で探す必要はないと理解しているにもかかわらず。

「エレン様。ディートリヒ様が到着されるのは、昼過ぎですよ」

あまりにも空を気にするものだから、リタが苦笑している。

「待ち遠しいのは分かりますけど、あまりぬいぐるみの羽をいじると、もげますよ?」

ベティーナの指摘で、自分が膝に乗せたぬいぐるみの羽をひねっていることに気がついた。もし生きている羽トカゲだったら、痛みで鳴いていただろう。ごめんねと心の中で謝って、窓辺に置いた。

昼をだいぶ過ぎた頃、アルバンが帰還を知らせてくれた。

庭へ出ると、西の空に黒い点がいくつも見える。あの中のどれだろうと探していたら、一つだけ群れを離れて急接近してきた。真っ黒な竜だ。

エレオノーラがいる地点を目指して真っ直ぐに突っ込んできた竜から、会いたかった人が飛び降りてくる。

「約束通り、生きて帰ったぞ」

「お帰りなさいっ」

駆け寄ったエレオノーラは、ディートリヒに抱きしめられた。

触れたところが温かい。夢ではないと早々に証明されて、涙が出そうだ。

ところが喜んでいたのも束の間で、怪我の治療に使う薬の臭いで冷静になった。

「怪我したの？」

「少しだけ。重傷じゃない」

「防壁を付与した紙、残ってる？　私ね、確か五枚ぐらい封筒に入れたはずだよ」

「……一枚は残った」

「もう。どんな無理をしたら、そんなに消費するの？　隊長って前に出て戦うのは稀《まれ》なんでしょ？」

ディートリヒの左手には真っ白な包帯が巻いてある。薬品臭の発生源はここだ。

「早く終わらせたかった。帰る日がどんなに待ち遠しかったことか」

お互いの額がくっつきそうな距離でディートリヒが言った。

「そう言われたら、許すしかないじゃない。でもね、無理をしてほしくないのは譲らないから」

「俺もエレンが無理をして資格試験の勉強をしているんじゃないかと心配していた。お互い様だな」

「私は素敵なメイドさんたちが休憩時間を教えてくれるから、心配しなくてもいいの。お願いしたら、抜き打ちで試験に出そうな問題を出題してくれるんだよ」

「へえ。じゃあ試験には合格できそうなのか」

「……たぶん」

一気に自信を失って勢いをなくしたエレオノーラを、ディートリヒは優しく笑う。大人しく待っていた竜を呼び寄せ、右の前足を上げさせた。

「知っているか？　戦いに勝った竜の前足は、幸運の印らしい」

「本当？　触ってもいい？」

竜に聞くと、ゴロゴロと甘えた鳴き声を出して鼻先で触れてくる。

「足に触るのは初めてだよね。すごい爪……かなり分厚いね」

硬《かた》い足の甲《こう》に比べると、指の腹は弾力があった。肉食獣の肉球のような役割があるのだろう。

感触の違いを楽しんでいると、ディートリヒが上空を気にした。

「あいつら、もう追いついてきたのか」

「ディー？」

「帰る途中で抜け出してきた。帰還の報告がまだ残っているんだ」

「隊長がそんなことしてもいいの？」

「規則違反ではないが、良くはないな」

ディートリヒは竜の飛行速度が速いのをいいことに、先に戻ってきたらしい。後から追いついた騎士たちと、帰還後の報告をしなければいけないそうだ。

「先に報告書を送っているから、すぐに解放されると思う。エレンが試験を受ける日までには、全て終わる予定だ」

「わかった。私も資格試験、頑張るね」

竜の前足を離したエレオノーラは、ディートリヒに手を摑まれた。エレオノーラを優しく引き寄せたディートリヒは指の付け根にそっと口付けてくる。

名残惜しそうに、ディートリヒは竜に乗って空へ戻っていった。

「……私も頑張らないと」

その前に、うるさいほど脈打っている心臓への対処を、誰か教えてほしかった。

## 7　黒い影と追跡者

付与職の試験が行われる日、受験生のデニスは会場で信じられない出会いをした。

最初は夢でも見ているのかと思った。今まで出会った誰よりも綺麗な人がいる。

由緒ある家の出身なのか、服装だけでなく立ち姿にも品がある。絹糸のような金色の髪に、澄《す》んだ赤い瞳。少女の面影を残した顔は、ずっと見ていても飽きないほどデニスの好みだった。

「みんな、今まで勉強してきた通りにやれば合格できるからね」

試験会場の近くで、フリーダ先生が受験生たちを前に喋っているが、デニスの耳には入ってこなかった。

彼女は試験を前に緊張しているのか、物憂げな表情をしている。どうして沈んでいる顔ですら魅力的なんだと、デニスは悩んだ。

助けてあげたい気持ちと、自分の存在を認知してほしいという思いが混ざって、胸のあたりが苦しくなってきた。

「エレオノーラさんは今回が初めての試験だけど、今の実力なら十分に通用するから。自信を持って」

フリーダ先生が彼女を勇気づけている。できることなら、その役目は自分が代わりにやりたい。

――エレオノーラって名前なのか。

彼女に似合った、いい名前だと思う。仲良くなったら愛称で呼んだりするのだろうか。その場合はエレンかなと勝手に妄想が膨らんでいく。

近付きたいのにきっかけを見つけられない。いっそ思いきって話しかけてみようかと悶々《もんもん》としていると、フリーダ先生がデニスを呼んだ。

「デニス君とエレオノーラさんは同じ等級の資格試験ね。迷うことはないと思うけれど、デニス君は一緒に行ってあげてね」

「お、俺？」

思わぬ幸運がやってきた。デニスは去年、初級を受けて合格している。今年は就職に必要な中級を受ける予定だ。だから会場内の大まかな配置や、試験の流れは知っている。

デニスはフリーダ先生に感謝した。エレオノーラに頼れるところを見せる絶好の機会をもたらしてくれた。

一緒に来ていた同級生は、羨ましそうにデニスを小突いてきた。いつもならやり返すが、今日は寛大な心で許してやった。

「あの……デニス君？　よろしくね」

「あ、うん。こちらこそ……」

恥ずかしそうに微笑まれて、デニスは柄にもなく頬が赤くなった。彼女の笑顔が初対面の人間に対する挨拶なのは理解しているが、自分だけに向けられた特別な感情に思えてならない。

――いや、勘違いは駄目だ。ここで距離を見誤ったら、嫌われてしまう。

自分に気があると思いこんで行動するのは危険だ。デニスは己を戒めた。彼女は素敵な人だから、きっと色々な人が親しくなりたいと思って集まってきたはずだ。下心を持った悪人には敏感になっているに違いない。

相手のことを考えずに距離を詰めるのは、絶対にやってはいけない行為だ。まずは無害な知り合いから友人へ昇格できるよう、心を開いてもらうことから始めないといけない。修復不可能な仲になってからでは遅いのだ。

「えっと、じゃあ行こうか。最初は筆記だから、席の確認もしておきたいし」

「そうだね。出題範囲の見直しもやっておかないと」

デニスが誘うと、エレオノーラは特に嫌がる様子もなくついてきた。

——……もっと仲良くなりたいけど、今は試験に集中しないと。

フリーダ先生は教育熱心だから、資格試験に落ちると合格するまで復習をさせてくれる。何度も何度も練習問題を解いてげっそりしている同級生を見て、同じ境遇にはなりたくないと友人たちと語ったものだ。

「エレオノーラさんの受験番号は、何番?」

勇気を出して無難そうなことを尋ねると、エレオノーラは受験票を見せながら五十番だと教えてくれた。

「デニス君は?」

小首を傾げる仕草が最高に可愛い。

「四十九番。だから、たぶん隣の席」

「そっか。近いね」

「うん」

なんだかいい雰囲気だと感じてしまったのは、きっと気のせいではないとデニスは思った。少なくともデニスの見た目では嫌悪されていない。会話をするという、仲良くなるための基本は乗り越えられた。

筆記試験の会場では、デニスの予想通り隣の席だった。だがカンニング防止のために距離は離れている。それでも近くにエレオノーラがいるというだけで、試験へのやる気が出てきた。

――理想は二人一緒に合格することだよな。

中級では筆記よりも実技のほうが得点が高い。とはいえ筆記で無様な点数しか取れなければ、不合格になってしまう。絶対に落とすわけにはいかなかった。

エレオノーラは持参したノートを見ながら、出題範囲を確認しているようだ。うっかり気を抜くと、彼女に見惚《みと》れてしまいそうになる。

凄いと言われたい一心で挑んだ筆記は、我ながらよくできたと思う。自己採点では合格の範囲内だった。

「エレオノーラさん、どうだった？」

デニスは筆記試験の後、話しかける絶好の機会を見逃さなかった。エレオノーラの存在に気がついた他の男たちが羨ましそうに見ているのを感じながら、わずかばかりの優越感に浸る。

「解答欄は全部埋めたよ。時間が足りなくて、見直しは半分しかできなかったけど」

「筆記の点数が悪くても、実技が良ければ合格するよ」

「試験官の前で付与するんだよね？」

「そう。五人一組で呼ばれて、受験番号順に付与するよ。欠席者がいても、呼ばれる番号が繰り上がることはないんだ。エレオノーラさんは五十番だから、俺たちを見て参考にするといいよ」

「そうなんだ。お手本にさせてもらうね」

喜んでもらえた。頭の中に花が咲いたような気分だ。今なら何を言われても怒らない自信がある。

番号を呼ばれるまで、二人で当たり障りのない話をして過ごした。親の影響で付与職を目指していると聞いた時は、自分と同じだと盛り上がった。

エレオノーラと楽しい時間を過ごしたおかげか、その後の実技では緊張せずに取り組めた。自分でもいい出来だったと思う。

試験の結果は後日、フリーダ先生のところに通知される。それまでは勉強や付与の練習に使っていた時間を、遊びに回してもいいだろう。

「デニス君、色々と教えてくれてありがとう」

「どういたしまして」

エレオノーラは、このあと暇だろうか。デニスは他のフリーダ先生の生徒たちと、試験後の打ち上げに行くことになっている。もし時間に余裕があるなら、彼女も誘いたい。

──それとも二人で……いや、さすがに難易度が高いぞ。絶対に警戒される。

最初から攻めすぎる男は嫌われる。集団での遊びから初めて、徐々に人数を減らしていくのがいい。

「あのさ」

「あっ！　二人とも、終わったの？」

デニスが勇気を出して声をかけようとしたとき、フリーダ先生に見つかった。会場の外で手を振っている。隣には長身の男がいた。

──あれ？　あの人、たしか……。

騎士特有の体格と、ほぼ無表情の整った顔。さらに黒髪と金色の瞳という組み合わせは、服装こそ違うものの対抗戦の会場で目にしたことがある。

名前を思い出そうとしているうちに、エレオノーラは男のもとへ駆け寄っていった。

「ディー。迎えに来てくれたの？」

「ああ。試験会場まで送って行けなかったから、そのお詫《わ》びを兼ねて」

「気にしなくてもいいのに。今日は早朝から仕事だったんでしょ？　抜け出してきてもいいの？」

「ようやく戦後の事務処理が片付いた。しばらく休暇だ」

エレオノーラが輝くような笑顔になった。デニスと話していたときのような、控えめな微笑みとは全く違う。心から嬉しいと見て分かる顔だ。

男のほうも、エレオノーラが近づくと表情を和らげていた。羨ましいことに、さりげなく手を握っている。

「資格試験、お疲れさま。あとは結果を待つだけね。ディートリヒ君が迎えに来てくれたことだし、二人で帰るといいわ」

空気を読んだフリーダ先生が、エレオノーラを男に託《たく》した。

仲睦まじく帰っていく二人の背中から、デニスは目をそらした。感情が出てこない。始まってもいない何かが終わった。

心にあるのは、悲しいとか虚しいなんてものではなく、無だ。

「デニス君は試験、どうだった？　君、すごく頑張ってたよね」

「燃え尽きたような気がします」

「えっ。大丈夫？　今年はそんなに難しかった？」

「先生、さっきの男の人は知り合いですか？」

「ディートリヒ君？　そうよ、従兄弟《いとこ》なの」

「イトコ……ええと、エレオノーラさんは」

「ディートリヒ君の恋人だって聞いてるわ」

「なるほど」

何がなるほどなのか、自分でも分からなかった。

――たぶん、エレオノーラさんは勉強に疲れた俺が見た白昼夢だ。

そういうことにしておこう。デニスは都合よく忘れることにした。

なお、資格試験には合格した。過去に資格試験を受けた者の中で、最も点数が高かったそうだが、失恋したデニスにはどうでも良かった。

＊＊＊

資格試験の後、エレオノーラたちは町の広場まで来ていた。時刻は昼に差し掛かっている。ディートリヒから、どこかで昼食でも一緒にどうかと誘われ、手頃な店を探している最中だ。

「エレン。拾った羽トカゲのために、餌になる虫を捕まえようとしていたことを覚えているか？」

どこからか肉を焼く香ばしい香りが漂ってくるなと思っていると、ディートリヒが羽トカゲにされていたときのことを話し出した。

「もしかして、この匂いで思い出したの？」

「ああ」

「私もね、同じことを考えていたの」

我慢できずに笑うと、ディートリヒも愉快そうに微笑んだ。

「抵抗しなければ、生きた虫を口へ突っ込まれていただろうな」

「ごめん、私が笑ったら駄目だよね。あの時のディーは必死だったもんね」

「真剣に考えてくれた結果だろう？　黒い羽トカゲが俺だとは知らなかったんだから」

二人で相談して、近くの飲食店に入った。混雑していたが、運よく二人がけの席が空いて案内された。

ディートリヒの顔を見た女性従業員が、ことさら愛想よく注文を取りに来る。他の女性客もチラチラと盗み見ては、連れと談笑していた。

——対抗戦で有名になったから？　それとも。

ディートリヒの顔は、ずっと見ていても飽きない。造形が優れているというのもあるが、好ましく思っている相手だからだ。

自分が好きなものが他人も好きだと嬉しい。ディートリヒが他人から好かれているのはいいことだ。そのはずなのに、知らない人がディートリヒのことを恋をする目で見ているのは、面白くないと思ってしまう。

自分が心の狭い人間だと気が付いた。

まだディートリヒに返事をしていない。資格試験が終わってからと決めていたが、人が多いところでは言いたくなかった。

「エレン？」

黙ったまま見つめるエレオノーラを不審に思ったのか、ディートリヒが名前を呼んだ。

「えっと……トカゲのときって味覚は変化してた？」

「少し鈍感になっていた気がする。人間の歯とは違うから食べにくかったな。小さく切り分けてくれて助かった」

「自分の力で空を飛ぶって、どんな感じ？」

「走っているときと同じで、ずっと飛んでいると疲れる」

「動きはトカゲっぽくて違和感なかったよね」

「体が変化してすぐは、違和感しかなくて苦労したよ。竜の動きを参考にして、徐々に慣れていった」

唐突な質問にも、ディートリヒは嫌がらずに答えてくれた。エレオノーラに聞きたいことがあるはずなのに、強要せずにずっと待つつもりなのだろう。

「次の質問は？」

優しさに甘えてしまいそうになるけれど、近いうちに自分から答えよう――エレオノーラは勇気が欲しいと切に思った。


終戦から一ヶ月後、戦勝記念の祭りで主要な大通りは盛大に賑わっていた。ここレイシュタットは竜皇国の西部で最も大きな都市だ。住民だけでなく近隣の町や村から人が訪れているためか、普段よりも混雑していて歩きにくい。

エレオノーラは空いている手でディートリヒの腕を摑んだ。手を繫いでいるだけだと、人の流れに押されてはぐれてしまいそうだ。そんなエレオノーラを邪険にすることなく、ディートリヒが繫いでいる手をしっかりと握り返してくれた。彼にしてみればエレオノーラの歩調に合わせていたら、なかなか前へ進めないだろう。それでも気遣ってくれることが嬉しくて、温かい気持ちになる。

「疲れてないか？」

「まだ平気」

「もう少しで広場に出る。そこで休もうか」

「うん」

すれ違う人の間から、屋台のテントがいくつも見える。ディートリヒはその中から飲み物を扱っている店の前へ移動した。客のほとんどが温かい茶やワインを選んでいるようだ。大きな葉を加工したカップに注文した飲み物を入れてもらっていた。

「どれがいい？」

「じゃあ……ミルク入りの紅茶」

それぞれ買った飲み物を持って、広場まで来た。ここも人が多い。なんとか空いているベンチを見つけ、ようやく座ることができた。

「お祭りの時は、いつもこんなに混むの？」

「おそらく。俺もあまり祭りへ来たことがなくてな」

単に行事ごとには関心が薄かったそうだ。また建国記念日などの国が関係している祭りでは、竜騎士も警備を担うことがあるので、行事を楽しむことから遠ざかっていたという。

今日は戦争を終結に導いた功労者として、休暇をとるよう推奨されたと聞いている。せっかくだから遊びに行かないかと誘われ、外へ出てきた。

買ってもらった紅茶を飲むと、蜂蜜とミルクの甘さが口の中に広がった。ほのかに生姜《しょうが》の味もする。冷たい外気にさらされた体には、心地よい温もりだ。

ディートリヒはブランデー入りの紅茶にしたようだ。柔らかい酒の香りがする。

季節は冬に入ろうとしていた。街路樹が赤や黄色に色づき、目の前を歩いている人々の服装もコートが目立つ。これから長い冬が訪れるにもかかわらず、誰もが沈んだ顔をしていないのは、勝利の余韻がまだ続いているからだろうか。

「竜皇国では、どうやって冬を過ごすの？」

「そうだな……」

ディートリヒは前を向いたまま答えた。

「白い綿毛のような虫が飛び始めたら、一週間ほど後に雪が降る」

「うん」

ノイトガル王国も同じだ。冬は雪で閉ざされるから、食料の備蓄や暖炉《だんろ》に使う燃料が欠かせない。薪や炭は貴族から順番に購入するため、エレオノーラのような平民が買える量は少なかった。一日にどれくらい燃やすのかをよく考えないと、春まで備蓄が保たない。幸いなことにエレオノーラは貴族がいる研究所で勤務していたので、いざとなれば常に暖房がある研究室で寝泊まりできた。

食料品は塩漬けか乾燥させたものが多かった。だから春が来て雪イチゴという小さな果物が出回るようになると、今年も無事に冬を越せたと安心する。

「雪が積もると、北方では雪像を作って遊ぶらしい」

「……うん？」

「レイシュタットではあまり積もらないな。ここ最近は氷が張った人工池で滑るのが流行っているそうだ」

「えっと、冬の備えは？」

薪《まき》などの燃料について尋ねると、竜皇国では貴族による買い占めはないと、はっきり答えが返ってきた。

「物資の買い占めは禁止されている。それに薪以外にも部屋を暖める手段があるんだ。例えば、あの店」

ディートリヒが指差した方角に、赤い旗が見えた。そのすぐそばにある出店では、小さな石のようなものを布で包んで売っている。購入した人はそれを両手で持ったり、服の中へ入れたりしていた。

「あの焦茶色の結晶は、魔力を込めると発熱する。塊が大きいほど熱量が多くなるから、部屋全体を暖めることも可能だ」

「そんな便利なものがあったなんて……」

製造法は国によって厳重に管理されており、扱っている店も国が認可したところでないと売買してはいけないそうだ。ディートリヒは詳しくは知らないと前置きした上で、植物系の魔獣が分泌する樹液ではないかと言う。

「竜皇国の建国神話の中に、白い毒を流す魔獣の話が出てくる。初代の皇帝がその魔獣を退治したときに、毒が塊になって琥珀《こはく》のように変色した。皇帝が塊を浄化すると、凍えた大地から草花が芽吹いて春が訪れた。歴代の皇帝は冬が訪れると、国民が凍えないように、その塊を浄化する儀式をするそうだ」

「面白い話だね。昔から熱源に使われていたのかな？」

エレオノーラが生まれ育ったサンタヴィルでは、冬の暖房は薪が主流だった。成長が早い樹木系の魔獣を活用していると、母親が教えてくれたことがある。

「そうらしい。産出量が増えたのか、大きな塊が流通するようになったのは、ここ数年だな」

店で売っている石は、魔力を補充して使うたびに小さくなり、最後は粉状に崩れてしまうそうだ。それでも火以外に暖をとれる手段があるのはいい。

「エレンが使っている部屋には、暖炉にあれを置こうか。小さいものなら、寝る前のベッドに入れておくと快適に眠れる」

ものすごく魅力的な提案だ。ディートリヒはエレオノーラが火を恐れていると知っている。それに暖かいベッドで眠るのが楽しみだ。

「でも高くないの？」

「薪と同じぐらいだ」

「本当に？」

「……本当は薪よりも、少しだけ高い」

問い詰めると、ディートリヒは正直に白状した。

「あまり甘やかさないでね。火は苦手だけど、暖炉ぐらいなら慣れたから」

「無理だな。エレンを甘やかすのは、俺の趣味だ。諦めてくれ」

「明らかに今、思いついた設定よね？」

ディートリヒは面白そうに微笑むだけで、はっきりと言わない。肯定しているも同然だ。

二人で並んで座っていると、ここだけ時間がゆっくり流れているような感覚になる。お互いに何も喋らなくなっても、隣にいるだけで満足だった。

――今なら言えるかな。

この先も、一緒にいる時間が欲しい。

自分に向けられる好意に絆《ほだ》されただけかと悩んだこともあった。だが、この国で暮らしてディートリヒのことを知るうちに、どうしようもなく惹かれていった。この人のために自分には何ができるだろうかと、心から思うようになった。

離れている間は不安だったのに、顔を見ただけで元気になれるなんて、単純な自分がいたことにも驚く。

もう出会う前には戻れない。

同じ気持ちだと知っているから、自分の気持ちを打ち明けることは怖くなかった。

カップが空になった。

「ディー」

ようやく決心がついて言おうとしたとき、広場が騒がしいことに気がついた。催し物への歓声とは違う。追い立てられるような恐怖と、事態を確認できずに戸惑う喧騒だ。

「エレン」

ディートリヒはエレオノーラを立たせた。持っていたカップはディートリヒが二つとも灰にして消す。

「行こうか。何かがおかしい」

騒ぎの中心を見たまま、ディートリヒが言う。

「すぐに警備兵が来ると思うが……」

赤黒い炎が人混みの中から上がった。逃げまどう群衆の勢いが、さらに加速する。炎による怪我人はいない様子だったが、楽観視できる状況ではないことは確かだ。

「エレオノーラちゃん、みーつけた！」

もう二度と聞くことはないと思っていた声がした。甘ったるい声音なのに、なぜか背筋に悪寒が走る。

頰に熱さを感じた。魔術の予兆だ。エレオノーラが頼りない防壁を展開するよりも速く、ディートリヒに抱きしめられた。

体のすぐ近くで炎が渦巻いて、霧散《むさん》していく。

「エレン、下がって」

ディートリヒは上着の袖から短い棒状のものを取り出した。全体が黒く、表面に模様が彫られている。軽く下へ向かって振ると、まっすぐな刀身の細剣に変化した。

「王国の魔術師か。よくここまで見つからずに侵入できたな。ただの能天気な女だと思っていたが」

「いや、能天気で炎しか使えない無能だ」

エレオノーラの背後で声がした途端、誰かに捕まえられて口を塞がれた。ディートリヒへ向かって手を伸ばしても、後ろへ引きずられて届かない。

その手はすぐに離れたが、叫ぼうとしても声は出てこなかった。喉に不快なものがまとわりついている。魔術で強制的に沈黙させられてしまった。

エレオノーラを捕まえたのはルーカスだった。魔術に精通した彼なら、誰にも見つからずに入国することも、エレオノーラたちに近づくことも可能だろう。

「エレン！」

ルーカスが地面に種を投げつけた。落ちた衝撃で殻が割れ、中から蔓性の植物魔獣が出てくる。急激に成長し、助けに来ようとしていたディートリヒに襲いかかった。

「ルーカス、彼女を放せ！」

「この前のお返しだ。そっちのバカと仲良く相討ちになってくれよ」

さらに同じものを撒き散らし、ルーカスが笑った。どんなに暴れても、彼の腕はエレオノーラをしっかりと捕まえて離さない。

「さあ、エレオノーラ。帰るぞ。君は俺の助手になるんだ。君にかけられた疑惑は、俺が冤罪だと証明してやった」

やっと自分らしく生きられると思ったのに、また狭い世界へ連れ戻される。

――嫌だ。

一日中働かされて、使えない奴だと罵倒される。誰も助けてくれず、何をしても認めてくれない。

視界が黒く塗り潰された。

幸せが遠のいていく。

最後に聞こえたのは、エレオノーラを呼ぶディートリヒの声と竜の咆哮だった。


エレオノーラがルーカスと消えた。魔術で転移した痕跡を示す、光る粒子が舞っている。

ディートリヒは燃えている羊皮紙を踏みつけた。転移に使ったことは明白だが、行き先が燃え落ちて読み取れない。

「ひどい！　先輩ってば私を置いていったの⁉」

ヨハンナが八つ当たりのように炎を撒き散らした。ルーカスが残していった植物が炎を避けようと、太い根で地面を這う。そんな様子がヨハンナの怒りをさらに買い、炎の塊を投げつけられていた。

――残った魔術師を捕まえて転移先を聞き出したいが……。

ようやく人混みをかき分けて警備兵たちが到着した。彼らはテロや暴漢対策に武装しているが、一般人の安全確保が最優先だ。早くヨハンナを捕まえたいディートリヒへの支援は期待できない。

広場の上空に竜が飛来してきた。黒い巨体からは想像できない身軽さで降りてくる。風圧で植物系の魔獣を燃やしていた炎が消え、燃え滓《かす》が広場の端へ飛ばされていった。魔獣はもう死んでいるのか動いていないが、警備兵たちは念のために茎や根を断ち切って分解していた。

竜は前足で摑んでいた剣をディートリヒに渡した。屋敷にいる厩舎係が持たせてくれたのだろう。鞍と手綱も装着してもらっている。護身用の細剣は、元通りに縮小させて袖へ入れた。

他の竜騎士たちには、己の竜を通じて敵襲を知らせておいた。ディートリヒの部下だけでなく、レイシュタットにいる竜騎士全員だ。じきに増援が集まってくるだろう。

「おい。ルーカスたちはどこへ行った」

ヨハンナは魔獣の燃え残りを蹴っていたが、ディートリヒの声で不機嫌そうに振り向いた。そのままの状態で、呆けたように黙る。

「え……ウソ……」

みるみるヨハンナの頰が薔薇色になっていく。

様子がおかしい。どんな攻撃手段を有しているのか読めずに手を出しかねていると、ヨハンナはうっとりとした顔でディートリヒに話しかけた。

「ねぇ、あなた、私の婚約者にしてあげる」

「……は？」

言われたことが理解できなくて隣の警備兵を見ると、彼もまたよく分からないと首を傾げた。

「だって見た目が私の好みなんだもん。さっき私の炎を防いだでしょ？　竜を呼んだってことは竜騎士よね？　魔術しか使えない研究所の人たちとは全然違うところが好き！」

そう言ってヨハンナは恥ずかしそうに頰に両手をあてた。先ほどまでの不機嫌さは消え、すっかり恋をしている顔だ。その変化が恐ろしい。

「言っている意味が分からないのだが」

正直なところ、言われた意味は分かるが相手をしたくない。エレオノーラを追いかけるための手がかりでなければ、真っ先に昏倒させている。竜も得体の知れない生物を前に、腰が引けていた。

「もう。私から告白するなんて、初めてなんだからねっ」

ヨハンナは嬉しそうだった。

「ここに来るまでは、エレオノーラちゃんを殺さないとって思ってたんだけど、どうでも良くなっちゃった。私の理想の人、外国にいたんだね。焦って結婚しなくて良かった！　竜騎士って嫌な印象しか持ってなかったけど、そんなの愛し合っていれば関係ないよねっ」

嫌悪してくれたままでも、ディートリヒは困らない。むしろ心の平穏のために嫌っていてほしかった。

――どうする？　僕が咬み殺してあげようか……？

心から嫌そうに竜が提案してきた。近寄りたくないディートリヒの心情を察してくれる優しさが、今は一番の支えだ。お前がいて良かったと回路から伝える。

「いや、とりあえず待機で」

「ねえ、竜じゃなくて私とお話ししてよ！」

駆け寄ろうとしたヨハンナに剣を向けて制止させると、隣で竜も威嚇し始めた。

「そんなことより、ルーカスの行き先は？」

「知らない。どうせ国へ帰ったんじゃないの？」

ヨハンナは興味がなさそうに答えた。

「先輩はエレオノーラちゃんのことが好きだから、そのまま先輩の家へ連れて行かれて監禁されるかもしれないけど。仕方ないよね。エレオノーラちゃんがいま帰ったら、治療院に入院しないとだから。退院したら、顔も名前も知らない人のところへ嫁がされちゃうんだもん。そうなる前に先輩が隠しちゃうのも分かるなぁ。愛ってやつ？」

羨ましいと言いながら、ヨハンナの顔には嘲る色があった。

「先輩は毎日毎日、気配を消す魔術の改良ばかりしていてさ、鬱陶《うっとう》しかったな。この町の中心に来るまで誰にも探知されなかったから、一応は効果があったみたいだけど。でもね、魔獣が出たら全部、私に押しつけてたんだよ？　酷いよねー」

竜騎士に特化した呪いを研究していたルーカスらしい熱心さだ。ディートリヒたち竜騎士が魔術師の気配に敏感だと熟知しており、隠蔽する魔術を完成させてきた。さらにヨハンナに騒ぎを起こさせることで、エレオノーラに手を出す直前まで察知できなくするなど、徹底している。

生かしておけば危険なのは間違いない。

「ねえ、先輩とエレオノーラちゃんのことなんて、どうでもよくない？　私たちの未来のことを考えようよ」

「断る」

これ以上は時間の無駄だ。ディートリヒは竜の背中に乗った。ルーカスがエレオノーラに危害を加える前に助けたい。

守ると約束していたのに、目の前で誘拐されるなんて自分が情けなくなる。

「待ってよ。まだ名前も聞いてないよ？　私のことを放置しないで！　私から好きって言ってあげたのに！　勇気を出した私のことを、受け入れてあげようとか思わないの？」

無視して飛び立とうとした竜に、炎が飛んでくる。炎はディートリヒが展開させた防壁に当たる前に、飛んできた短槍に貫かれて消滅した。

「隊長、ご無事ですか」

到着した増援の中から、生真面目な部下の声がした。

「アルマか。早いな」

「上空から警備をしておりました。異常な魔力のうねりを感じて下へ降りてきたら、彼女が魔術師に攫われるところを目撃しました」

アルマは地面に落ちた短槍を拾い上げた。

「隊長は行ってください。私の竜が追跡しています」

彼女の竜は小さく、あまり戦いに向いていない。その代わりに目標物を発見したり追跡することを得意としていた。

「あの女は任せた。炎使い、感情的かつ気分屋だ」

「了解」

アルマが防壁を展開させている間に、ディートリヒと竜は広場から離脱した。アルマの竜を探せと命じると、竜は迷わずノイトガル王国へ向かって羽ばたいた。

＊　＊　＊

黒い竜が無事に飛び去った。

アルマは防壁を解除して、そっと息を吐いた。傷つけてしまったエレオノーラに贖罪する機会は、今しかない。隊長からヨハンナという魔術師への対処を任された以上、絶対に逃すわけにはいかなかった。

――今度は間違えない。私は皆を守りたくて、竜騎士になったんだから。

自分の竜は臆病で戦いに向いていない。警戒心が強く他者の気配に敏感なところを生かして魔術師を追跡できても、エレオノーラを無傷のまま取り返して、敵を捕縛するのは困難だった。だから竜だけで追跡させて、自分はディートリヒのところへ報告しに戻った。

竜は竜の気配に鋭い。ディートリヒの竜ならすぐに追いつけると信じている。それにエレオノーラも、アルマよりディートリヒが助けてくれるほうがいいだろう。

ノイトガル王国から不法入国してきた魔術師の女が、アルマを睨んでいる。

「……邪魔しないでよ。どうしてエレオノーラちゃんも、あなたも、私の妨害をするの？　私は幸せになるべきなのよ。もう少しで、理想の人から愛される私になれるところだったのに」

「あの人がお前を気に入るわけがない」

アルマは短槍の穂先をヨハンナに向けた。

敵の魔術師だからという理由以前に、ディートリヒはエレオノーラしか見ていない。あの二人の間に割りこめるのは、ディートリヒの竜ぐらいだろう。

「は？　あなたに何が分かるの？　私が好きになった人なんだよ。彼も私のことを好きになるんだから」

「話にならないな」

ヨハンナの自信はどこから湧いてくるのだろうか。アルマは不気味さを感じた。常に自分が正しいと信じて、かつ自分の思い通りに世界が動くと思っているらしい。思考の幼さと魔術の才能を併せ持っているからタチが悪い。

周囲に炎をまとわりつかせ、ヨハンナはため息をついた。

「あなた、モテたことないよね？　愛される女性ってね、誰が自分を愛してくれる人なのか、顔を見ただけで分かるんだよ。最初は反発していても、私のことをよく知れば夢中になるんだから」

「……お前は一度、医者に頭を診てもらったほうがいい。手遅れかもしれんが」

会話が聞こえていた警備兵が、アルマの言葉に同意して頷いている。

上空には竜が集まりつつあった。見えている敵がヨハンナ一人だけという状況からか、旋回して他に仲間がいないか探っている。アルマの竜が近くにいるなら彼らと連絡が取れるのだが、ルーカスの追跡で遠く離れていた。

「私の幸せを妨害する人は、みんな敵だよ。竜がいない竜騎士なんて、怖くないいんだからねっ」

「思い上がるな。お前のような小娘など、槍だけで十分だ」

思考が理解できないだけで、ヨハンナは魔術の腕は悪くない。

アルマは警備兵たちに下がっているよう伝え、愛用の短槍を持ち直した。

＊　＊　＊

気持ち悪い浮遊感が続いた。魔術で転移させられていると気がついていたが、いま暴れると異空間に放り出されてしまうかもしれない。エレオノーラは不本意ながら、ルーカスに捕まえられたまま我《が》慢《まん》するしかなかった。

転移した先は薄暗い森の中だった。ルーカスは到着すると、荒っぽくエレオノーラを突き飛ばす。転移に慣れていなかったエレオノーラはよろめいて、土の上に投げ出される格好になった。

「待っていろ。次の転移を準備する」

「ここ、どこですか」

声は普通に出るようになっていた。

ルーカスは一度だけエレオノーラを見て、また手元の羊皮紙に視線を落とす。

「ノイトガル王国と竜皇国の間にある森だ。ここから王都へ移動する」

エレオノーラがディートリヒに誘われて、竜皇国へ帰ることを決めた場所だろうか。一緒にいる人が違うだけで、森の印象がまるで違う。

「私、行きません。研究所には戻りたくないんです」

「何を馬鹿なことを。あの男に洗脳されたのか？」

「洗脳じゃありません。私は、本当は竜皇国の出身だったんです。子供の頃に戦争で故郷を焼かれて迷いこんでしまっただけです」

ルーカスは図形を描いていた手を止めて、迷惑そうにエレオノーラを見た。

「君がどこの出身だろうと関係ない。研究所に戻りたくないのは、無能だと罵られて雑用ばかりさせられていたからだろう。言いたい奴には言わせておけ。俺の助手をしていれば、もう役立たずなどと言われない」

「どうして私にこだわるんですか。助手候補なら、他にもいるはずです」

「いないから迎えに来たんだ。他の候補は作業が雑だ。回復薬すらまともに作れない」

ルーカスが片手を振ると、エレオノーラが密かに展開させていた防壁が割れた。そのまま近付いてくるルーカスから逃げようとしたが、足に柔らかいものが絡みついて動けない。

「余計なことをするなよ」

左頬に強い痛みが走った。殴られたと思ったときには、背中を蹴られて倒される。うつ伏せになったエレオノーラは、ルーカスに押さえつけられた。

「手間をかけさせるな。どれほど君が嫌がろうと、もう決定したことなんだよ」

両手を背中側で縛られ、今度は仰向けに転がされた。

ルーカスの冷たい目が見下ろしてくる。横腹を蹴られて咳き込むと、ルーカスに顎を摑まれて無理やり顔を彼のほうへ向けさせられた。

さっとエレオノーラの体を観察したルーカスの目には、仄暗さの他に濁った熱のようなものが見え隠れしている。

「……この場で所有印を刻んでやってもいいんだぞ」

聞き覚えはないが、歓迎すべきことではないのは伝わってきた。

「君は魔力だけは多いから、子を望む魔術師たちが狙っていた。研究所の職員で良かったな。すでにどこかの貴族が囲っていると思われて、襲われなかったんだ。不気味な赤い目を嫌っていたのもあるが、そんなものは目薬でどうとでもなる。でもこのまま王都へ帰ったら治療院で検査を受けて、希望する魔術師のところへ送られるはずだ。君も知っているだろう？」

国の発展に寄与できない魔術師は、閉じこめられて次世代の魔術師を誕生させる礎となる――学院で流れていた噂だ。だが誰もが笑ったり、否定したりしなかった。特に貴族はその傾向が強かったように思う。

裏の事情を知っているであろう貴族たちが、家畜扱いされないように、ひたすら勉強して魔術の腕を磨いていたのだ。嫌でも現実にあることだと察しがつく。

「腹に印があれば、まず貴族は引き取らない。俺も一応、貴族の端くれだ。俺の印があれば平民が手出ししてくることもない。不特定多数の慰みものにされるよりはいいだろ」

「よ……よくない……」

望んでいないことを強制させられるぐらいなら、まだ研究所で徹夜しているほうがましだった。

ルーカスがエレオノーラのコートに手をかけた。彼が片手でボタンを外している隙に簡単な魔術を完成させ、顔の近くで発動させた。ただ光を強く発するだけの魔術だったが、油断していたルーカスには効果があった。手で目元を覆い、エレオノーラから離れる。

両手が使えない状態でもなんとか立ち上がれたものの、ルーカスが魔術で視力を回復させるほうが早かった。

「エレオノーラ、いい加減にしろよ！　素直に帰ってこい。竜皇国にいたら幸せになれるとでも思っているのか⁉」

摑まれた腕が痛い。

「幸せだったよ！　あなたが余計なことをして壊すまで、幸せだったの！」

「どんな甘い言葉をかけてもらったのか知らないが、どうせ情報を引き出すためだろうよ。それとも、あの竜騎士の愛人でもやっていたのか？」

足に滑らかな蔓《つる》草が絡みついた。広場でディートリヒを足留めしていた植物系の魔獣に似ている。

背後からルーカスがエレオノーラを抱きしめて、腹のあたりに触れた。

悪寒がする。

「まだ抵抗するつもりなら、優しさは期待するなよ」

「やめ――」

また自分の声が聞こえなくなった。エレオノーラが泣き喚いたところで、ルーカスにも伝わらない。本気で嫌がっていることを無視するつもりだろう。

動けないなりに体を捻って抵抗していると、木の間を縫うように近づいてきたものがルーカスの肩に咬みついた。

「今度は何だよ!?」

振り払おうとしたルーカスが、エレオノーラから離れた。青白い生き物は素早く離れ、猫のような威嚇音を出す。そこへ上から落ちてきた黒い塊がルーカスに襲いかかった。ルーカスは防壁を使う暇もなく弾き飛ばされ、木に背中を打ちつけて動けなくなった。

「貴様……女性を拘束して己の欲を優先させるなど、それでも人間か。発情期の獣ですら、相手が嫌がれば身を引くというのに」

ディートリヒだ。後ろ姿しか見えないが、背格好と声は絶対に間違えようがない。もう大丈夫だと安心したら、視界が滲《にじ》んできた。

エレオノーラのすぐ近くにディートリヒの黒い竜が降りてきた。心配そうに鼻先を寄せてくる。ルーカスに襲いかかった青白い生き物も近寄ってきて、足に絡みつく蔓草を嚙みちぎっていく。

青白いほうはディートリヒの竜よりも一回り以上小さい。頭に角はなく滑らかで、体つきも華奢だった。鞍が付けられているから、誰かの竜なのだろう。

蔓草が全て体から離れると、支えるものがなくなって地面に座りこんだ。

「もう、追ってきたのか……」

「転移は魔術師だけの特権ではないからな」

「なぜエレオノーラに執心する？　俺が先に目をつけていたんだぞ」

「答えてやる義理はない」

黒い竜がエレオノーラの前に移動して視界を遮った。そのすぐ後に、鈍い音が二回、森に響く。

足音が近づいてきた。

「エレン、大丈夫——じゃないな」

ディートリヒはエレオノーラの顔を見て、痛ましそうにしていた。エレオノーラの両手の拘束を解き、またルーカスがいるところへ戻っていく。倒れているルーカスを頑丈に縛ってから、青白い竜の鞍に固定した。

青白い竜は森の中をイタチのように走っていった。縛られているルーカスの体が上下に揺さぶられていたが、意識がないので問題ないのだろう。

「ディー」

ようやく声が出せるようになった。

立ち上がろうとすると、脇腹が痛む。

「無理はしないほうがいい」

ディートリヒが手を貸して立たせてくれた。

自分の手が震えているのが悔しい。いくら魔力が多くても、いざという時に身を守る魔術が使えないなら意味がない。理性よりも恐怖が上回っていた。ディートリヒが来てくれなかったら——エレオノーラは自分の思考に押し潰されそうだった。

何から考えればいいのか分からなくなってディートリヒの胸に額を押しつけると、そっと包むように抱きとめられた。

優しく髪を撫でてくれる感触が心地よい。

「……来てくれたんだね」

「当たり前だ。守ると約束しただろう？」

「うん」

「助けに入るのが遅くなってすまない」

ディートリヒの手が止まった。

「帰ろうか」

「うん、帰りたい」

帰る場所ができたんだと自覚したとたんに、体が重く感じた。

あの研究所や焼け落ちた家に戻らなくてもいい。

——お礼、言わないと。

けれど体は心に従ってくれず、意識が落ちていった。

## 8　まるで夢のような

「事件が起きた経緯はよく分かった。不法入国した魔術師の捕縛、ご苦労だったな」

ディートリヒが司令部にいる団長にルーカスたちと遭遇したときの状況を説明し終えると、相手は休暇中に呼び出して悪かったと言った。

「いいえ、彼らのことは俺も気になっていたので」

「ついでに聞きたいんだが、どんな戦いかたをしたら男の魔術師が重傷を負うことになるんだ？　しばらく入院させることになったぞ」

「国民へ危害を加えている現場を目撃してしまい、つい力が入りすぎました。決して拷問したわけではありません」

ディートリヒは素直に答えた。

「頭と胴体さえ残っていれば、情報を引き出すには困らないと判断しました。俺としては、あのまま森に埋めて帰ってきても良かったのですが」

「心の底から憎んでることは分かったよ。相手の戦意を削《そ》ぐための処置だったと言っておいてやる。男の話は終わりだ」

頭痛をこらえるように、団長はこめかみを手で押さえた。

「女魔術師のほうは、お前に会いたがっていたぞ。惹かれあっているだの婚約目前だの寝言をほざいていた」

「俺との関係を匂わせる発言は、全て女の妄想です。あれと添い遂げるぐらいなら死んだほうがマシだ」

「……そうだな。お前の表情で分かるわ」

嫌なことを思い出して寒気がする。鳥肌が立った腕をさすっていると、団長に同情された。

「現場に居合わせた警備兵からも、あの女はおかしいって報告が上がってるし、信じる馬鹿はいないだろうよ」

団長は、ここからが本題だがと前置きをした。

「戦争の功績で昇任する話がある」

「そうですか」

「反応が薄いな」

薄いと言われても、特に喜ばしいとは思えない。

「責任と嫉妬が増えるのが面倒です」

「諦めろ。前線で活躍したお前を出世させないと、他の騎士たちにも褒賞が出せないんだよ。出世も連帯責任だ」

そんな責任は初めて聞いた。

自分の出世には頓着していないが、部下たちが功績を評価されないのは困る。仕方がないので、礼は言っておいた。

「ああ、それと。皇都で行われる決勝戦の日程が決まった。確認しておけ」

団長に渡された紙を確認すると、各地方の対抗戦で優勝した者が、今度は皇都で試合を行うと書いてあった。

「観覧には皇族が出席、下品な振る舞いは慎むこと、ですか」

「お前なら礼節は問題ないな。各地で予選を勝ち抜いてきた奴らが相手だ。誰が勝っても不思議じゃない」

「いつも通りにやるだけです。人間関係を考慮しなくてもいいぶん、試合のほうが楽ですね」

「それについては同意する」

団長は残りの休暇を楽しめと言って、会話を終わらせた。

団長室を出たディートリヒは、寄り道せず竜のところへ行き、厩舎から出してやった。帰るぞと声をかけると、竜は嬉しそうに翼を広げて飛び立つ。

屋敷へ帰ってきたとき、マーサがエレオノーラの様子を伝えに来た。

「医者の診断では、怪我は打撲だけ。精神面も安定していると。ただ治療薬の影響か、眠気があるご様子です」

「そうか。今は起きているのか？」

「はい。ご自身の部屋におられます」

ひとまず危険な状態ではないと聞いて安堵した。

――もし、ここを出ていきたいと言われたら。

二度も危険に晒されたのだ。ディートリヒから離れたいと思っていても不思議ではない。

頼りないという批判は甘んじて受けようと、ディートリヒはエレオノーラの部屋へ向かった。

＊　＊　＊

目が覚めると黒い竜のぬいぐるみと目が合った。枕元に置いていたのに、無意識のうちに抱きしめていたらしい。エレオノーラは起き上がって、窓にかかっている分厚いカーテンを開けた。

外はまだ昼間のようだ。明るい日差しを浴びていると、平穏な日常が戻ってきた実感があった。

屋敷へ帰ってきたとき、エレオノーラは意識がないままだった。どんな移動手段を使ったのか、ディートリヒは短時間でレイシュタットに到着したらしい。医者の治療を受けている最中に意識が戻ったが、状況が飲み込めずに軽く混乱した。エレオノーラから見えるところにベティーナとリタがいなければ、取り乱していたかもしれない。

医者が仕事を終えて帰っていくと、今度はメイド二人が食事に風呂にと熱心に世話をしてきた。以前にも増して過保護になっているようで、少し怖かった。

——あー……落ち着くなぁ。

ここにいたら安心だと思う反面、自堕落な生活に片足を突っ込んでいるのではないかという危機感があった。

せめて身の回りのことぐらいは自分でやりたい。まずは着替えだと考え、他のカーテンを開けているとリタが入ってきた。

「まあ。お目覚めでしたか」

リタはいつものように微笑んで、着替えですねと行動を先読みしてきた。

「どうして分かったの?」

「先ほど家令のアルバンより、ディートリヒ様がお戻りになると連絡を受けました。きっとエレン様の様子を聞かれるでしょう。もしお目覚めなら、面会を希望されるかもしれません」

「じゃあ、すぐに着替えないと」

ディートリヒに会えると分かったとたん、ずっと感じてきた眠気が薄れてきた。リタが選んでくれた服に袖を通し、髪を整えていると、扉を叩く音がした。

「どうぞ」

ためらいがちに入ってきたのはディートリヒだった。

「何かご要望があれば、お呼びください」

リタはそう言って、部屋から出ていく。

近すぎず遠すぎない微妙な距離で、ディートリヒは立っていた。

「体の調子は？」

「すごく眠い。でも痛みはなくなったよ」

「治療法が合っていたんだろうな」

ルーカスに殴られた頬と腹部には、ガーゼが貼ってある。打撲に効く軟膏《なんこう》を塗っているので、服を汚さないためだ。この軟膏が体温で温められて甘い香りを発し、眠気を誘っていた。

「ディー。近づいても大丈夫だよ」

エレオノーラは自分から近寄った。

「気を遣わせちゃってごめんね。でも平気だから。知らない男の人だったら怖いと思うかもしれないけど」

「……エレンが、それでいいなら」

ようやくディートリヒはソファに座ってくれた。それでもまだ距離を感じるが、立ったままよりはいい。

「家の中ばかりで退屈していないか？」

「実はね、少し飽きてきた」

外へ出たいと言えば、きっと困らせてしまう。ディートリヒだけでなく屋敷にいる使用人たちが、安全に気を配っていることは肌で感じていた。今のエレオノーラは保護する対象になってしまってい
る。

ディートリヒは暇なら出かけようかと誘ってきた。

「どこへ？　安全の確保とか、大変じゃない？」

「エレンは俺の仕事を忘れたのか？　魔術師の攻撃が届かない距離で、見晴らしがいい場所がある」

「……空？」

「正解」

空を飛びたいから竜に乗せろと言っていたよな、と昔のことを出されて、断るなんてできなかった。


エレオノーラの体調を考慮して、出かけるのは翌日以降になった。だが雨が降ったら中止になってしまう。この時期はあまり降らないとベティーナは言うけれど、低い確率でも当たることもある。

子供の頃を思い出して、窓に晴れを願う模様を描いておいた。指でなぞっただけなので見えないけれど、気分は落ち着いた。

「ディーに知られたら、子供っぽいって思われるかな？」

黒い竜のぬいぐるみを枕元に置いて、ベッドの中で朝になるのを待つ。眠れないと思っていたのに、いつの間にか夜が明けていた。治療薬の催眠効果がいい仕事をしてくれたのだろう。

外出は気温が高い昼からだ。とはいえ上空は風が強いので、厚手の服に着替えないといけない。着替えているときに頬のガーゼを取ると、殴られた跡がほとんど目立たなくなっていた。もっと時

間がかかると予想していたのに、わずか二日で治るなんて驚きだ。

「すごい薬なんだね。もう見えなくなってる」

腹部はまだ少し痛みが残るものの、動かせないほどではない。

「それはよろしゅうございました。ディートリヒ様が伝手を使って、お取り寄せになったと聞いております」

「普通に買える薬じゃないってことだよね？　どんな薬草を使ってるんだろう」

ノイトガル王国の研究所では、ここまで高性能な薬は作っていなかった。エレオノーラが知らない希少な素材が使われていそうだ。

冗談で、宝石よりも高そうと言うと、リタは微笑むだけで答えなかった。

「リタさん？」

「末端価格ですと、おそらくドレス二着分になるかと。ディートリヒ様のお気持ちです」

ドレス一着がいくらするのか知らないが、絶対に安くないと思う。そんなものを惜しげもなく使われると、エレオノーラの金銭感覚が壊れてしまいそうだ。

「……これからは、あまり怪我をしないようにしないと」

「身辺警護ならお任せください。エレン様なら心配ないと思われますが、ディートリヒ様の名前を出されても、知らない人にはお気をつけくださいね」

「分かった。なるべく一人で行動しないようにする」

コートを持ってサロンへ行くと、ディートリヒが新聞を読んで待っていた。すぐにエレオノーラが入ってきたことに気づいて、読むのをやめる。

「準備できたのか。その服装も可愛いな」

あまりにも自然に言うものだから、理解するまで時間がかかった。

どう返すのが正解なのか迷っている間に、ディートリヒはエレオノーラにコートを着せて、上機嫌で厩舎へ連れていく。厩舎の前にいた竜も落ち着きなくうろついていたが、エレオノーラたちの姿が見えると嬉しそうに擦り寄ってきた。

いつにも増してゴロゴロと甘えてくる音が大きい。撫でてやると、竜はキュゥと可愛い声で鳴いた。

ディートリヒは竜の背中にエレオノーラを乗せ、町を上空から見下ろせるところまで飛翔させた。

目的地へ移動するときよりも高い。他の竜が飛んでいるところが足下に見える。

ときおり空中で旋回して下を見ている騎士は、巡察をしているそうだ。町に異変が起きていないか見て回り、非常時は上から降りてくる。竜同士は離れていても言葉を伝えられるので、他の竜騎士への連絡手段にもなっていた。

「まだ町の案内をしていなかったな」

時計塔のような特徴的な建物を目印に、一通り説明が続く。祭りの時に苦労して歩いた道も、今日は落ち着いているようだ。

巡察していた竜が郊外へ向かって飛んでいく。目的地と思われる先では、馬車が泥濘にはまって動けないでいた。馬と人力だけでは困難な問題も、後ろから竜が馬車を押して脱出に成功した。

これがディートリヒたち竜騎士の日常なのだろう。

「寒くないか？」

「うん。平気」

風は冷たいけれど、日差しは暖かかった。それに二人でくっついていれば寒くない。

「まだお礼を言ってなかったよね。助けてくれてありがとう」

「いいんだ。言われるようなことはしていない」

「恩人なのに？」

「怖い思いをさせた」

「あなたのせいじゃないよ」

ディートリヒの肩に頭を預けた。誰も見ていない、邪魔をしてこないところで彼を独り占めするのは贅沢だ。

「誘拐されたとき、早く言えば良かったって後悔したの。私もね、ディーが好きだよ。将来のこととか、まだ全然考えられないけど、ずっと一緒にいられたら幸せだろうなって思ってる」

ディートリヒはエレオノーラの頭に頬を押しつけるように乗せてきた。エレオノーラを支えている左手に力が込められる。

「その気持ちがあるだけでいい。障害は全て俺が取り除く」

「ディーだけが苦労するのは嫌だな。笑えないよ」

「俺が苦労と思っていないから、問題ない」

「ダメ」

エレオノーラは迷わず言った。

「良いことも悪いことも、好きな人のことはなんでも知っておきたいの。あなただって、私が隠し事ばかりしていたら嫌じゃない？」

「嫌ではないが、心配になる」

「そういうこと」

竜が郊外へ向かって滑空し始めた。先ほど馬車が立ち往生していたところとは、別の方向だ。

到着したのは高台にある草原だった。遠くに町が見えるだけで、建物は何もない。

「ここは？」

ディートリヒは手際よく竜の手綱や鞍を外していく。

「たまには竜を自然の中で走らせてやらないと、ストレスで体調不良になるんだ。ここなら誰にも迷惑をかけない」

鱗が剝がれたり、酷いときは自分の尻尾に咬みついてしまうそうだ。

自由になった竜は嬉しそうに走っていく。草原に寝転がって、土の匂いを嗅いだりと忙しい。

「エレン」

肩に手がかかる。

顔の距離が近い。

反射的に目を閉じると、額に柔らかいものが当たった。

ディートリヒはエレオノーラを抱きしめて、あやすように背中を軽く叩いた。顔を見なくても、楽しんでいるのは笑い声で分かる。

「……私のこと、子供だと思ってない？」

「少しだけ」

恥ずかしさと悔しさから、エレオノーラは自分からキスをした。唇《くちびる》を押しつけるだけで情緒も何もないが、ディートリヒの驚いた顔が見られたから満足だ。ただ、離れようとしたらディートリヒに反撃されたのは予想外だった。

しばらく触れあった後は、無言で抱き合っていた。

「エレン、愛してる」

「夢じゃないよね？」

「これが夢だったら、一生、目覚めなくてもいいな」

そうだねと同意して、エレオノーラは目を閉じて幸せに浸っていた。

# 9　譲れないもの

休暇が明けてから早々に、クルトは複数名の部下から相談を受けた。あまりにも深刻そうな顔をしているので、これは尋常ではない問題が起きたのかと身構えていた。ところが怯える部下の口から出てきたのは、ディートリヒがご機嫌すぎて逆に怖いという、なんとも残念な話だった。

別に理不尽な訓練を強制してくるわけでもないのだから、そこまで怖がらなくてもいいのにと思う。

確かに今日のディートリヒは無愛想さが減って、無表情なくせに浮かれた空気を漂わせている。絶対にエレオノーラ関連でいいことがあったのだろう。

「……休暇中に何かあったのか？」

昼の休憩時間になり、クルトは思いきって尋ねてみた。本当は惚気話を聞かされそうで話しかけたくなかった。だがこれも円滑な部隊運用のためと割り切って、仕方なく犠牲になることにしたのだ。中間管理職は辛い。

「エレンと正式に婚約することになった」

クルトの苦労など知らないディートリヒは、嬉しそうに予想を裏切らない報告をしてきた。

「だろうな。で、隊長が不在にしている間の業務なんだけど」

原因さえ分かれば十分だ。男同士で恋の話なんてしても楽しくない。クルトは話題を切り替えた。

もうすぐディートリヒは決勝戦で皇都へ出張する。その間はクルトが隊長の業務を代行することになっていた。面倒な行事予定はないので聞かなくても支障はないが、他に適当な話題がない。

「ちょうど訓練期間と重なっているが、俺がいなくても大丈夫だろう。怪我には気をつけるように」

喋るうちにディートリヒは気分が沈んできたらしい。浮かれた雰囲気が消えていく。

「ディートリヒ？」

「行きたくない……」

憂鬱そうな態度に変わったディートリヒから、弱音が出てきた。珍しい現象に遭遇したクルトは、思わず窓の外を見た。今日は吹雪になるかもしれない。

「……まさかとは思うが、お嬢さんと離れたくないからか？」

「ああ」

「即答かよ」

レイシュタットから皇都まで、竜で普通に飛べば丸二日かかる。往復で四日かかるところだが、決勝戦の期間中は特別に竜脈を使って移動することが認められていた。

竜脈を使えば大幅に移動時間を短縮できるようになる。それでもディートリヒは不満そうだった。

「決勝戦は家族も呼べるんだから、連れていけば？」

「俺の目が届かないところで、エレンに何かあったらどうするんだ」

「それ、レイシュタットにいても同じことだろ」

「自宅なら、護衛がいる」

「大切に守るのもいいけどさ、監禁にならないようにな」

ディートリヒは痛いところを突かれたのか、黙ってしまった。

今までは体調不良や資格試験などで外出を控えていたようだが、いつまでも家にこもっているわけにはいかない。竜騎士という職業柄、ディートリヒが長期にわたって不在にするときもある。全く外へ出ない生活が、彼女のためになるとは思えない。

「治安が悪い区域と、夜中に出るなって教えておけば十分だと思うけどね。あのお嬢さん、危険なことには敏感っぽかったし」

「分かっているんだけどな……」

「ま、徐々に慣れていけよ。お前も、お嬢さんも」

なんでアドバイスしてるんだろう――クルトはいつの間にか戻ってしまった話題に首を傾げた。


自宅の車寄せに見覚えのある馬車が停まっているのを見て、ディートリヒは嫌な予感がした。いつもなら騎乗後の手入れは自分でやるのだが、厩舎係に竜を任せて家へ向かう。竜はディートリヒの心情を察して、大人しく厩舎係に鞍を外してもらっていた。

庭を通って建物内へ入ると、アルバンが出迎えに来ていた。

「マリアンネ様がお越しです」

「……やはりか」

マリアンネは母親の名前だ。

エレオノーラとサロンにいると聞いて不安がよぎったが、カサンドラも一緒にいるらしいので、気まずい空気にはなっていないだろう。

軍服のままサロンに入ると、予想よりは和やかな空気が流れていた。

ディートリヒと同じ黒髪をした女性が、堂々とした態度で座っている。マリアンネだ。そこそこいい歳になるはずだが美貌はあまり衰えておらず、記憶の中の姿とほぼ変化がない。父親が亡くなってから再婚の話がいくつも来ているが、全て断っているらしい。

マリアンネの隣にはカサンドラが、正面にはエレンが座っている。エレオノーラはディートリヒが入ってくると、おかえりと言う代わりに微笑んだ。もし室内に二人きりだったら抱きしめていたのに残念だ。

マリアンネは入ってきた息子へ、咎《とが》めるような視線をよこした。きっと着替えもせずに来たのかと言いたいのだろう。

「なぜここにいらっしゃるのか、理由をお聞きしてもよろしいか」

「あなたの婚約者に会いに来たのよ」

エレオノーラと婚約を取り付けたことは、まだ母親に知らせていない。おそらく晩餐会の後に発行された新聞でも読んだのだろう。

「ディートリヒ。あなたね、全く知らせていなかったでしょう？」

カサンドラが呆れていた。

「連れて帰ってきた経緯とか、同居している理由とか、いつまで黙っているつもりだったの？」

「……近日中に、手紙を出そうかと」

「あなたの近日って何年後でしょうね」

ディートリヒはエレオノーラの隣に座った。家族の前でいちゃつく趣味はないので、適切な距離は保ったままだ。

「ねえ、ディートリヒ」

貴族女性らしい優雅さでマリアンネが話しかけてきた。

「新聞で皇女殿下の婚約者候補だなんて書かれているから、カサンドラに詳しいことを聞いたわ。そうしたら、新聞はデマだけれど懇意にしている女性がいるのは本当だなんて言うのよ。しかも自宅に住まわせていると教えられた私の気持ち、分かる？　あなたが職権か権力を濫用して連れてきたのかと思ったじゃない」

「俺はそのような卑劣なことはしません」

「どうして目を逸らすのかしら？」

職権の一部を利用したことは間違いない。だが適切な保護のためだと心の中で言い訳をした。

「でも会いに来てよかったわ。久しぶりに夫の話ができたもの」

「私も、両親のことが聞けてよかったです」

ディートリヒが帰ってくるまで、三人は昔のことで盛り上がっていたようだ。エレオノーラが楽しそうで良かったと油断していると、マリアンネに婚約おめでとうと先に言われてしまった。

「ディートリヒ。いい人と出会えたわね。捨てられないように努力なさい」

絶対に逃すなという意味かとディートリヒは解釈した。懇意にしていた職人の娘という理由の他に、人当たりの良さがマリアンネの好みだったらしい。

ディートリヒが他の女性に興味がないと知っていて、エレオノーラに逃げられたら一生結婚しないと危機感を抱いている可能性もある。

「さて、ディートリヒが戻ってきたことだし、私たちはそろそろ帰りましょうか」

「そうね。二人の時間を邪魔すると、弟に恨まれそうだし」

マリアンネとカサンドラは席を立った。

「泊まっていかないのですか」

「連絡もなしに滞在したら、応対する使用人たちが可哀想よ」

玄関ホールまで見送りに行くと、マリアンネはディートリヒを呼んだ。

「決勝戦で皇都に来るのよね？」

「その予定です」

エレオノーラはカサンドラと少し離れたところにいる。声が聞こえないので二人が何を話しているのかは分からないが、楽しそうに笑っているから悪い話題ではなさそうだ。

マリアンネは小声で、気を付けなさいと言った。

「いま皇都では国を守った英雄と皇女を結びつけようとする動きがあるわ」

「お膳立てをすれば、俺と皇女が勝手に恋人になるとでも思っているのですかね。迷惑な連中だ」

「皇女は乗り気よ。新聞に書かれた噂について否定していない。周囲が想像しやすいように、曖昧な言葉で仄めかすだけ」

「遠回しに脈はないと申し上げたつもりだったのですが」

「はっきりとお断りできない立場を利用されたわね」

マリアンネの視線の先にはエレオノーラがいる。

「いっそのこと、皇都で不特定多数にエレンさんとの仲を見せつけてやりなさいな。試合中は私が彼女に付き添ってあげるわ。あなただって、エレンさんと街歩きをしたいと思わない？」

ものすごく心惹かれる提案だ。

「女性が好みそうな店や観光地がたくさんあるわよ」

迷うディートリヒに、マリアンネは最後の一押しをしてきた。

もちろんエレオノーラと二人で歩きたいに決まっている。女性向けの店など一つも知らないが、エレオノーラと散策しながら探してみるのもいいかもしれない。

「彼女次第ですね」

即答したかったが、やはりエレオノーラの気持ちを一番に考えて保留にしておいた。

「エレンが皇都へ行きたいと言うなら、その時はお願いします」

「ええ、いいわよ。ちゃんと知らせてくれるならね」

マリアンネは母親の顔で頷いた。

二人が帰った後、エレオノーラに決勝戦を観戦するか聞いてみた。

「見に行ってもいいの？」

「ああ。試合中は母親の近くにいてくれ。皇都の闘技場はレイシュタットよりも広い」

「うん。あのね、次に会えたときは、ディーの子供の頃の話を教えてもらう約束をしたの。早く実現しそう！」

花のように可憐に笑うエレオノーラに見惚れている間に、とんでもない事実が出てきた。あの家族がディートリヒは仕事で不在にしていると知っていながら訪問したのは、エレオノーラに色々と吹きこんで味方につけるためだ。

「決勝戦も頑張ってね」

「あ、ああ……」

まさか今更来るなとは言えず、ディートリヒは頷くことしかできなかった。

＊　＊　＊

馬車の小さな窓から見える街並みは、レイシュタットよりも長い歴史を有している。だが古臭さはなく、皇都の名に相応《ふさわ》しい気品があった。

決勝戦に出場するディートリヒと共に皇都を訪れたエレオノーラは、さっそく皇都見物をしていた。

「皇都の建物は緋色なんだね」

「区画整理したときに縁起がいい赤を選んだというのが通説だが、当時は頑丈で安く、大量に作れたのが赤レンガだったらしい。だが実際に建物を建設してみると、見栄えが良かったんだろうな。今ではどこへ行っても赤ばかりだ」

裏事情を知っても街並みから受ける印象は変わらない。

馬車が目的地に近づくと、ディートリヒは残念そうにしていた。

「二人きりの時間も終わりか」

「……そうだね」

エレオノーラは逆に馬車の中から解放されたいと思っていた。

お互いに好きだと分かったときから、ディートリヒはエレオノーラに対して気持ちを隠さなくなった。朝は挨拶よりも先にエレオノーラに会えたことに喜び、今日も可愛いやら服装が似合っているなどと言って褒めてくる。

じっと見つめてくるから何かあったのかと聞けば、エレオノーラが好きだから見惚れていたと、さらっと言う。

さすがに何日も続くので褒めすぎではないかと指摘すると、考えていることの一部が表に出ただけだとディートリヒに反論された。もし際限なく出てくるようになったらどうしようとメイドたちに相談しても、いい笑顔を浮かべた彼女たちに、諦めてくださいとしか言ってもらえなかった。

人前では節度を保って接してくれている分、二人きりになったときの差が激しい。無闇に触ってこないことだけが救いだ。

今までエレオノーラを褒めたり、好意を全面に押し出してくる人なんていなかった。竜皇国へ来てから、ひたすら甘やかされている。嬉しくないと言えば嘘になるが、もう少し手加減をしてほしい。適度に休憩を挟まないと心臓が疲労で死ぬ。

馬車が止まって、扉が開いた。すかさずディートリヒは先に降りてエレオノーラに手を貸す。馬車の車体に固定されている踏み台は、少し細くて足を乗せられる幅が狭い。踵が細い靴を履いていると踏み外しそうになるので、手助けしてくれるのは助かる。

エレオノーラが今まで乗ったことがある、馬車という名の荷車とは大違いだ。

「楽しそうだね」

手を握ったまま離さないディートリヒに言うと、楽しいと率直に返ってきた。

「この後に決勝戦が控えていなければ最高なんだが」

本気で残念そうだ。

エレオノーラたちは出場選手の集合時間になるまで、繁華街を散策することにしていた。行動範囲は会場となる闘技場の周辺に限られてしまうが、初めて訪れるエレオノーラには全てが目新しく見え、何も問題なかった。

しばらくの間は闘技場へ向かう人の流れに乗り、適当なところで脇道へ入った。脇道といっても馬車が行き交う大通りに比べ、道幅が少し狭くなるだけだ。人や店舗の多さは変わらない。戦勝記念日の混雑を体験した後だからか、歩きにくさは感じなかった。

大道芸を見たり適当な店を冷やかしたあと、ディートリヒは香水店へ案内してくれた。

「ここでは好みに合わせて香水を調香してくれる。よければエレンの好きな香りを贈りたい」

「ありがとう。香水は興味があったけど、調香してくれるお店は入りにくかったの」

すでに調香してあるものなら、ノイトガル王国にいたときに一つだけ買ったことがある。職場へつけて行くのは禁止されていたから、ただ香りを楽しむか、滅多《めった》にない休日につけるだけだった。

店員に奥へ通されて、好みを質問されるところから始まった。実際に香りを嗅いで何種類か選び、組み合わせてもらう。最後は三つの香水瓶の中から気に入ったものを選んで、調香した香水を入れてもらった。

「お待たせ。暇じゃなかった？」

香りを選んでいたエレオノーラはともかく、ディートリヒはただ待っていただけだ。

「全然。エレンを見ていれば暇なんてすぐに潰せる」

「笑顔で言われると返事に困るよ」

聞いていた店員が微笑ましそうにしているのも、恥ずかしさを倍増させていた。

「素敵な恋人ですね。商品をどうぞ」

店員は香水がこぼれないように、瓶を小箱に入れて緩衝材を詰めてくれた。繊細《せんさい》な装飾が施された瓶は、中の香水がなくなっても飾っておきたいほど可愛らしい。持って帰って目立つところに飾るのが楽しみだ。

まだ時間に余裕があったので、闘技場に近い喫茶店に入った。混雑している様子だったが、ディートリヒを発見した店員がすぐに見晴らしのいい二階のテラスへ案内してくれた。上空で竜が飛び回って警備をしている様子が見える。

往来を見下ろしながら果物入りの紅茶を飲んでいると、皇都に住んでいるかのような気分になった。

「エレン」

ディートリヒは手のひらに乗る大きさの小箱をテーブルに置いた。

「婚約をした記念に、受け取ってほしい」

「指輪……？」

箱を開けると、白いクッションの上に細い指輪が乗せられていた。白に近い金の台座に、空色の宝石がついている。冷やかしに入ったつもりの店で、エレオノーラが気になっていたものだ。

「いつの間に買ったの？」

「エレンが香水を選んでいる間に」

わざわざ店へ戻って買ったということらしい。

「ありがとう。つけてみてもいい？」

「ぜひ」

エレオノーラが頷くと、ディートリヒは安堵した様子で箱から指輪を出した。割れものを扱うようにエレオノーラの左手に触れ、優しい手付きで薬指にはめた。

ディートリヒに指輪のサイズを話したことはなかったのに、ちょうどいい大きさだ。

「あなたに指輪のサイズを教えたのは、ベティーナ？　それともリタ？」

「両方だ」

「その光景が目に浮かぶわ」

二人はきっとサイズだけでなく装飾にも言及したはずだ。皇都へ出発する二日ほど前に、どんな指輪が好きか聞かれて話した覚えがある。

「レイシュタットに帰ったら正式なものを作ろうか。それまではこれで我慢してくれ」

「この指輪も素敵だよ。新しく作らないといけないの？」

「ああ。我が家の伝統だからな」

好きだからという気持ちで物を贈られるより、なぜか素直に納得できた。

それでも自分でいいのだろうかと不安が過ったとき、遠くから時計塔の鐘の音が聞こえてきた。

「残念ながら時間だな」

集合時間が近づいてきている。ディートリヒは闘技場の控え室に向かい、エレオノーラはマリアンネと合流して観客席から観戦することになっていた。

「あっという間に終わっちゃったね」

「また遊びに来ようか。今度は仕事がない日に」

「うん」

喫茶店を出たエレオノーラたちは、マリアンネとの待ち合わせ場所へ向かった。闘技場の前にある車止め付近で待っていると、到着した馬車の中からマリアンネが降りてきた。

「待たせてしまったわね。早く出てきたけれど、道が混んでいて遅れたのよ」

「許容範囲内です」

「まあ。可愛くない息子ね。子供の頃は、私の顔を見るだけで笑顔になってくれたのに」

呆れたようにディートリヒはため息をついた。

「いつの話をしているんですか。場所を選ばず懐古するようになったら、老化の始まりですよ」

「ほら、可愛くない」

そう言いつつもマリアンネは楽しそうだった。

「観客席から応援してるね」

怪我に気を付けてと言うと、ディートリヒは小さく笑った。

「無様な負けかたはできないな」

「そうよ。ハインミュラー家の名に恥じない戦いかたをしなさい」

ディートリヒが集合場所へ去っていくと、マリアンネは懐かしそうに闘技場を見上げた。

「私の夫はね、優勝したことがあるのよ。その重圧が嫌で別の道へ行こうとしていたのに……戦いかたまでそっくりって言ったら、どんな顔をするでしょうね」


決勝戦に出場する竜騎士が招待した客には、貴賓席が用意されている。闘技場の職員に案内されてマリアンネと共に向かっていると、近衛兵に警護された女性と遭遇した。

艶やかな銀髪に、宝石のように澄んだ緑色の瞳をしている。佇まいから高貴な身分の一人なのは間違いない。女性はマリアンネを見つけると、親しげに微笑んだ。

「ハインミュラー夫人、お久しぶりです」

「皇女殿下もお変わりなく」

エレオノーラは挨拶をするマリアンネから離れ、壁際まで下がった。できる限り目立たないよう、息を潜めて会話の終わりを待つ。高貴な人とは関わりたくなかった。

ノイトガル王国で学生をしていたとき、王族の学生は絶対に逆らってはいけない存在として学院に君臨していた。成績で彼らよりも上になると、教育と称して指導が入る。何をされるのかは、王族の気分で決まった。他にも気に入らないことがあれば校則違反扱いされ、成績に響く。幸い、同学年にはいなかったので理不尽な命令をされることはなかったが、できれば会いたくない人たちだった。

「あなたは、ディートリヒの知り合いよね？」

終わった――エレオノーラは己の不運を呪った。この国で絶対的な権力を持つ皇族に目をつけられてしまった。彼女に気がつくのが遅れて、道を塞いでしまったのだろうか。それとも平民ごときが貴賓席の近くにいたのが気に障ったのか。

エレオノーラは絶望的な気持ちを押し殺して、皇女ローザリンデに頭を下げた。

「高貴なかたにお声がけをいただき、光栄です。どのようなご用件でしょうか」

王族の要求に応えられず、学院を去った人を知っている。彼がどこへ行ったのかは知らないが、きっとまともな職にはありつけなかっただろう。

闘技場から去れという命令で済めばいい。この国から出て行けと言われたら、ディートリヒに二度と会えなくなる。

ローザリンデには理不尽な命令をしても許されるだけの権力があるとエレオノーラは信じていた。隣国の王族に可能だったのだ。より広い領土を抱える皇国の姫にできないことはない。

「そ……そこまで萎縮しなくても……」

死刑判決を待つ心境のエレオノーラにかけられたのは、動揺したローザリンデの声だった。

もしかして罠だろうかとエレオノーラは思った。油断したところに絶望を与える手法を聞いたことがある。

「ディートリヒの応援に来たのでしょう？　一緒に観戦しようかと思っただけよ」

「観戦……？　あ、あの……今すぐ二階から飛び降りろとかいう命令ではなく……？」

「し、しません！　どうしてそんな発想が出てくるの⁉」

「王侯貴族とはそういうものだから、どんな理不尽でも耐えろと教育を受けたので……つい……」

「あなたの教育係はどうかしてるわ！」

ノイトガル王国では真っ当な教育だったのだが、もしかして竜皇国では違うのだろうかと思い始めた。護衛や付き人の女性たちがエレオノーラを嘲笑せず、困ったような顔で待機しているところも違う。

「皇女様って見た目は可憐だけど実は——」

「かわいそうに、あんなに怯えて……」

遠巻きにローザリンデを見物していた客から、そんな囁きが聞こえてきた。

「表裏が激しいタイプだったのか」

「いやいや、同性にはきつい性格なのかも。新聞に書かれている姿が本当かどうかなんて、俺たちには分からないし」

「わ、私は理不尽な命令なんてしてませんよ！　きっと緊張なさっているのね。大丈夫よ、少しお話ししたかっただけですから」

王族や貴族が言う話し合いとは、味方が一人もいないお茶会のことではなかっただろうか。服装から茶器の持ちかたまで目につくもの全てを否定される、王族女性による吊し上げだ。

「エレンさんは外国暮らしが長かったから、感性が独特なのね」

ただ一人だけ、マリアンネは愉快そうに笑っていた。

「もうすぐ試合が始まってしまうわ。せっかく皇女殿下が誘ってくださったのだから、ご一緒しましょう？　私も隣にいるから大丈夫よ」

さあ早くと促され、エレオノーラは胃が痛くなる思いだった。しかし、ここはマリアンネを信じて行くしかない。

——応援するってディーに言ったから、ちゃんと試合を見ないと。

ようやく貴賓席に到着したエレオノーラは、なるべくローザリンデから距離をとった。

「……座らないの？」

ローザリンデは立ったままのエレオノーラを振り返った。

「いえ、私は壁際でいいです」

むしろ壁になりたい。誰にも邪魔をされずにディートリヒの試合に集中していたかった。

「エレンさん、そこだと場内が見えないわ。こちらへいらっしゃいな。あの子が張り切っている姿を見逃したくないでしょう？」

「そうですね。あの……お隣、失礼します」

案内係が引いてくれたイスは、ローザリンデとマリアンネの間だった。マリアンネが指示をしたから、そこしか選択肢がなかったとも言える。

「ハインミュラー夫人の言うことには素直に従うのね……」

「人生経験の差ですよ、皇女殿下」

エレオノーラが緊張していたのは、試合が始まるまでだった。順調に勝ち進んでいくディートリヒを見ているうちに、隣にローザリンデがいても気にならなくなっていた。

「このままだとディートリヒは連戦になるのね」

対戦表を確認していたマリアンネが言った。場内には試合が終わったばかりのディートリヒがいる。退場せずに待機位置まで下がって、竜の背中を撫でていた。

「不利ですね」

ローザリンデが入場してきた竜騎士を見て言う。試合をよく理解していないエレオノーラに微笑んだ。

「竜に疲れが溜まったまま戦わないといけないのよ。だから連戦で勝つ竜騎士は少ない。しかも相手は何度も決勝戦に出場している相手よ。残念だけれど、優勝は難しいかもしれないわ。ほら、翼を下にしているでしょう？　体力を温存させたい気持ちの現れよ」

「……そうでしょうか」

エレオノーラは反論してから、相手が皇族だったと思い出した。だがディートリヒの負けを確信しているような言い方をされて、黙っていられなくなった。

「彼の竜は戦意を失っていません。尻尾の揺れが、機嫌がいい時と同じなんです。しかも落ち着いていて、ディートリヒさんの命令に素直に従っている。反対に、相手の竜は前へ前へ出ようとしていますよね。手綱を強く引いて、暴走しそうな竜を制御しようとしているような気がします」

試合が始まると、相手の竜は一気に前へ駆け出した。気が急いた攻撃が当たるわけがなく、ディートリヒは冷静にかわしていく。相手が竜を退かせて攻撃方法を変えようとした隙をついて、ディートリヒが勝った。

「そんな……今まで予想は外したことがなかったのに……」

「エレンさんは息子の竜をよく観察しているのね。あの子は色々と規格外だから、常識が当てはまらないのよ」

歓声がわく中、マリアンネは席を立ってローザリンデに断りを入れた。

「知り合いに挨拶をしてきます。表彰式が終わるまでには戻ってくる予定です。エレンさんは、ここで待っていてくださる？」

「はい」

座って待っているだけなら簡単だ。さらにディートリヒが表彰されているところを見られるのだから、暇でもない。

マリアンネが貴賓室を出ていくと、ローザリンデがエレオノーラに話しかけてきた。

「あなたとディートリヒが婚約したと聞いたわ。無理していない？」

「無理、ですか？」

心から心配しているような様子だった。心当たりがないので聞き返すと、ローザリンデは物憂げにため息をつく。

「英雄の妻は守られるだけでは駄目なのよ。常に他人から見られているわ。あなたの言動が、彼の評価にも繋がっているの。その重圧に耐えられる？　好きな気持ちだけでは、彼の負担になるわよ」

エレオノーラは途中から皇女ではなくてディートリヒを見ていた。

賞賛を浴びている姿は、ローザリンデが言う英雄を連想させる。

華やかで、完璧。黙って立っているだけで絵になる。表情の乏しさは欠点になるどころか顔立ちの良さを際立たせていた。

エレオノーラに好きだと言った時とは、まるで違う。仕事をしている時の顔だ。

「今まで他人から監視されているような生活をしたことがある？　何かをしたいと思っていても、立場に相応しくないから駄目だと言われるような。これから先、ずっと続いていくのよ。婚約する判断が早すぎたんじゃないかと心配なの」

ローザリンデの思惑に気が付かないほど、鈍感ではなかった。彼女がディートリヒを見る目は、憧れと切なさが混在している。

自分ならディートリヒに相応しい完璧な妻になれる——そう言われて、反抗心が芽生えた。

誰もが憧れる高貴な身分のローザリンデには、彼女にしか分からない苦労があるのだろう。行動を制限されて、自由に遊びに行くなんてできないはずだ。疲れていても公務では笑顔でいないといけない。数少ない自由の中で、伴侶だけは自分で選びたかったのかもしれない。

ようやく見つけた理想の人なら反対意見は出ないと確信したのに、別の人と婚約してしまった。だからエレオノーラの不安を煽って、思いとどまらせようとしている。

「私から婚約を解消することはありません。何も持っていない私を受け入れて、危険を冒してまで助けてくれた人を裏切ることになるから。あの人が私を嫌いになって申し出ないかぎり、私は彼に相応しくなるために努力するだけです」

エレオノーラはローザリンデに向かって、はっきりと言った。

ずっと孤独だった。死ぬまで同じ生活が続くだろうと思っていたところに、呪いをかけられたディートリヒが迷いこんで、周囲の状況が一変した。竜皇国に戻ってきたばかりのエレオノーラだったなら、気後れしてローザリンデの提案に乗ってしまっただろう。だがディートリヒが惜しみなく愛情を伝えてくれるから、幸せを求めてもいいのだと考えられるようになった。

ようやく毎日が楽しいと思えるようになったときに、大切な人を奪わないでほしい。

たとえ相手が皇女だろうと、横恋慕で婚約者を奪っていいわけがない。

「努力が身を結ぶとは限らないわよ」

ローザリンデは悲しそうだった。腹の中で何を考えているかはともかく、エレオノーラに同情しているようにしか見えない。

「でも行動しないと何も変わりません」

「一人で頑張り続けるのは辛いのよ」

「一人じゃありません。支えてくれる人たちがいるんです」

「それはディートリヒの関係者じゃないの？　彼の人脈を頼っているだけじゃ駄目ね」

「そうですね。だから、これからは自分でできることを増やしていく段階なんです。助けてくれた人たちに恥じない生き方をしたいから」

今は付与魔術を教えてくれたフリーダと相談しつつ、就職先を探している最中だ。ディートリヒは働かなくてもいいと言うが、父親と同じ仕事で腕を磨きたかった。いつかディートリヒが使う鞍に、魔術を付与するのが目標だ。

「協力者たちは仕事だから援助をしてくれただけかもしれないわよ。それでも、その考えを貫けるの？」

「仕事でも、私は親切にしてもらえて嬉しかった。今まで私のことを気にかけてくれる人なんていなかったから。私がいた職場の待遇が悪すぎるって、自分のことのように怒る人がいるなんて知らなかった。酷い環境にずっといると、感覚が麻痺してくるみたいです」

エレオノーラの意見は、ローザリンデには通じなかったようだ。理解できないと言いたそうな表情になった。

「今の私の幸せは、全部、ディートリヒさんが助けてくれたから実現しました。だから今度は、私が彼の助けになりたい。皇女殿下のように隣に立って同じ方向へ進むことだけが、夫婦の在り方だとは思いません。それにディートリヒさんなら、押し付けられた英雄像なんて関係ない、無視だって言うでしょうね」

「よく分かっているわね。そうよ、あの子は強制されるのが嫌いなの」

花のような香水の香りがした。戻ってきたマリアンネがエレオノーラの肩に手を置く。

「あまり義理の娘になる子をいじめないでやってくださいな。心配してくださったことは、息子も承知しているでしょう。社交界の歩きかたは私が時間をかけて教えていく予定ですから、ご心配には及びません」

ディートリヒに似た顔立ちで、マリアンネは華やかに笑った。

言葉に詰まったローザリンデは、ぎこちない笑みを浮かべて立ち上がった。

「そう。それならいいのです。見えない苦労があると理解しているなら、私から言うことはありません。先に失礼するわ」

ローザリンデが帰る意思を見せると、護衛が先に貴賓室を出て周囲の安全を確かめた。ローザリンデはエレオノーラを見て何かを言いかけたが、思いとどまったのか無言で出ていった。

「私が見込んだ通り、一人で撃退できたわね」

「皇女殿下はディートリヒさんを横取りできる権力があると思ったら、悔しくて」

「あら可愛い動機ね。ますます気に入ったわ」

マリアンネは座って場内を見下ろした。

決勝戦の優勝者たちは、観戦していた男性皇族から小さな箱に入ったものを受け取っていた。ディートリヒは手渡された後に何かを囁かれ、否定するように首を横に振る。

「皇女殿下がディートリヒさんを慕っていること、ご存知だったんですか」

「何度も婚約を持ちかけられていたのよ。内密にね。あの子には知らせていなかったけれど」

「なぜですか？」

「女の子との約束を守るために竜騎士になって、休暇のたびに探し回る姿を見ていたら、他の女性と婚約しなさいなんて言えないわ。さらに外国で見つけて連れて帰ってきたでしょう？　ここで引き離したら、一生、恨まれてしまうわ」

ふとディートリヒが貴賓席がある方向を見上げた。目が合ったような気がして手を振ると、彼の表情が和らいだ。

＊　＊　＊

決勝戦の参戦者は夜会の主役として招待されていた。会場となったのは、皇都にある歌劇場だ。長い歴史を誇り、数々の公演が行われている劇場内部は、この日のために貸し切りになっている。一階の客席は全て取り払われ、舞踏会場へと変身していた。

ディートリヒは好奇心旺盛な招待客や記者に囲まれながら、早く終われとだけ考えていた。軍服で参加できるのは楽でいいが、それ以外が苦痛すぎる。これも仕事と割り切って我慢するしかない。気持ちはエレオノーラが待つ本邸に向いていた。

「婚約なさったと聞きました。おめでとうございます。あの、お相手はどのような女性ですか？」

皇都に本社がある、どこかの新聞記者たちが出会い頭に質問をぶつけてきた。まだ若い男女だ。先輩の記者から行ってこいとけしかけられたのか、ずいぶんと度胸があるらしい。

「公表した覚えはありませんが、どこからその話を？」

余計なことを書かれないよう感情を排除して答えたつもりだったが、彼らの目には威圧的に映ったらしい。女のほうは気圧されて笑顔が引きつった。

「すいません。情報提供者を保護するために、その手の質問には答えられない決まりで……」

「ではこちらも答える義務はないな。正式に取材の申し込みがあったわけではないのだから」

立ち去ろうとしたディートリヒだったが、彼らに釘を刺すために振り返った。

「相手はサンタヴィル出身の女性だ。これ以上の情報はいらないだろう？」

ローザリンデはサンタヴィルへ行ったことがない。また生まれも皇都なので、事実を捻じ曲げて記事にするのは不可能だ。

さらにサンタヴィル出身だと言っておけば、エレンに接触しようとする記者に、戦禍で負った心の傷をえぐられたと騒いで手を引かせる手段がとれる。あまり使いたくないが、私生活を詳細な記事にされるよりはいい。戦争被害者に記者がしつこく付き纏い、問題になった事件があったので、新聞社はサンタヴィル関連には慎重になっていた。

どこか静かなところで時間を潰せないかと逃げ道を探していると、ローザリンデの付き人と名乗る女が来た。

「ローザリンデ様よりワインのお誘いです」

「お受けする理由がない」

ディートリヒは簡潔に断った。だが付き人は困り果てた顔で食い下がってくる。

「そこをなんとか……お願いできないでしょうか」

「特に交流があったわけでもない相手と、なぜ二人きりで会う必要が？」

「お願いします。来ていただけないと、叱責されてしまいます。前回も失敗してしまって、後がないんです」

レイシュタットで行われた晩餐会のことだろう。そういえば女の顔に見覚えがある。

付き人を助ける義理などないが、泣きそうな表情ですがってくるのが面倒だ。まるでディートリヒがいじめているようで罪悪感がある。劇場内をうろついている記者に嗅ぎつけられて、痛くもない腹を探られたくない。

「同行してもいいが、条件がある」

ディートリヒは仕方なく誘いを受けた。

「室内なら扉は開放したままで。それから、俺は仕事で皇女にお会いするだけで、私用ではない。二人きりにならないよう、第三者の同行を希望する。これらの条件を呑んでいただけるなら、お会いしましょう」

「……お待ちください。確認してまいります」

付き人は一旦その場を立ち去り、すぐに戻ってきた。

「ローザリンデ様より、構わないというお返事をいただきました。どうぞ、こちらへ」

こちらが出した条件を全て受け入れたように思われたが、第三者として指名されたのはローザリンデが選んだ者だった。先ほどディートリヒを囲んでいた記者の一人だ。年配の男で、返答に困る質問ばかりしてきたから、よく覚えている。

ローザリンデが待っているのは、劇場内にあるサロンだった。ホールから吹き抜けの中央階段を上がり、廊下を進んだ先に近衛兵が守る扉があった。

近衛兵の中に見知った顔を見つけると同時に、相手もディートリヒに気が付いたようだ。片手を軽く上げて挨拶をしてきた。

「香水店の情報、助かった」

そう言うと、相手はにやりと笑った。ディートリヒの士官学校時代の同期で、卒業後は近衛隊に配属されている。彼の竜はおそらく上空を旋回して警備にあたっているのだろう。

「役に立って良かった。いきなり連絡が来たから驚いたぞ」

すでに結婚して家族がいる同期なら、女性向けの店も知っているのではないかと思って、手紙を書いたのは正解だった。エレンに喜んでもらえたし、指輪を購入する時間を稼ぐことができた。

「西方へ来るときは言ってくれ。家族向けの店なら情報提供できる」

「おう。その時がきたら頼む」

同期は親しみやすい表情を消して、仕事の顔に戻った。

「安全上の問題で、手持ちの武器等はこちらで預かる。持っていたら全て出してくれ」

ディートリヒは護身用に持っていたナイフを同期に渡した。同期が受け取ると、次に手紙を渡す。

「俺に何かあったら、これを実家へ届けてくれ」

「……分かった」

同期は特に内容を聞くことなく、上着にある内ポケットの中へ手紙を入れた。

記者も同様に検査を受け、準備が整った。付き人が中にいるローザリンデへ呼びかけ、扉を開ける。

ローザリンデはディートリヒが入ってくると、こぼれるような笑顔を見せた。

「お呼びですか」

ソファから立ち上がったローザリンデから、十歩ほど離れた位置に立って問いかけた。上官へ報告するときよりも遠い距離だ。もしローザリンデが倒れてきても、体に接触することはないだろう。

「来てくれてありがとう。さあ、座って」

「仕事中ですので」

「仕事？」

「決勝戦は竜騎士に与えられた、模擬訓練の一種です。軍服を着用して参加している夜会も、業務の一環と言えるでしょう」

「真面目なのね」

ローザリンデは苦笑していた。

「まあいいわ。あなたのやり方に合わせましょう」

開け放たれた扉が閉まる様子はない。一応はディートリヒに配慮してくれているようだ。あとは同行してきた記者が余計なことを記事にしないよう、言動に注意しなければいけない。

「優勝おめでとう。あなたの活躍が国全体に良き影響を与えていることを嬉しく思います」

「ありがとうございます」

ローザリンデの表情に翳りができた。

「……喜ばしいことがある一方で、いま国民の間には、変わりやすい情勢への不安が広がっています。ノイトガル王国が報復してくるのではないかと」

「そうなれば、また迎え撃つまでです。しかし数年は戦争を仕掛けてくる余力はないでしょう。杞憂です」

「それはあなたが現場をよく知っているからだわ」

そうよねと同意を求められたが、答えない。

「大半の国民は詳しい情報を得られる立場ではありません。不安を消してしまえるような、強く明るい話題が必要なのです」

「それは自分の役目ではありませんね」

「いいえ、あなたにしかできません」

ローザリンデはこちらへ向かって右手を差し伸べた。

「私と共に国民の希望になりませんか？　あなたは救国の英雄として広く名が知られるようになりました。皇女である私との縁を望む声が上がっているのです」

つまりエレオノーラとの婚約を白紙にして、ローザリンデを妻にしろと言いたいらしい。

心の中が急激に冷えていく。どうやら怒りが限度を超えると、どこかで安全装置が働いて冷静になるようだ。

「……やはり、自分の役目ではありません」

「なぜです？」

ローザリンデは胸の前で両手を組んだ。望む答えが返ってこないことを嘆いているようだ。

「抱卵の儀で、あなたは守りたい人がいるから竜騎士になるのだと言いましたよね？　今の自分では手が届かないほど遠くにいるから、迎えに行くために竜を得たいと」

言った気がする。エレオノーラと約束をしたから竜騎士になった。行方不明になってしまって、どこにいるのか分からない。空を駆ける竜なら遠くにいても探しに行ける。

会ったばかりの皇女に事細かく喋るつもりはなかったので、エレンの名前やサンタヴィルのことは明かしていない。そんな時間もなかった。当時のディートリヒは自分を選んでくれる竜を探すのに必死で、関係ない皇女の相手をするほど暇ではなかった。

抱卵の儀は竜騎士を志す者にとって、人生を決定づける大切な儀式。苦楽を共にする相棒と出会う場所だ。たとえ皇帝が儀式の最中に来たとしても、志願者たちは卵のことだけを見て、考えているから気が付かないだろう。

「あれは私のことではなかったのですか」

「違います。どうしてそのような誤解をなさったのか、自分には分かりません。皇女殿下の名は口にしておりませんし、守りたい人だと宣言したこともない」

ローザリンデはきつく手を握った。

「でも！　でもね、考えてみて。私たちなら幸福の象徴になれるのよ。私もあなたも、この国で名前を知らない人なんていないわ！」

「戦争への不安は結婚の話題程度で誤魔化されるほど軽くない。最も効果的なのは、身に迫る危険から守ってくれる壁があると実感させてやることです。それは我が国の外交力や武力など、総合的な力でなければいけない。目を逸らせば一時的には幸福に浸れるでしょうが、話題に飽きた時に揺り戻しがくる。皇女殿下は婚姻以外の策を持っておられますか」

答えは返ってこない。答えられないのだろう。ローザリンデはうつむいてしまった。

少しきつく言い過ぎたかと、内心で反省した。

「他人の慶事を眺めているよりも、自分にかけられた情けのほうが救いになる。国民を癒やしたいとお考えなら、傷ついた騎士や遺族を慰問なさったらいかがですか。俺一人に執着するのではなく」

ローザリンデが顔を上げてディートリヒを見上げた。決意するような目だ。

「ここへは仕事で来ていると言ったわね。この場で結婚を命じてもいいのよ。国益のためなら、皇女にも竜騎士へ命令する権限があるわ。竜騎士の職務に忠実なあなたなら、命令違反はしないはずよね？」

どうしても引く気になってくれないらしい。

ディートリヒは小さくため息をついた。

「……正式に発令された命令なら、従わなければいけませんね」

「じゃあ」

ローザリンデの顔が明るくなった。

「では俺は竜騎士の職を退くことにします」

「……え？」

まるで未知の言語を浴びせられたように、ローザリンデは笑顔のまま首を傾げた。

「竜騎士であることがエレンとの結婚を困難なものにしているわけでしょう？　ならば退職すればいい」

「何を言っているの。そんなの、許されるわけないわ。だって、あなたは英雄になったのよ？　竜騎士を辞めた程度では逃げられないわ」

「この国が俺とエレンの結婚を許さないというなら、出ていくだけです」

「あなたが積み上げてきた功績も、名誉も、全て捨てるというの？　たった一人のために？」

「順序が逆です。エレンとの約束がなければ、竜騎士となって功績を積むことも、国の誉れとなることもありませんでした。だから彼女のために全てを捨てることになっても惜しくない」

ふらふらとローザリンデが後ずさった。足がソファに当たり、力なく座りこむ。

「どうして……私だって、あなたが好きなのに」

呼吸が荒い。ローザリンデは切なげにディートリヒを見つめている。

「俺は皇女殿下のことを知りません。交流どころか手紙のやり取りすらしていないではありませんか」

「これから知っていけばいいわ。なんでも答えるわよ」

「諦めてください。皇女殿下が何をなさろうと、俺の人生を満たしてくれる人はエレンだけです」

ローザリンデは涙を浮かべた目でディートリヒを睨みつけた。

「誰か、彼を捕まえて！」

「諦めよ。そなたの負けだ」

穏やかだがよく通る声だ。広いサロンのどこにいても届くだろう。

声を聞いたディートリヒは、皇女に背を向けて片膝をついた。聞き間違えるわけがない。表彰式で対面し、労いの言葉をかけてもらったばかりなのだから。

「挨拶は省略だ。立ちなさい」

「は」

予想通り、サロンに入ってきたのは皇帝だった。常に微笑んでいるかのような表情で、内心を読ませない。

「……お父様」

「娘のわがままに付き合わせてしまったな」

皇帝は娘の呼びかけには応じず、ディートリヒに言った。

「表彰式でも聞いたが、余の娘と婚姻する気はないのだな？　そも、交際すらしておらぬと」

「はい。皇女殿下に懸想《けそう》をしていた事実などありません」

「余は竜騎士を無駄に失うことは望まぬ。命令で余の娘と婚姻させることはない。引き続き、国に残ってくれるな？」

「はい。婚約者に危害を加えられない限りは」

ディートリヒが最も恐れていることだ。自分が原因でエレンに何かあったら、悔やんでも悔やみきれない。

己の思惑とは違う方向へ話が進み、ローザリンデの顔が青ざめた。皇帝の力は国全体に及ぶ。皇帝があり得ないと宣言したことは、家族といえども覆すことは許されない。

「婚約者の名は？」

ディートリヒがエレンの名を告げると、皇帝は頷いた。

「ディートリヒ・フォン・ハインミュラーとエレオノーラ・ローデンヴァルトの婚姻を寿ぐ。末長く共にあれ」

続いて皇帝は、サロンの端で事態を静観していた記者へ向かって言った。

「何をどう書くかは裁量に任せる。だが、慶事に水を差すことのないように。この国の出版物は、余も目を通している」

「は……はい。最大限、配慮します……」

記者にとっては、このサロンで起きたことを書くなと言われたも同然だ。事前に警告しておかないと、際限なく暴いてしまうのだから仕方ない。取材したことが無駄になるなんて珍しくない業界だろうし、きっとすぐ立ち直るだろう。

「さて、ローザリンデ。最初から道は交わっていなかったようだ」

皇帝はようやく娘に語りかけた。

「そんな……でも……」

「思い違いはよくあること。だが我らの過ちは多くの民を惑わせる。ディートリヒがそなたの名誉を重んじて対策を講じた意味を、よく考えよ。ローザリンデという一人の女性だからではない。皇女だからだ」

「私が、間違っていた……」

ローザリンデの目から涙がこぼれた。

「おかしいとは思っていたのよ。でも信じたくなかった……」

「感情で走っていけるのは若者の特権。良き薬になったな」

皇帝がサロンを出ていく。ディートリヒも追従して外へ出た。泣いているローザリンデのことは、見守っていた付き人やメイドたちが相手をするだろう。ディートリヒは酷い男だと彼女たちの心に刻まれるかもしれないが、下手に慰めの言葉をかけるほうがローザリンデを傷付ける。

同期からナイフを返してもらい、元通りに袖の中へ隠した。

「なんつーか、大変だな、お前。上位の成績だったのに近衛を希望しなかったのは、こうなることを予想してたからなのか？」

「いや、サンタヴィルが西方にあるからだ。だが……近衛隊に入らなかったのは正解だったかもしれないな」

ますますローザリンデの勘違いが加速して、知らない間に皇女の婚約者になっていたかもしれない。皇族に仕える女性の使用人や、上流階級の女性も加わって、面倒なことに発展していた可能性もあった。

「俺もそう思う。入っていたら、職場で愛憎劇が繰り広げられていたかもな。それもディートリヒの意見なんて一切、関係なしに」

「笑うな。そうなったらお前も巻き込んでやるからな」

「怖い怖い。そうだ、手紙。返すよ」

手紙を受け取ったディートリヒは封蠟を確認した。封は開けられておらず、渡したときのままだ。

「それ、なんだったんだ？」

皇女から不敬だと訴えられた時のために用意していた。ディートリヒがいくら弁明しても、皇族の発言力のほうが強い。また皇帝が娘を止めにサロンへ来るなど予想していなかったので、事態がどう転んでもいいように書き残しておいた。

ディートリヒは用済みになった手紙を破り、簡潔に答えた。

「遺書だ」

エピローグ

滞在している皇都の本邸にディートリヒが帰ってきたと聞いて、エレオノーラは会いに行くことにした。決勝戦と夜会で疲れているかもしれないが、どうしても今日のうちに言っておきたいことがある。

夜中にディートリヒの部屋を訪問すると聞いたベティーナとリタは、含みのある笑顔を浮かべた。意味が分からなかったが、追及している時間が惜しい。彼女たちはディートリヒの部屋まで案内した後に、ごゆっくりと言い残して去っていった。

廊下から呼びかけると、ディートリヒは驚いた様子で出てきた。

「エレン？　こんな時間に……とりあえず入って。廊下は冷える」

迎え入れてもらった部屋は暖炉に火が入っていた。本邸にいる使用人が、ディートリヒの帰宅予定時間に合わせて用意したのだろう。火の勢いは弱いが、室内を心地よく暖めていた。ディートリヒは暖炉で不要な手紙でも燃やしていたのか、白い封筒が炎に呑みこまれていくところが見えた。

暖炉に程近い小さなテーブルには、酒の瓶とコップが置かれていた。コップには氷の塊と琥珀色の液体が入っている。

――そっか、大人だもんね。お酒ぐらい飲むよね。

なぜかディートリヒには飲酒をしている印象がなかった。夜遅くに会うことはなかったので、彼がどんなふうに夜を過ごしているのか知らない。

ディートリヒは軍服の上着を脱いでいた。くつろぐためか、襟元《えりもと》のボタンは外している。服を着崩している姿を見るのも初めてだ。部屋の薄暗さも相まって、いつもと雰囲気が違う。

――夜中に異性の部屋を訪ねるのはマナー違反だっけ？　婚約者だったらいいよね？

今更ながら緊張してきたエレオノーラは、二人がけのソファに座った。すぐ隣にはディートリヒがいる。悪いことをしているわけでもないのに、気持ちが落ち着かない。

「俺が帰ってくるのを待っていたのか？　先に休んでいてくれてもよかったのに」

「優勝おめでとうって、どうしても今日の間に言っておきたかったの。表彰式が終わったあとは、皇都の竜騎士団本部へ行っていたんでしょう？」

「各方面団のさらに上、竜騎士団長やら上層部を訪問する予定があったからな。それから夜会に連行されて……」

ディートリヒはそこで言葉を切った。あまり楽しくなかったのか、表情がすぐれない。

「疲れてるよね。押しかけてごめんなさい」

ゆっくり休んでと言って立ち上がると、ディートリヒに腕を摑まれた。迷っている顔でエレオノーラを見上げていたが、やがて手を離す。

「……ごめん、なんでもない」

エレオノーラはソファに片膝を乗せ、横からディートリヒを抱きしめた。

「ディー、無理しちゃ駄目だよ。仕事のことで悩んでた？　それとも別のこと？　私じゃ頼りないと思うけど、一人で抱えこまないで」

このまま客室に戻ったら後悔する。ずっと強くて頼れるところしか見ていなかったから、余計に心配だ。

ディートリヒはエレオノーラを優しく引き離し、なぜか横抱きにして自分の膝に乗せた。エレオノーラが混乱している間に、さっと頬にキスしてくる。さらにエレオノーラの肩に自分の頭を乗せて、しっかりと抱きしめてきた。

「今の俺に足りないのは、エレンだな。やっと分かった。疲れがとれないわけだ」

「……睡眠じゃなくて、私？」

「寝て解消できるのは体の疲労だけだ」

目を閉じて笑っているディートリヒは幸せそうだった。

沈黙していると雰囲気に流されそうだ。会話を途切れさせないために、目の前にある酒を話題にしようと思いついた。

「お酒、飲んでたんだ」

「まだ。コップに注いだところでエレンが来た」

「邪魔しちゃったね」

「特に飲みたかったわけじゃない」

「飲みたくなくても開けたの？」

「今日は予定が多くて疲れた。手っ取り早く眠ろうと思って」

「眠りたいのに私と話しててもいいの？」

「エレンとの時間を取り上げないでくれ。心の栄養源なんだ」

今度は手を握られた。指同士を絡ませる、より親密な繋ぎかただ。

「じゃあ、もう少しだけ一緒にいるね」

言いたくなったら自分から喋ってくれるだろう。エレオノーラはしつこく聞き出すのはやめて、ディートリヒのしたいようにさせた。

＊　＊　＊

レイシュタットに戻ったエレオノーラは、竜騎士向けに魔術を付与した商品を作っている工房に就職した。仕事内容に雑用が含まれているのはノイトガル王国にいたときと同じだが、少しずつ作業を教えてもらって、一から商品作りを任されるようになったところは違う。

自分の仕事を押し付けてくる人はいない。平民だからと馬鹿にしてくる人もおらず、快適だった。

特に自分が作ったものが店先に並んでいると、達成感がある。今のエレオノーラが任されているのは、効力が低く安価な品物だけだ。だが目の前に成果物があると、次への意欲が湧いてくる。

まだディートリヒの鞍につけるような強力なものは作れないが、職場の人たちに相談したら練習させてもらえるようになった。ただし仕事の手を抜かないことが条件だ。

何をしても認めてもらえなかったときに比べると、破格の条件だと思う。

雪が積もる庭に出ると、吐く息が真っ白になった。石が敷いてある小道は雪かきがしてある。雪道用の靴を履いているので滑る心配はなさそうだが、ディートリヒは心配なのか手を繋いできた。つい先日、凍った道で転びそうになったエレオノーラは、無理せず頼ることにした。

竜が待っている厩舎に近づくにつれ、ディートリヒの足取りが重くなっていく。

「……行きたくないの？」

「しばらくエレンに会えなくなる」

厩舎の中から悲しそうな鳴き声まで聞こえてきた。

エレオノーラはコートのポケットに入れていた紙を渡した。温かみのある緑色で、無事を願いなが

ら防壁の魔術を付与している。絶対に一枚では足りないだろうと思って何枚も作ったら、手帳のような厚みになってしまった。

「今度は魔獣の討伐だったよね。被害に遭っている人たちを安心させてあげて」

「わざわざ俺が行くほどの規模じゃないから嫌なんだ。国への求心力を高めるためだけに駆り出しているとしか思えない」

「すっかり有名になっちゃったからね」

ノイトガル王国の侵攻を防いだことのみならず、対抗戦で優勝したこともあり、しばらくは新聞の紙面で名前を見ない日はなかった。さらに若くて容姿もいいのだから、人気が出ない理由がない。

不思議なのは、エレオノーラには何の影響もないところだった。

屋敷を出入りしているところを誰にも見られていないはずがない。休日はディートリヒと一緒に外出することもある。竜に乗って出かけるとき、空で知り合いの竜騎士に挨拶することも珍しくない。

それなのに、エレオノーラに関することが新聞に掲載されることはなかった。

知らない人にディートリヒのことを質問されたり、記者と名乗る職業の人を見かけることもない。

そのことをディートリヒに聞いてみると、悪質な記者は遠ざけているからという、曖昧な答えしか返してもらえなかった。リタは『主の愛です』としか言わず、ベティーナにいたっては『大掃除の成果だね』という解釈に困る返答をしていた。

カサンドラに相談してみたところ、遠い目で『大丈夫よ、死んでないから』と意味が分からない言葉で濁された。

最後の頼みの綱だったマリアンネは、他の人たちとは少し違っていた。穏やかな表情でエレオノーラの話を聞き、そっと自身の指輪を撫でる。そして『そんなところまで、あの人に似なくてもいいのに』と憂鬱そうにため息をついていた。

エレオノーラの知らないところで、知ってはいけない計画が進行して、気がつかない間に終息したことだけは理解した。きっと知らないままでいるほうが幸せなのだろう。これは目を背けていることが長生きの秘訣だ。きっと。

「結婚の話をまとめたいのに」

立ち止まったディートリヒはエレオノーラと向かい合って、ぽつりとこぼした。

「私はゆっくり進めたいな。就職したばかりだから、いきなり休むことになったら迷惑になるでしょ？」

「結婚してから就職先を探すのは駄目だったのか？」

「それだとディーの名前を借りることになるから」

いまディートリヒの名前は目立ちすぎる。就職するさいに必要だった保証人は、フリーダに頼んでやってもらうことにした。カサンドラに頼むことも考えたが、姓が同じなのでディートリヒと繋がりがあることがすぐに露呈してしまう。

「エレンの待遇が良くなるなら、いくらでも使えばいい」

「ものすごく期待されて、自分の実力が及ばないような大きな仕事なんて任されたくないよ。私は公平に評価してくれるところで働きたかったの」

冷遇されるのも辛いが、期待されすぎるのも同じぐらい辛い。

今の職場は働きやすいから好きだと伝えると、ディートリヒは仕方ないなと納得してくれた。

「……どうせなら時間をかけてエレンが着るドレスを仕立てるか。宝石を取り寄せる手間もあるし」

何やら怖いつぶやきが聞こえてきた。エレオノーラを着飾らせることに関して、ディートリヒとメイドたちは労力を惜しまない。この前も、知らない間に冬用の靴や手袋が増えていた。

「ディー、今度は何を企んでいるの」

「何って、エレンの良さを存分に引き立たせる小道具について考えていた」

「ドレスが小道具……？」

初めて聞いた。

「どうせ一度しか着ないんだから、そんなに手間をかけなくてもいいよ」

「一度しか着ないから、最高のものを用意するんじゃないか」

「甘やかさないでって、いつも言ってるのに」

「諦めてくれ。エレンを愛するのは俺の生き甲斐なんだ」

ディートリヒは優しくエレオノーラを抱きしめ、軽いキスをしてから厩舎へ入っていった。

鼻先をこすりつけて甘えてくる竜とディートリヒが飛び立った後、エレオノーラはふと寂しくなった。


もっとディートリヒと一緒にいたい。二人でたくさんの思い出を作っていきたい。いつの間にか一人で生きられなくなっている。ずっと心を摑んで離してくれない。

彼は思ったことをすぐ言葉にして伝えてくるが、エレオノーラは時間が経ってから心に言葉が浮かんでくる。変な時間差だと思うが、二人とも同じときに言葉にしてしまうと、ますます離れられなくなって困る気がする。だから今のままでいいと思うことにした。

今度はいつ帰ってくるのだろうか。先が見えなくて心配になることもあるけれど、ディートリヒなら約束通りに無事でいてくれるはずだ。

帰ってきたら真っ先に空を飛ぶ集団から離脱して、エレオノーラがいるところへ降りてきてくれる予感がする。
エレオノーラは竜の影が完全に見えなくなるまで、粉雪が舞う庭で見送っていた。

あとがき

この本を手に取っていただき、ありがとうございます。佐倉百《さくらはく》です。

物語を書くきっかけは様々ありますが、この本の場合は「竜が出てくる話が書きたいな」という、非常にふわっとしたものでした。勢いだけで始めた結果、途中で登場人物の行動や思考に矛盾が発生して、前半部分を何度も書き直すはめになったという、非常に思い出深いお話です。

自業自得ではありますが、苦労した甲斐もありました。ウェブ版完結後に、書籍化とコミカライズ化という、非常にありがたいお誘いをいただき、今に至ります。

嫌気がさして途中でぶん投げなくて良かった。


せっかくなので作中のエピソードに関係したお話を。

子供の頃に観た映画の中に、馬上槍試合というものがありました。

全身鎧を着た二人の騎士が、細長い馬場の両端から馬に乗って走り、槍で突き合うという単純なルール。試合用の槍とはいえ、スピードが乗った一撃は危険です。勝負を見届ける貴族と、歓声をあげる平民たち。勝者は貴婦人に勝利を捧げるなど、日本では馴染みのない文化が詰まったものでした。

お察しの通り、作中の竜騎士による対抗戦は、馬上槍試合を参考にしています。武道の試合も織り交ぜているので全く同じではありませんが、異国の雰囲気は伝わったでしょうか。

イラストを担当してくださったＳＮＣ先生、清楚で可愛らしいエレンと紳士なディートリヒをありがとうございました。SNC先生のイラストを見て、そういやディートリヒって格好いい設定だったね、と思い出したことを白状しておきます。エレン以外の前では、コメディ方向へ突っ走ってしまいがちなせいですね。

同レーベルからはキャラクター原案に携わってくださった、氷月《ひょうづき》先生によるコミカライズ版も出ています。書籍とは服装などの雰囲気が少し異なりますが、こちらもお勧めです。エレンの頬をツンツンする羽トカゲのディートリヒという、漫画だからこそ伝わる可愛さもあり。興味がある方は、ぜひ。

最後に、この書籍も沢山の方々に支えられて完成しました。ウェブ版を後押しして書籍化の機会を作ってくださった読者の皆様をはじめ、出版社や校正の方々など、感謝が尽きません。

また別の作品でお会いできることを願っています。

佐倉　百

## Niμ NOVELS

好評発売中

# 捨てられた邪気食い聖女は、血まみれ公爵様に溺愛される
## 〜婚約破棄はいいけれど、お金がないと困ります〜

来須みかん
イラスト：萩原凜

### 聖女の再就職は――冷酷非道な血まみれ公爵の婚約者！？

邪気を取り込むことで体中に現れる黒文様。それが原因で「邪気食い聖女」と呼ばれるエステルは捨てられた。おまけに聖女の職も奪われそうになるけれど、給金がないと実家が成り立たない！

困るエステルに紹介された再就職は辺境での下働き。

けれど、なぜか血まみれ公爵と恐れられるアレクの婚約者として迎え入れられてしまう。

誤解は解けないけど、黒文様仲間と知った彼のため領地のため、エステルは役に立ちたいと思うように。

「私、婚約者のふり、頑張ります！」

しかしアレクの本心は違うようで……？

勘違い聖女×恋にはヘタレな血まみれ公爵　焦れ恋の行く末は…？

ファンレターはこちらの宛先までお送りください。

〒110-0015　東京都台東区東上野2-8-7
笠倉出版社　Niμ編集部

佐倉百 先生／SNC 先生

# 呪われ竜騎士様との約束
# ～冤罪で国を追われた孤独な魔術師は隣国で溺愛される～


2025年1月1日　初版第1刷発行

著　者
佐倉百



発 行 者
笠倉伸夫

発 行 所
株式会社　笠倉出版社
〒110-0015　東京都台東区東上野2-8-7
[営業]TEL　0120-984-164
[編集]TEL　03-4355-1103

印　刷
株式会社　光邦

装　丁
AFTERGLOW




Niμ公式サイト　https://niu-kasakura.com/


ISBN　978-4-7730-6452-0
Printed in Japan